曹雪芹的遗产

曹雪芹的遗产

作为方法与镜像的世界

计文君 著

GUANGXI NORMAL UNIVERSITY PRESS
广西师范大学出版社
·桂林·

曹雪芹的遗产——作为方法与镜像的世界
CAO XUEQIN DE YICHAN——ZUOWEI FANGFA YU JINGXIANG DE SHIJIE

图书在版编目（CIP）数据

曹雪芹的遗产 ：作为方法与镜像的世界 / 计文君著. --桂林 ：广西师范大学出版社，2021.2
ISBN 978-7-5598-3582-6

Ⅰ. ①曹… Ⅱ. ①计… Ⅲ. ①小说创作－文学创作研究－中国－当代 Ⅳ. ①I207.42

中国版本图书馆 CIP 数据核字（2021）第 007407 号

广西师范大学出版社出版发行
（广西桂林市五里店路 9 号　邮政编码：541004
网址：http://www.bbtpress.com）
出版人：黄轩庄
全国新华书店经销
湛江南华印务有限公司印刷
（广东省湛江市霞山区绿塘路 61 号　邮政编码：524002）
开本：880 mm × 1 230 mm　1/32
印张：11.5　　字数：186 千
2021 年 2 月第 1 版　　2021 年 2 月第 1 次印刷
印数：0 001~6 000 册　　定价：49.80 元

寓言十九，重言十七，卮言日出，和以天倪。

——《庄子·寓言》

目　录

第一章

在『红楼』长长的影子里

第一节　云生足下

一切的缘起，在于一部名为《红楼梦》的小说。

简单地称《红楼梦》为一部小说，在今天的《红楼梦》研究中，显得有些异样，因为通常在“小说”之前，最短的定语也要加上“伟大”两个字，至于“中国古典小说的巅峰”“中国小说家的圣经”“中国古典文学的集大成之作”之类的评价，不胜枚举，这些闪闪发光的描述虽然没有从根本上否定《红楼梦》是一部小说，但却也都在说，《红楼梦》不只是一部小说，至少不是一部普通的小说。

诞生于18世纪的《红楼梦》，在其问世之后，虽然因其特有的文学品质而蒙读者青目，在小说叙事还未获得文化尊严的情况下，也被一些不逐流俗的士大夫目为“奇书”，甚至产生了戏谑“经学”的“红学”一说，但它并不具有日后所获得的特殊文化地位和巨大影响力。

《红楼梦》在它诞生的时候，并不是一部典籍，而只是一部略显异样的小说。套用《资本论》中描述货币诞生的那句话：金银天然不是货币，但货币天然是金银。我们似乎可以说，《红楼梦》天然不是中国叙事文学的经典，而中国叙事文学的经典，天然是《红楼梦》。如同金银作为贵金属的自然属性，使其成为货币诞生时的必然选择，但货币诞生的根本力量，却是生产力的发展和商品交换的扩大。《红楼梦》所具有的艺术品性，使其成为中国叙事文学的经典，但《红楼梦》的经典化，却是中国现当代文学、文化发展以及各种政治力量、意识形态建设需要等等复杂因素形成的历史合力作用的结果。

一、进入现代

小说在中国改变边缘化的命运，取代诗歌、散文成为最主流的文学文体，与中国在19世纪中叶之后遭遇前所未有的民族危机、开启现代化进程是同步的。1902年，梁启超创办《新小说》报，其办报宗旨即为“专在借小说家言，以发起国民政治思想，激励其爱国精神”，他的《论小说与群治之关系》一文，更是全面阐述了小说革命的纲领，“欲新一国之国民，不可不先新一国之小说”[1]，明确将“小说界革命”作为新民运动的重要组成部分。

“小说界革命”和维新运动不过是更大、更彻底的变革的先声，推翻帝制，建立共和制政体，“礼崩乐坏”的中国进入了一个新旧思想激烈碰撞的时期，五四新文学运动带着弑父式的反叛气质开始了对“旧文学”与“旧文化”的彻底清算。数千年的文学标准被颠覆，此前文学史上的重要作品都被重新估量价值，《红楼梦》《水浒传》《儒林外史》等一批优秀的古典白话小说，进入了五四新文学健将们的视野，在他们重新厘定的文学坐标系里，这些白话小说从受人轻视的鄙俗文学小道的边缘位置，挪到了文学的中心，取代了一直为士大夫所看重的诗、文等雅驯文体，成为文学正宗。其实，“神圣曹（雪芹）、施（耐庵）”，是为了“土芥归（有光）、方（苞）”，一切都为了建设“新文学”的需要。

新文学运动家们提倡“白话文学”“平民文学”“人的文学”，而《红楼梦》因其特有的思想内蕴和艺术品质，在新的历史时期里被予以新的解读，从而为新的文学导向提供了

1 梁启超《论小说与群治之关系》，《新小说》第一号（1902年），引自陈平原、夏晓虹编《二十世纪中国小说理论资料》（第一卷），北京：北京大学出版社，1997年版，第50页。

合适的本土文本证据，于是在蔡元培、胡适、鲁迅、陈独秀、周作人、俞平伯、钱玄同、傅斯年等新文学运动健将阐述文学革命观点时，《红楼梦》被高密度提及，就连对中国传统小说一贯苛刻的周作人，也对《红楼梦》网开一面，承认它是唯一算得上“平民文学”的作品。

《红楼梦》因为其“深刻而流丽的白话”而作为古代白话小说典范作品的身份，被确立为中国文学的正宗，成为即将展开的现代文学叙事的源头活水。但五四时期，新文学运动的健将们，对于《红楼梦》的艺术成就又出现了评价极低的矛盾现象。

钱玄同作为新文学革命的健将之一，曾和陈独秀、胡适就如何认识《红楼》《水浒》这样的旧小说，在《新青年》上有过专门的通信交流：

> 弟以为旧小说之有价值者不过施耐庵之《水浒》，曹雪芹之《红楼梦》，吴敬梓之《儒林外史》三书耳。[1]
>
> 我以为不但《金瓶梅》流弊甚大，就是《红楼》《水

---

1 钱玄同《致陈独秀信》，1917 年《新青年》第 3 卷第 1 号，引自严家炎编《二十世纪中国小说理论资料》（第二卷），北京：北京大学出版社，1997 年版，第 24 页。

浒》，亦非青年所宜读；吾见青年读了《红楼》《水浒》，不知其一为实写腐败之家庭，一为实写凶暴之政府，而乃自命为宝玉武松，因此专务狎邪以为情，专务"拆梢"以为勇者甚多。[1]

由此可见，钱玄同一方面肯定《红楼梦》的价值，一方面又对《红楼梦》的主题和主人公的理解有着巨大的偏差，对其价值判断的矛盾之处也让人瞠目。

与钱玄同观点类似的，还有傅斯年：

我们固不能说《红楼梦》《水浒》不是文学，然亦不成其为真有价值的文学，固不能不承认《红楼梦》、《水浒》的艺术，然亦断断乎不能不否认他们的主旨。艺术而外无可取，就是我们应当排斥的文学。[2]

如果脱离了具体的历史文化时空，我们很可能无法接受

1《通信：论小说及白话韵文》钱玄同答胡适之，1918 年《新青年》第 4 卷第 1 号，引自严家炎编《二十世纪中国小说理论资料》（第二卷），北京：北京大学出版社，1997 年版，第 34 页。

2 傅斯年《白话文学与心理的改革》，胡适编《中国新文学大系·建设理论集》，引自闵虹主编《百年红学》，北京：文化艺术出版社，2007 年版，第 226 页。

对《红楼梦》做出如此之低且不符合实际的评价。放回到五四新文学革命的现场，我们才能看清楚此类判断背后没被说出的东西。“新文学”打碎了一个“旧世界”，在一片空地上重建自己的文学“新世界”，《新青年》上这些关于中国古典白话小说的争论，其目的并不是，至少主要目的不是评价《红楼梦》《水浒传》，而是为自己的那个“文学新世界”描画蓝图，确立范本。虽然“新文学”运动家们两手空空，但在他们心中，其实已有范本，那就是在19世纪取得了辉煌成就的欧美现实主义小说，在这些外国作品没有得到充分译介和阅读的情况下，五四新文学运动家们只能拿更为国人熟悉的旧说部来比画未来中国新小说的进深宽窄。

沈从文1931年在《论中国现代创作小说》一文中分析文学革命以来中国小说创作情况时指出：

> 《红楼梦》、《水浒》、《西游记》等书，被胡适之提出，给了一种新的价值，使年青人用一种新的趣味来认识这类书。[1]

1 沈从文《论中国现代创作小说》，引自吴福辉编《二十世纪中国小说理论资料》（第三卷），北京：北京大学出版社，1997年版，第118页。

此处“新的价值”，指的正是新文学提倡的价值：“平凡的亲切”“真实易解”“为人生的文学”。值得注意的是，这一“新的价值”，是胡适之们“给”的。

刘半农在其《诗与小说精神上之革新》中，谈及小说创作的艺术借鉴时说：“作白话小说，求其细腻，当取法于《红楼》。”[1] 又在议论“小说家最大本领”时，将曹雪芹与欧美现代著名小说家相提并论，评说《红楼梦》，显然是推介“新”和“洋”的小说观念和创作原则的方便法门。

> 如吾国之曹雪芹李伯元吴趼人，英国之狄铿士萨克雷吉伯林史梯文生，法国之龚枯尔兄弟与莫泊三，美国之欧亨利与马克吐温，其心思之细密，观察力之周至，直能将此世界此社会表面里面所具大小精粗一切事物，悉数吸至笔端，而造一人类的缩影，此是何等本领。[2]

五四新文学健将们，对《红楼梦》的评价不无矛盾之处，主要原因是当时他们关于中国现代小说的观念并不成熟。新

---

1 刘半农《诗与小说精神上之革新》，《新青年》1917 年第 3 卷，引自严家炎编《二十世纪中国小说理论资料》（第二卷），北京：北京大学出版社，1997 年版，第 27 页。

2 同 1，第 28 页。

文学的文学主张，是先于新文学创作实践而提出的，在五四心态之下，对于属于古代文学范畴的《红楼梦》的肯定不无权益和功利的色彩，故而出现了这样的矛盾。

五四时期的新文学，口号比作品有力，还没有出现鲁迅先生所说的“真货色”。1920 年年末《小说月报》作为重要的新文学阵地，开始以“写实主义”号令文学界，而新文学真正的大收获，却还要等到三四十年代才实现。唯一的例外是鲁迅，中国现代小说在鲁迅手里发端，也在鲁迅手里成熟，并且达到高峰，而对《红楼梦》迄今看来都未失去价值的发现和肯定，也是鲁迅做出来的。他认为《红楼梦》艺术价值的要点就在敢于“如实描写”，“叙述皆存本真，闻见悉所亲历，正因写实，转成新鲜”。[1] 鲁迅同时还为这一关于小说的创作原则的论述，提供了艺术品质极高的文本作为佐证，身体力行地树立起了中国小说现代化与民族化的成熟典范。

胡适力图为传统文化寻求转机的“整理国故”，将杜威的实验主义与乾嘉学派的实证方法结合，以科学的精神来对传统文化“做些整理的功夫”。标志新红学诞生的《红楼梦考证》，就是其中最为著名的“尝试”。比起胡适的“自叙传”

1 鲁迅《清之人情小说》，《鲁迅全集》第九卷，引自张宝坤选编《名家解读〈红楼梦〉》，济南：山东人民出版社，1998 年版，第 50 页。

的观点和索隐派的附会，新红学这场考证和论争本身对中国现代小说的影响，显然更大。以对待经书的形式，郑而重之地考据几本旧小说，这极大地提高了小说叙事的文化地位，使《红楼梦》的社会影响达到前所未有的程度。

1921年，亚东书局出版了《红楼梦》新版本，由汪原放点读整理，参照西方出版的书籍版式，采用西式标点，这就是《红楼梦》传播史上影响深远的亚东本。亚东本《红楼梦》校勘严谨，印刷质量良好，尤其是对现代版式和标点的使用，使得读者在阅读接受上，甚至在作品内容的呈现效果上，都在某种程度上跨越了“古代”与“现代”的藩篱。亚东本的出现成为《红楼梦》现代传播的标志性事件，出版后多次再版。从20世纪20年代的报章评论可知，“自从白话文兴盛以来，《红楼梦》一跃成了文坛上的上客”[1]。据北京高等师范学院1922年以答卷形式向近千人所做的一次“民意调查”，及1923年孙伏园主编的《京报副刊》所进行的一次“青年爱读书”的社会调查，《红楼梦》均名列榜首，成为当时青年最喜爱的读物。[2]

1 哀梨《红学之点滴》，《世界日报》1927年9月3日，引自吕启祥、林东海主编《红楼梦研究稀见资料汇编》，北京：人民文学出版社，2001年版，第184页。

2 黎荔《〈红楼梦〉与五四新文学观建构》，《创新》2008年第4期，第126页。

五四新文学运动在《红楼梦》经典化建构中，是至关重要的一步，但也是功过参半、影响深远的一步。一方面，新文学运动对于《红楼梦》经典化的建构，开创了“肢解红楼为我所用”的先河，这种功利主义的继承思维自此滥觞。此后对于《红楼梦》，无论是作家还是研究者，几乎人人揣着一把阐释的刀，来解《红楼梦》这只牛。大家只割合乎自己胃口的肉，名之曰“精华”，把剩下的皮骨称之为“糟粕”。但也是五四这个历史性机遇，使《红楼梦》实现了文化身份的转变，作为具有和世界文学名著对话资格的少数中国古代小说，为广大现代青年，特别是文学青年重视，开始深刻影响处于准备阶段的中国现代作家队伍。也就是从五四开始，《红楼梦》脱离一般的中国古典小说，成为中国文学阅读的必选读本，影响读者同时也影响作家，以特殊的典籍身份参与到中国现当代小说创作的现场。

二、被追认的“现实主义”小说

自五四时期开始，贯穿整个现代文学时期直至当代文学，现实主义始终都是中国小说创作中最有影响力的创作观念和创作方法。新文学作家，尤其是鲁迅的小说成就，使现实主义成为新文学的创作实践中认可度最高，同时也最为主流的创作方法。与历来“瞒”和“骗”的文艺相对立的现实主义创作思想，既体现着文学为人生的思想宗旨，也体现着小说现代化的艺术要求。乡土小说作家群的出现，标志着现实主义小说创作在中国的初步成熟。20世纪三四十年代，中国现代文学开始收获自己的重要现实主义长篇小说。此后中国政权更迭，“十七年”文学时期开始，随着文学一体化的逐步强化，现实主义逐渐成为唯一具有合法性的创作方法，这种情况一直持续到20世纪80年代。

《红楼梦》逼真再现生活质地的能力，对人物形神俱肖的丰满立体塑造，以及对社会生活广泛的触及，以现实主义的小说观念来衡量，它自然也是一部杰出的小说。于是，《红楼梦》小说艺术在写实上取得的高度成就，被五四以来的作家和学者，理解为最具价值和最值得肯定的方面，《红楼梦》被书写为中国现当代现实主义小说的“前史”。中国现代文学史上重要的长篇作品，如茅盾的《子夜》《霜叶红似二月花》，巴金的《家》《春》《秋》，老舍的《四世同堂》，林语堂的《京华烟云》……从现代一直到当代，都被纳入《红楼梦》的影响谱系中进行观照。

对《红楼梦》的认识和评价，以及对其思想内涵和实现这一内涵的艺术手段的挖掘，与中国现代小说观念的演进和创作实践中产生的问题联系紧密。两者之间互相磨砺，彼此推动，共同发展。如佩之对《红楼梦》的“批评社会”的评价，与当时的“问题小说”，对《红楼梦》人物尤其是宝黛爱情的理解，与当时张扬个性、“人的发现”的爱情小说、伤感小说，显然呼吸着共同的文化空气。茅盾在《霜叶红似二月花》中有意借用《红楼梦》等中国人情小说的艺术手段，也是为了解决外来的现实主义小说理念如何在中国当时的文化土壤中生根的问题。

对《红楼梦》现实主义叙事经典的定位，在当代文学史的进程中不断得到强化。毛泽东对其“中国封建社会的百科全书”的权威评价，使《红楼梦》的经典地位再一次升格，“几乎所有评论者都将《红楼梦》看成现实主义的古典文学巨著”，《红楼梦》“不仅可以说明，我国现实主义至此已迈进了一个新的阶段，而且可以看出，在当时——18 世纪中叶，它达到了世界文学的最新水平”[1]。

《红楼梦》固然有着极高的现实主义成就，但它的小说基本架构中的非现实主义元素清晰明显，而且对于整个小说文本的情节架构和意义生成，至关重要。这是不容回避的事实。

---

1 袁世硕《文学史学的明清小说研究》，天津：天津教育出版社，2008 年版，第 247 页。

好在《红楼梦》是古代文学作品，曹雪芹是封建时代的作家，于是，“取其精华、弃其糟粕”的宝刀就祭了出来，凡是符合现实主义原则的就是“超越时代的进步”，凡是非现实主义元素，就是“历史局限性”。这种思维方式在《红楼梦》的经典化过程中，一以贯之，并不只是高度意识形态化的“十七年”时期和“文革”时期才独有的现象。

陈独秀早在亚东版《红楼梦》的序言里就说：“我尝以为如有名手将《石头记》琐屑的故事尽量删削，单留下善于写人情的部分，可以算中国近代语的文学作品中的代表著作。”[1]

陈独秀的想法，茅盾在20世纪30年代竟将其变成了现实，弄出了一本《红楼梦》(节本)，并且在前言中将其删削的现实主义原则予以了详细说明。他认为《红楼梦》是“……‘个人’著作，是作者的生活经验，是一位作家有意地应用了写实主义的作品”;《红楼梦》是写“男女私情”的;“没有扭捏做作的”。[2]也就是说,《红楼梦》是一部现实主义的、反封建礼教、歌颂恋爱自由的小说。凡与此无关的内容，

1 陈独秀《红楼梦新叙》，引自吕启祥、林东海主编《红楼梦研究稀见资料汇编》，北京：人民文学出版社，2001年版，第63页。

2 茅盾《节本红楼梦导言》，引自吕启祥、林东海主编《红楼梦研究稀见资料汇编》，北京：人民文学出版社，2001年版，第628～629页。

都应予以删节：通灵宝玉、木石前盟、金玉良缘、太虚幻境等"准神话"描写，茅盾认为这是曹雪芹的"烟雾弹"；太虚幻境里的金陵十二钗正副册以及十二支"红楼梦新曲"等宿命色彩的设计，这是曹雪芹的"逋逃薮"。这些内容，放在写实精神颇见浓厚的全书中，很不调和……只有宝玉口中的那块玉，因为与全书的主情节架构相关，删节之后情节无法发展，只能保留，但却删去了大观园中群芳起诗社、猜灯谜等风雅韵事。在茅盾当时的小说美学规范的观照下，这是"全书中算得最乏味的"。[1] 此外，贾宝玉挨打、王熙凤毒设相思局等重要且精彩的情节也被删除了。

1956年，何其芳在其用心良苦的长文《论〈红楼梦〉》中，虽然对《红楼梦》的小说艺术做了在当时条件下颇为难能可贵的文学性阐释，批判了自传说和生硬使用阶级观在《红楼梦》阐释上造成的消极影响，但谈及《红楼梦》中关于"太虚幻境"等非现实性元素设置时，他以宽容的态度轻描淡写地替作者解释说："或许不过是小说家言，正如谚语所说的，'演戏无法，出个菩萨'，或许是为了某些情节的发展和

1 茅盾《节本红楼梦导言》，引自吕启祥、林东海主编《红楼梦研究稀见资料汇编》，北京：人民文学出版社，2001年版，第628～630页。

结束的方便，作者才采取了这一类的写法。”[1]

当代文学史上的“十七年”时期，政治意识形态要求塑造与作家对世界观和艺术观主动改造形成的合力作用下，中国的小说叙事，尤其是中长篇小说，出现了一批具有史诗追求的现实主义作品。这些作品承继左翼文学传统和中国传统叙事资源，力图全方位反映社会现实和历史发展进程。如梁斌的《红旗谱》《播火记》《烽烟图》，欧阳山的《三家巷》《苦斗》《柳暗花明》《圣地》，柳青的《创业史》（一二部）……这些规模巨大的多卷本叙事作品，一方面有着鲜明的阐释党史和社会科学结论的意图；而另一方面，在具体的小说修辞选择上，我们无论是从文本分析，还是看作家的表述，都可以看到这些革命现实主义作品对于那部“封建社会百科全书”和“古代的现实主义巨著”《红楼梦》的借鉴和学习。

三、步步登高处

自五四以降，经由整个现代文学时期，到新时期之前，《红楼梦》在整个中国文学坐标系中的典籍地位不断升格，最

---

1 何其芳《论〈红楼梦〉》，引自张宝坤选编《名家解读〈红楼梦〉》，济南：山东人民出版社，1998 年版，第 150 页。

后成为独步古代文学史的小说艺术的巅峰之作。因为其高，故而其投下的“阴影”，覆盖了整个现当代文学史。以《红楼梦》为研究对象的“红学”也在聚讼纷纭的辩论、斗争中，成为显学。除了意识形态色彩的争论，“市民说”“农民说”，以及过于坐实的“猜笨谜”的索隐和“编故事”的“考证”，很大一部分红学还是立足文学立场的。很多在现当代文学史上产生重要影响的小说家和批评家，同时也是《红楼梦》小说艺术的重要研究者，他们对于《红楼梦》理解的重点，都与创作实践密切相关，与中国现当代文学自身在各个发展时期遭遇的问题和困境密切相关。无论前文所提的茅盾的偏颇，还是何其芳的淡化，都是带着巨大的当下关怀，在具体的历史语境中，借《红楼梦》浇自家“块垒”。

“文革”十年，文学的活力和作家的主体性被覆盖，但对《红楼梦》的经典化建构却并未停止，继 1954 年的“评红”热潮之后，1973 年，中国又开始了一次全民读《红楼梦》、评《红楼梦》的热潮。即使在世界范围内，这样阅读一部小说，也实在是接受史和传播史上的奇异现象。然而这时对《红楼梦》的评价却扭曲到了畸形的程度。结论固然价值不大，但客观上，却使《红楼梦》在绝大多数优秀文学作品都成为“毒草”的非常时期，始终具有让中国人阅读的可能。

故而，当中国文学迎来自己的新时期，开始“新启蒙”时，无论是对于普通读者，还是对于致力于小说创作的作家，《红楼梦》已然是不可撼动的文学经典。

《红楼梦》经典位置的取得，根本原因跟它卓越的艺术品质密不可分，但“非艺术”因素也是存在的。诚如童庆炳在《〈红楼梦〉、“红学”与文学经典化问题》一文中所做的分析：

> 像《红楼梦》接受的权威性和普及性，是任何作品无法比拟的。如索隐派的存在，与乾隆的阅读参与有关。索隐派中的“明珠家事”说广为流传，据说与乾隆有关。据《能静居笔记》作者赵烈文回忆，他曾听说过：“曹雪芹《红楼梦》，高庙末年，和珅以呈上，然不知所止。高庙阅而然之，曰：‘此盖明珠家事也。’”这条记载的可靠性如何，很难断定。但起码有此传说，则是无疑的。另外毛泽东对《红楼梦》的阅读、评论是大家都知道的，以他的领袖地位和在国内外的崇高威望，他的正面阅读参与和文本接受，使《红楼梦》的文学经典地位更为稳固，也是在情理中的。“新红学”的创始人也非平凡之辈，胡适是“五四”新文化运动的领导人之一，在学术界颇

有影响。更令曹雪芹感到幸运的是，他的《红楼梦》获得了普通百姓的欣赏，自一百二十回的程甲和程乙本印出后，不胫而走，红楼故事几乎家喻户晓。这就回答了为何以一个“家族的兴衰”的故事写的小说，而被一致认同为经典的原因。由此也说明，政治意识形态对于文学经典的建构，不完全都是负面的，不都是偏见，有时候倒构成一种研究的视野，而生发出对经典作品的一种真知灼见，那种认为意识形态只是一味“操控”的看法并不是完全妥当的。[1]

真正的小说家，恐怕不会对这样的“真知灼见”有所期待，但引文也的确从一个侧面说出了《红楼梦》经典化建构中的“非艺术”性力量的存在。只是这对于《红楼梦》来说，是幸运，也是不幸。最大的不幸，就是关于《红楼梦》的任何问题，都变得不再单纯——不单和文学有关，从阶级斗争到政治倾轧，从刺杀雍正到诸王夺嫡……如果再有谁老老实实只在书中看到了“公子多情女儿薄命”，难免要质疑自己的理解能力了。可怜曹雪芹还在小说开头千叮咛万嘱

1 童庆炳《〈红楼梦〉、“红学”与文学经典化问题》，《中国比较文学》2005 年第 4 期，第 46～47 页。

咐，到底也没能省下“口舌是非之害”。虽然《红楼梦》成为一个冤孽纠缠的“不能碰”的难题，但在纷扰之下，对于《红楼梦》的文学和美学研究，依然得到了更为深入的发展。

将近一个世纪的《红楼梦》的经典化建构中，有相当长的时间，《红楼梦》中那个从女娲补天开始敷衍的“还泪”故事，处于蒙尘的被遮蔽状态。这种情况，在进入世纪末，似乎得到了改变。随着文化研究，比较研究、神话研究、原型理论、存在主义、女性主义、心理分析、新批评、叙事学等现代理论被引入《红楼梦》研究，小说文本中的非现实主义元素，拂去尘埃，在各种现代理论的光照下，熠熠生辉。[1]用现代主义小说的眼光审视《红楼梦》，其独特的艺术品性再次展现了超越历史时空的能力，如此传统的文本，原来如此现代；如此现实的文本，原来如此魔幻……虽然我们依然可以看到那种“肢解红楼为我所用”的思维模式，但毕竟收获了不少颇具启发性和探索性的有价值的研究成果，对《红楼梦》这一经典的认识，更加全面、深入、丰富、充实。

但新时期以来的红学与同时期的小说创作的关系，相比较此前现当代文学时期，有了很大的改变。首先研究者，一

1 陈维昭《红学通史》，上海：上海人民出版社，2005年版，第477页。

般是从事红学、明清小说或者古典文学、比较文学等方面研究的学者，其身份相对单纯；而且此时的红学对于《红楼梦》小说艺术的认识和价值的阐发，相对自足，并不直接指向当下小说创作中的思潮和问题。虽然王蒙作为作家，他的系列评红著作有着较大的影响，但与茅盾那一代作家相比，对于创作的现实关怀色彩并不明显。我们可以说，红学在自身取得巨大发展的同时，却和中国的创作现场疏离了。

自新时期以来，中国小说创作，在一二十年的时间内，以惊人的速度将西方现代主义以及接踵而至的“后现代”的各种流派风格，进行了各种实验，故而小说样貌显得格外斑驳复杂，蔚为潮流的有“先锋”“寻根”“新历史小说”“新写实”小说，等等，从这些命名中，我们可以发现中国小说家充满焦灼感的探索。当他们被《百年孤独》式的魔幻现实主义震撼而群起效仿的同时，也有不少人发现了自己民族的《红楼梦》式的“魔幻”与“现实”。《红楼梦》的小说艺术，也开始以另外的意味凸显在中国小说家的视野中。

从作家的创作谈、创作手记以及其他文章中，我们发现中国新一代的作家对于《红楼梦》的重视和喜爱，丝毫不逊于前辈同行。路遥在创作《平凡的世界》之前的准备工作中，就包括对《红楼梦》和《创业史》的阅读。作为当代最重要的小说家贾平凹、格非、李洱、毕飞宇等，在论及小说叙事艺术的文章中多次涉及《红楼梦》。这一时期取得重大影响的作品，如路遥的《平凡的世界》，宗璞的《南渡记》《东藏记》，霍达的《穆斯林的葬礼》，陈忠实的《白鹿原》，贾平凹的《废都》，叶广芩的《乾清门内》《全家福》……近“继”现代文学的以家喻国的家族叙事传统、远“承”《红楼梦》切入社会的角度——在日常中展现人的可能。更有价值的是，这一时期中国一些有影响的作家对于《红楼梦》和中国传统叙事艺术的认识，深刻而且成熟了很多，如格非的《重绘中国当代文学的叙事学图谱》、毕飞宇的《文学的拐杖》、李洱的《“贾宝玉们长大以后怎么办”》等文章，都以《红楼梦》为范本谈到重新认识中国独特的叙事传统对于当下小说创作的价值。这种认识，对于尚未形成的叙事文本和中国小说叙事的未来，有着巨大的价值。2018 年，李洱出版了近 90 万字的长篇小说《应物兄》，落实了他对《红楼梦》所蕴含的小说观念和艺术美学的深刻理解。因此，《红楼梦》并没有因为文化时空的巨变而在 21 世纪变得力量薄弱，相反，其小说艺术的影响力正在以更加全面深入的方式进入中国小说创作的现场。

20 世纪 90 年代，中国长篇小说的创作出版年年创下新高，每年数百部甚至上千部的产量让人惊叹，21 世纪的最初十年，这一数字还在不断攀升。到了 2012 年，根据《中国文学发展状况蓝皮书》的数据，中国通过纸媒正式出版和发表的原创长篇小说已经超过 3000 部，而到了 2019 年，这个数字已经破万。如此庞大的产量似乎意味着小说创作某种意义上的繁荣，但就作品的深度、广度和艺术成就来说，依然不尽如人意。新时期以来的中国小说创作，虽然取得了很大的成就，先后出现了大批重要作家，为中国当代小说创作的发展做出了自己的贡献。可以说，从整体上讲，中国当下的小说创作水准是处于整个现当代文学史的高位上。但同时，不少作家的小说创作也遭遇了前所未有的困境。这一困境有着外在原因——消费文化和全媒体时代的压力，也有着小说叙事内在的原因。中国很多作家都敏感地意识到了利用小说叙事捕捉当下现实的有效性正在丧失，“小说死亡论”已经不是新鲜的论调了，虽说向死而生是小说这种需要不断自我更新的文体的生存常态，但每一次新的诞生，都是一代甚至几代人认知积累与全力创造带来的。

中国现代小说从“新文学运动”肇始，当然，也有人提出没有晚清，何来五四？但无论如何，依然是五四把“被压抑的现代性”释放为鲜明的现代化诉求，并且给出了观念和作品，自此中国小说开启了现代化进程。在这一进程中，无论是研究者还是创作者，从来不曾忽视过曹雪芹留下的艺术遗产，但这场绵延不绝的继承对话中，我们可以在下文的分析中发现，这是一张由理解和误解交织构成的网。

第二节　在与不在之间

所谓传统，其实就是后人对前人的理解，从这个意义上讲，传统是被建构出来的。在前一节我们对《红楼梦》经典化历程的梳理中，可以清晰地发现建构的线索。事实上，从来没有一个一成不变地“统”等在那里，像接力棒一样从一代作家手里传到下一代作家手里。当然，建构绝不是无中生有，也不是牵强附会，真正能够实现并且禁得起时间考验的建构，必是一种跨越文化时空的成功对话，是前人的艺术通过后人的艺术实践和理论总结，重新发出的声音。因此，如果没有继承，也就不会有传统，《红楼梦》所建立的伟大的中国小说传统，是通过现当代文学几代作家、批评家的创作和研究得以确立的。

百余年的添砖加瓦，“红楼”升得很高，投下的影子很长，但认真辨析这些“影子”里的作品，会发现曹雪芹的遗产似乎在，却也似乎不在。

一、一脉千流

现当代文学史给我们提供了数量可观的史料和文本，让我们可以了解，许多重要作家都从《红楼梦》那里获得了支持，去掌握自己时代的现实生活。这也就使不少研究者倾向于以《红楼梦》为辐射源，建构起一张几乎可以将现当代文学史上的重要作家一网打尽的影响脉络：鲁迅、茅盾、巴金、老舍、冰心、沈从文、林语堂、李劼人、丁玲、庐隐、张恨水、张爱玲、钱钟书、杨绛、萧红、端木蕻良、孙犁、路翎、吴组缃、欧阳山……继而一直到白先勇、高阳、金庸、刘绍棠、王蒙、贾平凹、陈忠实、路遥、宗璞、叶广芩、王安忆、苏童、霍达、三毛……如果从借鉴的意义上，寻找或多或少、或隐或现地受到过《红楼梦》影响的现当代作家，这个名单几乎可以无限地列下去，因为随着时间的推移，还会有新的小说家榜上有名。

通过前文对《红楼梦》经典化历程的梳理，不难发现，对《红楼梦》叙事艺术的认识和理解，可以折射出现当代文学发展每个阶段中最主流的创作倾向和最突出的问题。《红楼梦》始终处于中国现代小说创作的现场，一直通过作家、作品和文学批评发出自己的声音。如果《红楼梦》是辐射源，那么它造成的影响是核辐射，有形影响不难察觉，无形的影响也几乎无处不在。

影响研究其实是极虚构化的论证方式。当研究者在两个或更多独立的小说创作主体之间建构这种联系时，其实是在寻找某些文学价值的传递、发展、变化，甚至消失——负面的联系也是影响的一种，脱胎换骨的改革以及对传统的反动是文学史上很常见的影响类型，如《红楼梦》之于“才子佳人”小说。我们煞费苦心打造出如此巨大的一张“影响榜单”，能帮助我们发现什么呢？

> “五四”之后以至当代，《红楼梦》仍然成为许多作家永远读不完、永远值得读的书，成为中国作家创作出高水平的作品不可多得的借鉴品。[1]

这样的判断固然是有价值的，但如果我们打造的榜单，只是为诸如此类的作为教科书的文学史判断提供具体而充分

1 袁行霈主编《中国文学史》（第四卷），北京：高等教育出版社，1999年版，第378页。

的例证的话，却也是不够深入的研究。因为这样的判断，只是具体指向不明的评价性判断，尤其是面对未来的创作，几乎是无用的真理，话说得不错，却意义不大。甚至，如果我们只在这个层面完成对《红楼梦》小说继承的认识，也许还会遮蔽某些更有研究价值的问题。

与列出一张一网打尽的榜单同样意义不大的做法，是进行文本比对——从“辨识度”上，在现当代作家的作品中发现“红楼踪迹”。我们的确在现当代文学中发现了不少这样的文本，有的已经成为现代文学的经典，有的没那么经典，但进入研究者视野的作品，至少都带来了较大的影响。这同样是张大单子，拣其比较有代表性的就有《家》《春》《秋》《玉君》《子夜》《霜叶红似二月花》《憩园》《四世同堂》《京华烟云》《死水微澜》《母亲》《财主底儿女们》《金粉世家》《金锁记》《创世纪》《科尔沁旗草原》《一千八百担》《前夕》《三家巷》《橘子红了》《游园惊梦》《天龙八部》《废都》《平凡的世界》《穆斯林的葬礼》《白鹿原》……

我们不难在这些文本中发现，这几句叙述有点儿红楼腔调，那两个人物有几分宝黛晴袭的眉眼……我们以“化验DNA”的方式，证明了某些作品——特别是一些艺术品质与《红楼梦》有着巨大落差的作品，具有“红楼血缘”，最多不过又一次含糊其词地说明了《红楼梦》的巨大影响力，这一点似乎不需要反复论证了，更何况有时候我们苦苦搜索来的“相似点”，未必禁得起推敲。

《红楼梦》的巨大影响，一定程度上源自《红楼梦》的经典化建构。如果《红楼梦》没有被建构成中国的小说经典，那么它也许会因为独特的艺术品质和作家的个人趣味，而成为某些作家的文学资源，如《海上花列传》之于张爱玲。但《海上花列传》《老残游记》之类的作品，绝不可能像《红楼梦》与现当代小说创作那样，形成深入而广泛的联系。历史无法假设，中国现当代文学视野中的古代叙事经典天然地选择了《红楼梦》，这一叙事文本深刻地参与到了各个时期的文学现场。但我们必须注意到建构必然带来的另一个后果，那就是，《红楼梦》被纳入建构者的阐释框架。因此，《红楼梦》的小说艺术在这样的框架里，必然有被凸显的部分，也有被遮蔽的部分，甚至有被扭曲和误读的部分。现当代作家在《红楼梦》里看到了他们希望看到和能够看到的东西，继承了他们愿意继承和能够继承的部分。

其实这种现象在任何艺术传统的继承中都一定程度地存在着，我们在论及《红楼梦》的经典化的时候就说过，传统的继承，也就是后人的理解。但这种理解的自由，是有“度”

的限制的，突破了这个“度”，理解的自由很可能演变成肆意的扭曲，至少也会成为片面的继承。《红楼梦》小说艺术的现当代继承中，这个“度”并不总是掌握得很好。如果我们不以《红楼梦》作为辐射源向后追踪蹑迹地寻找，而是把现当代小说作品与《红楼梦》并置做一对比，我们将会看到截然不同的景象。

二、广陵绝响

我们都知道《红楼梦》值得读，我们一代又一代的作家，显然也都在读《红楼梦》，行诸笔端表示要向《红楼梦》学习、借鉴——我们学到了什么？有一个简单的事实，五四至今的现当代文学史上，并没有产生一定数量的在审美品质、文学独创性和意义深广度上与《红楼梦》相同或者接近的小说作品，也没有在《红楼梦》的影响下出现某种创作倾向，我们梳理不出一个现当代小说中的“红楼派”。这么说，丝毫没有抹杀现当代小说创作辉煌成就的意图，没有“红楼派”也不是现当代文学的罪过，谁也不能规定小说一定要写得像《红楼梦》才算好小说。但这种现象是在《红楼梦》被现当代文学史建构成叙事经典，并且深刻参与到各个时期文学创作现场的情况下出现的，它就有些耐人寻味了。

面对《红楼梦》，现当代作家似乎有些口是心非，或者是手不逮心——拥有“写一部自己时代的《红楼梦》”这样文学“野心”的现当代中国作家，肯定不在少数，但这里的《红楼梦》越来越倾向于变成比喻意义上的了。它多半指的是《红楼梦》的文学地位，而不是《红楼梦》的艺术特质。我们似乎也没看到谁把“文学野心”变成“文学现实”，即使在比喻意义上，中国文学也并没有收获“20 世纪的《红楼梦》”。

《红楼梦》对现当代小说创作的影响，如此巨大，又如此虚无。

夏志清认为：

> 即便是最好的现代小说，在广度和深度上也难以与《红楼梦》相匹敌。因为，除了少数例外，现代中国作家尽管拥有所有新的艺术技巧，但由于缺乏哲学方面的抱负和未能探索到更深的心理真实，依然更多的是传统主义者。一个精通传统文学的学者为了表示对当代中国文学的轻视，总会这样问：“近五十年来产生的作品有哪一部能够同《红楼梦》相比？”[1]

---

1 夏志清《中国古典小说史论》，胡益民等译，南昌：江西人民出版社，2001 年版，第 258 页。

杨义在分析五四小说虽然深受《红楼梦》的影响，却并未产生自己的《红楼梦》时说：

> 《红楼梦》产生于中国古典小说高度成熟的年代，五四小说则产生于中国现代小说草创和探索的时期。它们的时代性上有许多不可比的因素，艺术形态上也有许多迥然不同之处，而且五四时期毕竟也没有产生《红楼梦》那样的鸿篇巨著。[1]

他又在《二十世纪中国小说与文化》一书的结尾一章，颇为遗憾地认为现当代文学还没有展现出真正的“大家风度”，以“发挥我们民族的艺术创造的全部潜力”“这就使得我们读了一部现代文学史，就好像读了曹雪芹还未写完，便泪尽辍笔的《红楼梦》。”[2] 显然，在他的眼中，20世纪的中国小说，固然有自己的精彩和辉煌，但仍然没有出现《红楼梦》那样高度成熟的叙事经典，为这一百年的文学，写下一个完

---

1 杨义《中国古典小说史论》，北京：中国社会科学出版社，2004年版，第657页。

2 杨义《二十世纪中国小说与文化》，上海：上海三联书店，2007年版，第287页。

美的结局。

李敬泽的表述更为直接：

《红楼梦》对现代以来的中国文学实际影响却惊人地小——几近于无。

也就是说，我们读《红楼梦》，谈《红楼梦》，但是，我们竟没想起来像《红楼梦》那样写小说。现代以来，几乎没有什么重要的创作现象和作品可以明确地见出《红楼梦》的影响。[1]

这样过于戏剧化的结论也许很难为人接受，在我们拿出大量证据进行反驳之前，先看一下他同时做出的另一判断：

可以说，百年来中国文学经验的一大部分——阅读与潜在的、不能完成的写作，是与《红楼梦》有关。对于我们生活世界的体会与言说，在二十世纪的大部分时间里中国人所借助的是一部《红楼梦》。……《红楼梦》所展示的那个恒常俗世，面对二十世纪的强大历史，它

1 李敬泽《〈红楼梦〉影响纵横谈》，引自《红楼梦学刊》2010年第4期，第7页。

是如此地弱又是如此地强。[1]

李敬泽充分肯定了《红楼梦》对于中国文学经验构成的重要性，这是任何其他的文学作品都不能替代的。在20世纪，《红楼梦》的文本依然为中国人提供着体验和表达生活的形式，“活着”并且深刻参与着中国人的日常生活，而恰恰从“当下”产生的20世纪中国的叙事文本，似乎并没有哪一部具备这样的能力，我们的小说，不再像《红楼梦》那样言说我们的世界。

被李敬泽列为“唯一例外”的张爱玲，也有类似的表述：中国的小说传统中断了，《红楼梦》是高峰，而“高峰成了断崖”[2]。

三、悖论就是真相

面对曹雪芹的遗产，我们有两张构成悖论的继承人榜单，一张阵容庞大，《红楼梦》小说艺术的现当代继承一脉千流；另一张甚为寥落，《红楼梦》俨然已是广陵绝响，偶尔一两下

---

1 李敬泽《〈红楼梦〉影响纵横谈》，引自《红楼梦学刊》2010年第4期，第9页。

2 张爱玲《国语本〈海上花〉译后记》，引自金宏达、于青编《张爱玲文集》（第四卷），合肥：安徽文艺出版社，1992年版，第357页。

荒腔走板的回声，从20世纪文学史的深处发出。

这一悖论，其实只是站在不同角度描述了《红楼梦》小说艺术的现当代继承。作为一般性的文学资源，《红楼梦》小说艺术的继承的确一脉千流。我们向《红楼梦》学如何写人物，特别是如何写女人，如何写爱情，如何写环境，如何写悲剧，如何增加小说的文化含量，如何演绎荣辱兴衰，如何含蓄蕴藉，如何诗情画意……但这些学习和借鉴，是服从于“我们”各个时期的不同小说观念的理论建构和实践需要的，是被纳入另一体系的“拿来”。因此，如果从这一角度来认识《红楼梦》的现当代继承，我们就不能只停留在为了证明其“影响巨大”而广泛搜罗的阶段，我们所发掘出来的“继承人”，往往与《红楼梦》的作者有着完全不同的小说观和修辞原则，被研究者拉到一起，《红楼梦》未必需要这样的“继承人”来体现自身的价值，“继承人”如果是对自己有着起码艺术期待的小说家，大概也不大高兴这样去沾《红楼梦》的光。

从以20世纪中国小说家为主体的影响史角度出发，重新观照《红楼梦》这一文本对20世纪中国小说家及其作品的影响，以及20世纪中国小说对《红楼梦》文本的传承与接受，通过主观能动的创造性再阐释，进而总结影响规律，并自觉地以其成熟的艺术经验指导当代的文学创作，使这一经典小说文本对后世创作者能够产生持久的影响力并推动小说创作走向更大的辉煌。[1]

在很多研究《红楼梦》之于现当代小说影响的文章结尾处，我们都能看到诸如此类的呼吁或者号召。只可惜，美则美矣，了却未了。姑且不论这世界上有没有“影响的规律”这种奇妙的东西，也不论所谓“成熟的艺术经验”之于当下创作是否有效，“主观能动的创造性再阐释”贯穿整个《红楼梦》的经典化过程，过于“主观能动”的建构，获得有价值启示的可能性，远远小于扭曲与误读，更何况我们还是“再阐释”——建构之上的建构，即使勉强成立，这样建在云端里的空中楼阁，对于泥淖里的当下创作，恐怕也是爱莫能助吧？

当然，我并不否认，这种呼吁不乏真诚的热情和良苦的用心，不认同的只是它指出的方法与道路。与其把《红楼梦》当作藏有称雄万代之绝世武功的秘籍，从继承人一招一式抑

1 高淮生、李春强《〈红楼梦〉对20世纪中国小说创作影响研究》，引自《咸阳师范学院学报》2006年10月第21卷第5期，第41页。

或某套拳路的胜绩来说明《红楼梦》的价值和那些招式何等厉害，却忘记了冷兵器时代的招式，在核战争阴影下，再厉害，又能如何？

换个思路，这本秘籍的真正奥妙或许不在或者不只在那些招式和拳路上，它所代表的武学思想，抑或才是真正的制胜法门。我通过这个比喻只是想说明，面对《红楼梦》的现当代继承问题，我们需要整体性和本体性思维。

所谓整体性，是指将《红楼梦》作为一个艺术体系，整体性地进行认识，即使在进入分析时要予以拆解为各个具体“面”，但不能脱离整体性的框架，不能“肢解红楼为我所用”。而本体性，是指小说本体。《红楼梦》的继承问题，表面上看是一个古代经典叙事文本的现代影响问题，其实质是中国小说叙事的现代演进问题。这张由理解和误解交织的“继承之网”，为我们思考中国小说叙事在百年来的嬗变，提供了一个非常理想的场域，使我们能够在本体论意义上，重新思考和认识中国的小说叙事艺术特有的内在规定性。

《红楼梦》是曹雪芹动用古代中国的精神遗产进行的伟大叙事尝试，它以绝世的艺术创新能力，在中国自己叙事传统的基础上，以“令世人换新耳目”的文学自觉和成功的文学实践，某种意义上创建了一种事实上的属于中国的叙事范式。而作为叙事范式,《红楼梦》也的确是广陵绝响，至少在现代以来的这百年间，后继乏人，几乎没有成功的继承者。

“叙事范式”概念的引入，给我们的研究提供了一个整体性和本体性的角度。作为文学资源,《红楼梦》小说艺术的现当代继承是一脉千流，而作为叙事范式,《红楼梦》小说艺术的现当代继承，也的确是广陵绝响。看似构成悖论的两个角度，其实可以互为补充、交相映照。左右互搏的结果，很可能使我们对曹雪芹遗产的思考，获得更为深入的成果。

第三节　遗产分类：资源和范式

理论，同样是对经验的描述。理论概念的使用，是为了更有效地说明我们的经验，分析问题更加方便，表述更加清晰明了，而不是为了故弄玄虚。本书尝试将曹雪芹的遗产分作两类："一般文学资源"和"叙事范式"，这是以前两节中梳理的《红楼梦》的经典化历程和继承的文学史事实为依据的，同时也为后面展开的具体分析提供更为有效的观察、论述角度。

一、定义

"资源"的概念不难理解，指可使用材料的提供者。小说的文学资源是作家进行创作前的全部准备，包括有意的积累，如写作训练、系统的理论学习、学习性阅读等等；也包括无意的储备，如出于兴趣的无功利阅读、其他艺术门类带来的熏陶和体悟、生活经历带来的文化积淀等等。

“范式”这一概念最初来自托马斯·库恩（Thomas S. Kuhn）的《科学革命的结构》一书，后来被哲学和诸多社会科学领域借用。范式指的是一个共同体成员所共享的信仰、价值、技术等等的集合。范式概念的核心是体系，小说的叙事范式是一个由小说观统摄下的包括从宏观修辞原则到具体叙事技巧在内的体系，既包括对小说这一叙事艺术的各种内在规定性的界定，也包括价值评判的标准。也就是说，小说的叙事范式，告诉我们在其叙事范式内“小说究竟是什么”和“好小说应该什么样”。

小说这一叙事文体发展历史上所展现的强大的自我更新能力，就是通过新旧叙事范式的更迭来实现的。人类叙事历史上的每个经典的叙事范式，都是由伟大小说家通过经典作品予以确立的。叙事范式得以确立的标志，首先是该作品对于叙事艺术本身进行了根本性的创新；其次是这种创新使得小说获得了新的审美品质，并且形成了一定的影响——尤其是对小说观念的冲击，在一定范围的作家群体中，获得认同和效法；最后通过相应的文学批评和理论阐释，得以确立和命名。如果没有巴尔扎克的小说文本，我们大概永远无法理解“批判现实主义”小说这种概念。我们今天可以说，巴尔扎克还有狄更斯，确立了批判现实主义的叙事范式。他们的小说以全知全能、事无巨细地叙事方式，建立了一个令人信服的“真实世界”，并且依据他们对这个世界的掌控，展开人物的命运——最后由批评家来完成阐释：通过人物命运实现对现实世界丑恶的批判。

可巴尔扎克式的叙事范式，所营造的“真实性”遭到了福楼拜的质疑——这令人信服的真实，不过是一种天真的幻觉，而且这种幻觉正在消失。当然，也许有这样质疑的小说家不止福楼拜一个人，但真正挑战旧有叙事范式并且成功地确立起新的叙事范式的却是福楼拜的《包法利夫人》。福楼拜通过叙述人物视角，控制了作家的介入程度，并且以非常优美细致的文体，使欧洲小说，如同昆德拉那句广为人知的评价，第一次赶上了诗歌。福楼拜的革命，之所以获得了广泛的认可和高度的评价，是因为他挽救了小说叙事，旧有的叙事范式日渐失去掌握改变社会现实的有效性，小说归根结底是要用叙事掌握现实。进入20世纪，经典现实主义的叙事范式面对中心离散、碎片化了的欧洲现代社会的现实，完全丧失了表述的能力。各种现代主义的小说叙事范式出现，将现实引入了人物的内心，如意识流的出现。而对福楼拜推崇备至的罗伯-格里耶则把福楼拜开创的客观性方向推向了另一个极致：以“纯客观”的外在描写构建了一个“物化”的世界，《嫉妒》使他名声大噪，成为法国新小说派的代表人物，被罗兰·巴特称为“小说界的哥白尼”。

> 旧小说的体制已经无法适应新的小说所处的历史语境了。当20世纪的现代小说不再适应现成的小说理论时，危机就发生了。或者说，以往的小说观和小说理论就失效了。《现代小说中的空间形式》指出：“科学理论的有效性大部分依靠它们预示现象的能力，因而当异常的情况（理论不能解释的现象）发生时，危机也就发生了。如果这个危机显得非常严重，那么，只有一个新的范型的出现才能解决它。”而小说的“空间形式”理论正是在这种危机中出现的一种“范型”（近于库恩的“范式”理论）。它的出现，使一大批小说，也包括《喧哗与骚动》获得了被解释的某种可能性。[1]

1 吴晓东《从卡夫卡到昆德拉》，北京：生活·读书·新知三联书店，2003年版，第181页。

吴晓东是在阐述福克纳的《喧哗与骚动》引入小说“空间化”问题时说这段话的，范式的最终确立，固然是以理论对作品的阐释为标志的，但事实上，作品通常都要先于理论，因为“对于一个作家来说，叙事形式本身的真实性及其社会性内涵才是他必须服从的写作伦理”。[1]理论阐释的危机是批评家的，而在此之前，作家先感觉到了在新的历史文化语境下，旧有叙事范式失效而带给小说本身的危机——也就是说，小说家发现，他所拥有的叙事形式正在失去真实性，于是，杰出的小说家通过自己的思考和实践，以艺术品质卓越的小说文本，确立起新的叙事范式，而这种代表新的叙事范式的文本，同样对旧有的小说理论和阐释机制提出挑战，于是，新的命名和阐释，构成了这一新范式中的理论部分。引文中的《喧哗与骚动》，也是确立新的叙事范式的经典文本。

需要与叙事范式做区别的是另一个概念——叙事模式。凡是把解决问题的方法总结到理论高度，就是模式，比如我们熟悉的好莱坞电影叙事中的“最后三分钟营救”模式，新文学叙事中的“恋爱加革命”模式，以及从现代延续到当

---

1 耿占春《叙事美学》，郑州：郑州大学出版社，2002 年版，第 31 页。

代文学的现实主义小说叙事中的“城不如乡”模式。模式是方法论的，而范式是本体论的。同一叙事范式下会产生不同的叙事模式。同样，同一叙事模式也有可能服务于不同的叙事范式。作为体系的小说范式，最为核心且具有统率性质的元素是小说观，而最能体现小说观的元素是作家的创作方法。因此，对于人类叙事历史中固有的小说叙事范式的命名，本书将借用现有文学研究中对各类经典的创作方法的命名，如经典现实主义叙事范式，各类现代主义叙事范式，等等。

从逻辑上讲，叙事范式应该是作家文学资源的一部分，而且是核心资源，即使不自觉，一个作家开始小说创作时，一定会有关于叙事范式的积累。一个不知小说为何物的人是不可能开始写小说的，即使没有明确的理论命名，他心目中也一定有理想小说的面貌，作为他追摹的对象。作家是通过作品才能成为作家的，虽然未必人人都像张爱玲那样躬身向曹雪芹执弟子礼，但每个作家一定有那个拉着他（她）的手迈过文学“门槛”的经典文本。

那么，《红楼梦》之于现当代小说家，比起作为叙事范式的整体性继承，更为普遍的是渗入式的局部的借鉴，甚至是无意间的积累和耳濡目染的文化积淀，从而构成作家的非核心性文学资源，即便是较为自觉的具体修辞手段的学习，基本也是从中寻求并不实质性改变小说观念的技术性支持。因此，我将整体性受到《红楼梦》影响、从小说观念到小说修辞都具有一致性和延续性的现当代小说创作，定义为叙事范式的继承；而将此外对《红楼梦》小说艺术局部地学习和借鉴，却有着完全不同的小说观念和修辞原则的现当代小说创作，定义为一般文学资源的继承。

二、盘点一下

现代文学刚越过草创时期，就已经开始盘点曹雪芹的遗产了。

新文学开始收获属于自己较为成熟的长篇作品，同时代的批评家很敏锐地就察觉了其中的"红楼元素"，譬如对巴金的《家》、茅盾的《子夜》做的相关分析。《金粉世家》诞生时，也有人将之与《红楼梦》相类比，而林语堂的《京华烟云》的创作动机就与《红楼梦》相关。新时期以来到 21 世纪最初十年，在红学中影响研究和比较研究中相当的比重是以现当代小说为对象的。综合起来，研究者对现当代"继承者们”的观察，主要集中在以下三方面的发现[1]：

第一，对《红楼梦》写实艺术的继承。

《红楼梦》展现出的高超的写实能力，即使与以辉煌的写实成就称雄世界文学史的19世纪的欧洲批判现实主义作家如巴尔扎克、狄更斯相比，也毫不逊色。这一点，早在新文学早期，就被现代作家认识到了。此后，《红楼梦》更是被现当代作家当成现实主义小说的典范。

首先，《红楼梦》中丰满、复杂的立体人物塑造，特别是女性形象的塑造，成为现当代作家的学习对象。有研究者认为，《红楼梦》中的女性形象对整个现当代文学中女性形象塑造具有“原型”意义，何其芳的“共名”说，也从一个侧面

1 相关论述主要参见陈维昭《红学通史》第五章第三节中的“影响比较研究”，上海：上海人民出版社，2005年版，第180～183页；王润华、刘宝珍《〈红楼梦〉对中国现代文学之影响》，《中国现代文学研究丛刊》1987年第3期，第200～209页；樊星《〈红楼梦〉与当代文学》，《文艺评论》2003年第2期，第28～36页；高淮生、李春强《〈红楼梦〉对20世纪中国小说创作影响研究》，《咸阳师范学院学报》2006年10月第21卷第5期，第38～42页；梅新林《文献·文本·文化研究的融通和创新——世纪之交红学研究的转型与前瞻》，《红楼梦学刊》2000年第2期第33～44页；喻晓、闻钟《21世纪红学新路径之一：〈红楼梦〉接受史研究》，《红楼梦学刊》2000年第3期第10～19页；王兆胜《〈红楼梦〉与20世纪中国文学》，《中国社会科学》2002年第3期，第149～161页；李祝喜《论现当代作家对〈红楼梦〉的接受》，《宝鸡文理学院学报·社会科学版》，2004年第2期，第76～79页；凌绪海、袁高远《〈红楼梦〉与现代文学的成长》，《西昌师范高等专科学校学报》2003年第2期，第25～27页；章培恒《从〈红楼梦〉看中国文学的古今演变》，《杭州师范学院学报·社会科学版》，2005年第3期，第6～12页。

说明《红楼梦》中的人物形象超越了“典型”的概念，有了跨越意识形态藩篱的更广泛的影响力，这种影响力，一直延续到21世纪。

其次，《红楼梦》中逼真、细致的环境塑造，也堪称典范。这里的环境，特别是社会环境，对于世态人情的完美艺术再现，直至今日，也无出其右者，这点从鲁迅对其做人情小说的归类开始，就为现代作家重视。进入21世纪，新生代作家，包括开始进入创作成熟期的“60后”“70后”作家，也非常重视《红楼梦》描摹人情的艺术，将其视为提升创作品质的重要资源。此外还有人物生活的具体物质环境，《红楼梦》宛如一幅文字的《清明上河图》，因为有了它，我们对那一段历史时间的感受就此不同。仅此一点，就足够逗引起无数后来者效仿的“野心”。

第二，认为《红楼梦》是以家族叙事完成的社会史诗，对现当代文学中家族叙事影响深远。

我们现在获得的《红楼梦》现当代继承人的名单中，相当大的比例就是这种家族史诗性质的小说作品，如《子夜》《霜叶红似二月花》《家》《春》《秋》《憩园》《四世同堂》《京华烟云》《死水微澜》《财主底儿女们》《金粉世家》《科尔沁旗草原》《三家巷》《废都》《平凡的世界》《穆斯林的葬礼》《李氏家族》《白鹿原》《家族》《古船》……这些作品通常描写一个或几个家族的生活及家族成员间的关系，并由此折射具有丰富内涵的历史和时代特征，从而构成对相当一段历史时期的社会生活的整体性反映。所叙故事，具有相当的时间跨度，往往在历史与现实结合中，形成直观的或者暗藏的“编年史”般的格局，其形式主要是长篇小说，有的甚至是多卷本长篇小说。

这些作品在很多研究者的视野中，都被归入了《红楼梦》的影响谱系，认为《红楼梦》开启了“封建大家庭批判”题材的先河，宝玉、黛玉等形象为现当代家族小说中的家族“叛逆者”提供了原型。

第三，认为《红楼梦》是深刻、丰盈的文化叙事文本和诗意叙事文本，以独特的美学气质，对后世的文化、诗化小说影响深远。

《红楼梦》文本中的文化信息含量相当大，正是这一点使它成为后来具有文化自觉和文化担当的现当代作家的学习榜样。例如林语堂创作《京华烟云》就有着非常自觉的文化传播动机，新时期以来，“寻根”小说中产生的很多作品也竭力充盈文本的文化含量，更不要说被命名为“文化”小说代表的沈从文、汪曾祺的作品了。

《红楼梦》的出现，使中国的叙事文学在审美品质上达到了古典诗歌所创造的高度，它独特的诗化气质，被研究者视为现当代小说创作中具有诗化倾向作品的范本。

> 《红楼梦》意境小说的品格，不仅确立了它作为古典文学民族化创作的巅峰地位，也对现当代白话小说创作产生了积极而深远的影响，特别是现当代意境小说（亦有宽泛地称抒情小说、诗化小说的），没有不是直接或间接受到《红楼梦》影响的…… 从这个意义上讲，《红楼梦》堪称是中国意境小说的鼻祖。[1]

研究者将《红楼梦》视为中国古典文学向现当代文学演化的“中转站”，故而产生了将现当代叙事文学中具有古典审美特质的元素归为《红楼梦》影响的观察角度，从这里看过去，现当代小说里含蕴的诗情，皆似红楼余韵。

这些研究获得的成果，使我们对于《红楼梦》小说艺术的价值和内涵，有了更加深入和充分的了解。但这种基于比对之下的相似性归纳，过于依赖主观感受和认识，容易导致

1 裘新江《〈红楼梦〉与现当代意境小说》，《河南教育学院学报·哲学社会科学版》2010 年第 3 期，第 12 页。

偏颇，造成泛化，从而严重影响研究成果的价值。

譬如有研究者认为《红楼梦》对于五四小说中对“个性解放”的描写具有“示范”作用，这显然是过于主观的判断以致忽视了基本的事实。“个性解放”的确是现当代文学特别是五四文学的重要描述对象，但事实上是五四解读出了“红楼”中的个性解放，而非“红楼”启示了五四的个性解放，将其理解为“示范”，逻辑上显然是有问题的。

又如上文所引的《〈红楼梦〉与现当代意境小说》一文，作者在后面的论述中，以一网打尽的气势，将从废名、许地山、郁达夫、沈从文、张爱玲……到钱钟书、孙犁、茹志鹃、汪曾祺、陆文夫、宗璞等现当代文学史上的重要作家和作品中的构成意境美的诗情都归入《红楼梦》的影响谱系，甚至整体不那么诗化的作品中某些片段，像《山乡巨变》中江南水乡水墨画式的描写，《林海雪原》中的雪景描写，《红旗谱》中鲜明的地方色彩与浓郁的乡土气息等，也都归入其列。[1]

有论者论及现当代作家对《红楼梦》的接受问题时认为：

---

1 裘新江《〈红楼梦〉与现当代意境小说》，《河南教育学院学报·哲学社会科学版》2010 年第 3 期，第 16～18 页。

现当代著名作家大都酷爱《红楼梦》，他们的创作都不同程度地受到了《红楼梦》的影响，主要表现在：1. 家庭题材的承继；2. 婚恋主题的偏爱；3. 悲剧艺术的体认；4. 人物系列的发展；5. 艺术形式的借鉴。[1]

虽然《红楼梦》以中国亘古未有的高度创造了东方爱情叙事的经典，但无论如何也不能把现当代作家“偏爱”写“婚恋主题”视为《红楼梦》的影响。所谓爱情和死亡是文学永恒的主题，《红楼梦》之前婚恋也是叙事的重要主题。照此逻辑分析下去，是不是此后所有婚姻、爱情叙事中的“三角、四角关系”，也是《红楼梦》的影响呢？宝黛钗是“三角”，加上湘云是“四角”——显然，这是一种值得商榷的研究思路。

这种将《红楼梦》推向光照万代的小说艺术“王座”位置的研究思路，也许出发点是对《红楼梦》的由衷热爱，同时也认为《红楼梦》对于当下乃至今后的中国小说创作有着巨大价值，急切地希望人们认识到这一点。只是这样为了“强调”的泛化，在认识《红楼梦》小说艺术的现当代继承问题上，很可能导致与研究者良好出发点相背离的结果。

---

1 李祝喜《论现当代作家对〈红楼梦〉的接受》，《宝鸡文理学院学报·社会科学版》2004 年第 2 期，第 76 ~ 77 页。

有些研究者之所以在盘点曹雪芹遗产时表现得如此急切，甚至言辞过激，失于偏颇，客观上也不无现代性压力下的矫枉过正。这一点的确像格非在《中国小说的两个传统》中分析的那样：

> 不管当年的现代性启蒙如何极端，小说的传统资源还是顽强地参与到了近现代文学变化的历史过程中。整个中国近现代的文学固然可以被看成是向外学习的过程，同时也是一个更为隐秘的回溯性过程，也就是说，对中国传统的再确认的过程。正如前文所说，无论鲁迅、郭沫若、茅盾、沈从文、废名，还是萧红、师陀、张爱玲，这种再确认的痕迹十分明显。不管是主动的，还是犹豫不决的；不管是有明确意图的，还是潜移默化的，他们纷纷从中国古代的传奇、杂录、戏曲、杂剧、明清章回体、小品等多种体裁吸取营养。……但不可以否认的是，在巨大的现代性的压力下，这一回溯过程至今仍然被普遍看成是某种次要的、隐性的，不得已而为之的，甚至可以被忽略的文学进化史的附属品。[1]

1 格非《中国小说的两个传统》,《小说评论》2008年第6期，第44页。

很长时间以来，我们的叙事，无论是理论构建还是创作实践，主要盯着“外面”，很少回望过去，因为“外面”代表着“未来”，我们忙着“编新”，不愿——某种程度上很可能是不能——“述旧”了。中国自身的叙事传统之于现当代小说创作，虽然在理论阐释上不够充分，但在创作实践中，它从未退出，隐秘却强韧地施加着影响，《红楼梦》小说艺术的现当代继承是我们观察这种影响的理想场域。前文所概括的这三个方面，基本都可归入一般文学资源的范畴——家族叙事似乎具有某种整体性，但这种整体性依然是模式层面的，而非叙事范式，即使在模式层面上，与《红楼梦》的处理也有着很大的不同。从一般文学资源的角度来分析《红楼梦》小说艺术的影响，的确让人感到不够有力，似乎怎么说都不够，于是为了强调和凸显这种影响而无度地扩大和泛化——过犹不及，给人的感觉更加吃力。

本书尝试引入“叙事范式”这一概念，也许能使我们摆脱这种无力的被动局面。这样一个整体性和本体性的角度，不仅使我们可以通过对《红楼梦》小说艺术的现当代影响，思考中国小说叙事在百年来的嬗变，同时探索一个可能深化的方向，我们也许可以就此开启重新认识中国小说叙事内在规定性的道路。

三、小猫头鹰不是蝙蝠

艺术发展并不遵循简单的进化论原则，技术思维不能用以认识文学问题，人类叙事历史上存在的所有叙事范式，并不存在着某一种先进而某一种落后这样的价值分级。神话、寓言叙事并不会因为产生在人类叙事的童年而在今天失掉价值，而后现代叙事决不因涂抹着最新的文化色调就具有无与伦比的进步性。在一个因美称义的领域里，“进步”“落后”是一种粗暴无知的判断，这里的“进步”，就是在特定的历史文化语境下更有力地捕捉“真”，更敏捷、更深刻地表达“美”。而“落后”，就是表达的无力与无效。在很多艺术领域，这应该是常识，我想任何一个有着基本艺术感受能力的画家都不会指责岩画简陋粗糙，相反会为那些矿料抹出的原始生命力量而着迷。他同样也不会挑剔汉画像石上的人物、车、马线条单调，相反会叹服地探究那些古雅线条的巨大表现力。今天的国画家可以选择的表现手段丰富多样，工笔画借鉴油画风格或使用现代装饰画的材料，也不是什么新鲜事儿。不适合的可以不选择，但谁也不会认为“曹衣出水”和“吴带当风”是“落后”的“古代技术”，更不会认为散点透视下的山水是“历史局限性”造成的“错误”，这是对国画的这一艺术形式的内在规定性及其历史中所有经典艺术范式的基本理解，同样是从事这一艺术的人应该具备的常识，也是继承的起点。

然而这种常识落实到中国小说这一叙事艺术上，竟然会成为冤孽纠缠的问题——中国现当代作家为自己家的小说叙事艺术“欠发达”自卑了百余年，亏得有本《红楼梦》，从“人的文学”、社会小说、问题小说，到批判现实主义，一直折腾到象征主义、存在主义、魔幻现实主义……《红楼梦》被各种叙事范式“认领”过。王蒙说《红楼梦》耐“方法论”，《红楼梦》的文本就像相声《卖布头》里的那块布，“经拉又经拽，经蹬又经踹”，就这样被生拉硬拽了一百多年，问题不仅没得到解决，反而越弄好像越成问题。

之所以造成这一现象，很大程度上跟现代以来，以西律中的小说认识原则有着密不可分的关系。其实，正如曹文轩在《小说门》的第一章中宣称的那样，“每个民族都有自己的小说史”。所有的人类族群都有叙事的天然需要，同时也天然地拥有使用本族语言进行叙事的能力。因此，小说如同绘画、舞蹈一样，虽然具体的审美特质有区别，却是所有民族都拥有的艺术形式，“是人类精神的普泛形式。”“中国的《红楼梦》与异族文化无关，是在中国人几乎完全不知道当时的西方有什么玩意儿的情况之下由一个叫曹雪芹的天才写出来的——你无论用什么标准去衡量，它都叫小说——地地道道的小说。”[1] 曹文轩在此要辩驳的，正是没有西方就没有中国、拉美、日本的现代形态的小说的观点——这一观点，那些所谓“落后”民族的小说家似乎早已接受，并且对西方影响给予了充分的认同：

> 我们已心悦诚服地接受了一个全球性的结论：小说的近代形式特别是现代形式，来自或得力于西方的小说创作——各国小说之所以能够进入近代状态与现代形态，是受西方之小说之启发，甚至是对西方小说进行直接模仿的一个结果。
>
> 日本的、中国的乃至拉美的小说家们自己似乎也是这样认为的。他们在谈论自己的创作时，总要找到他们的西方鼻祖：笛福，菲尔丁，塞万提斯，福楼拜……
>
> 这一切也许都是事实。但若说小说的近代形式与现代形式，是西方小说家的创造——没有他们的创造，小

1 曹文轩《小说门》，北京：作家出版社，2002 年版，第 18 ~ 19 页。

说史就不会进入近代史和现代史，却是一个极为令人怀疑的说法。[1]

历史无法假设，我们现在也不能人为地假想出，如果没有所谓西方的影响，中国的小说叙事会发展出何种样貌。但我们可以肯定的一点，即使没有外来的影响，中国叙事也会自然而然地发展出自己的近代和现代形态——其实《红楼梦》已然向我们昭示了某种可能性。但彻底抛开西方小说概念的影响，恢复到中国小说未被“污染”的本初状态来认识中国小说叙事艺术，既不现实也不合理。如同以《红楼梦》为代表的古代小说构成了我们今天所讨论的中国小说叙事历史，百年来在“洋”和“新”的强大压力下完成的现当代小说的理论建构和创作实践，同样也是无法改变的中国小说叙事的历史事实。我们的小说叙事艺术，就是这样走过来的。没有曹雪芹、施耐庵就没有今天的中国小说，可没有鲁迅、茅盾、沈从文，同样没有今天的中国小说。故而，对曹雪芹遗产的继承的研究，实质上是提供了一个非常好的观察中国小说叙事的现代演进的场域，而且我们对这一问题的探索，对于中

1 曹文轩《小说门》，北京：作家出版社，2002 年版，第 17 ~ 18 页。

国小说叙事解决当下面临的严重危机和发掘未来的可能，也许能进行一些有价值的思考。

这里，我们必须对“中国小说叙事”这一看似简单的概念，予以廓清。首先，《红楼梦》是独立的中国古代叙事艺术的产物，它是中国小说，不是novel。

昆德拉在《被背叛的遗嘱》中将他谈论的小说艺术明确界定为欧洲小说，在欧洲现代社会初期发端其历史的小说，他特别指出：

> 别的小说当然也存在于世：中国小说、日本小说、古代希腊的小说，但是那些小说同随着拉伯雷和塞万提斯诞生的历史事业的联系，没有任何延续性可言。[1]

古典的中国小说显然应当被当作一种独立的叙事艺术形式予以理解和阐释，在确认这种独立的主体性的前提下，也同样应该认识到，产生于欧洲和中国的这两种同名的叙事艺术“小说”，又存在着大量共通之处。

浦安迪在《前现代中国小说》一文说：

---

1 米兰·昆德拉《被背叛的遗嘱》，余中先译，上海：上海译文出版社，2003年版，第29页。

> 早在19世纪末西方文化大规模东渐之前，古代中国的长篇散文体叙事文学就已经盛极一时，如果将这些作品视为中国的“小说（novel）”，看来即使不是对小说这一概念的滥用，也是对文学分类学的明显误解。这实际上与将鲨鱼称为海豚，或将小猫头鹰称为蝙蝠，并无二致。[1]

中国现当代文学中的“小说”，是在“novel”概念统治下逐渐成长、发展的，然而一个“novel”的概念是写不成小说的，更何况还有语言上的藩篱，小说家只有通过小说家才能成为小说家，以《红楼梦》为代表的中国古代叙事作为资源必然地进入了现当代创作。可以这样说，中国现当代小说的启动资金和运营资本里，既有曹雪芹的遗产，也有塞万提斯的遗产。

浦安迪在后文的论述中用“Full-length xiaoshuo”来注明中国古典“长篇小说”一词。他指出这些分野，却同时发现：

1 浦安迪《浦安迪自选集》，刘倩等译，北京：生活·读书·新知三联书店，2011年版，第79页。

> 在我们通常所谈论的古典中国小说及其欧洲同名文类之间，实际上存在着一些重要的交会地带，而不止是一两点相似而已……更准确地说，这些地带覆盖了西方文学理论家及小说史家关切的所有领域，这包括：小说在传统文学谱系中的位置；小说基本美学原则的结构与修辞分析；本国语的、通行的叙事模式的文化政治含义；这种新的文学形式的社会与文化历史根源。“模仿”（mimetic）写实主义大获全胜、叙述角度从假定的客观维度逐渐转向内在的主观维度、“反讽”（ironic）在典型的小说修辞姿态中成为实质性焦点，以及这种无可阻挡地转向内在个性，与产生、形塑小说的文化环境的某些同时发生的哲学思想走向之间的关系。[1]

浦安迪在这篇长文中，通过对这些相关层面的仔细检视，从而证明了“将‘小说’这一概念用于中国叙事文学所具有的正当性”。浦安迪的研究可以帮助我们更好地认识《红楼梦》在中国小说本体性思考上的重要价值。《红楼梦》显然

1 浦安迪《浦安迪自选集》，刘倩等译，北京：生活·读书·新知三联书店，2011年版，第80～81页。

来自一个与西方小说主要是欧洲小说完全不同的叙事文学传统，但它完全具备我们今天所理解的“小说”这一叙事艺术的各种规定性，这也是我们之所以能够从“叙事范式”的角度对《红楼梦》和现当代小说进行讨论的基础。

我们可以说，中国小说叙事从近代到现代，经历了一次人为的艺术传统的中断——从小说观念到修辞技术，现当代中国小说叙事基本是重打鼓另开张，但是，这“新开张”的买卖里却不可能没有祖宗的老本儿，特别是经历过现代文学检选成为经典的《红楼梦》。通过现当代小说叙事对其小说艺术继承情况的分析，可以发现，虽然一直接受着《红楼梦》所提供的文学资源的滋养，但《红楼梦》中某些极具价值的核心观念，已然在现代叙事中流失了。

第二章

可怜身是眼中人

第一节 貌合而神离

《红楼梦》对文学世界最伟大的贡献之一，就是提供了一批艺术水准很高而且数量颇丰的文学形象。对《红楼梦》人物形象的研究，始终是《红楼梦》研究中的重镇。对《红楼梦》人物塑造艺术的认识，有一个发展、深化的过程，在现当代文学发端之际，这一点就引起了作家和研究者的重视。

> 小说家最难的事，是要使小说中的人物，描写得确如其分，使他的个性活泼泼地涌现在我们心里。《红楼梦》与《水浒传》之所以可贵，便在此。[1]

1 瞿世英《小说的研究》，引自严家炎编《二十世纪中国小说理论资料》（第二卷），北京：北京大学出版社，1997年版，第255页。

这是1922年瞿世英在其着意新小说理论建设的长文《小说的研究》中的话。《红楼梦》之于新小说的重要价值，最初被凸显的，除了语言之外，显然就是人物塑造的成就了。

一、列上一张“黛玉谱”

现当代小说创造对于《红楼梦》人物塑造这一宝贵遗产的认知最为明确，很多研究者是从人物思想性格的相似性上予以确认其继承谱系。

譬如杨振声的《玉君》，作为五四时期篇幅较长（大约五万字）、影响较大的新文学小说，在读者和评论者眼中，其人物性格行为颇受《红楼梦》的影响。吴宓曾撰文专评《玉君》：

> 长篇章回体小说，惟《石头记》足以代表之。篇幅甚长，人物甚伙，事实至繁，然结构精严。
>
> …………
>
> 自新文化运动之起，乃提倡短篇小说，且标榜写实主义，而以俄国作者如乞可夫、郭尔克等奉为圭臬。
>
> …………
>
> 吾观《玉君》作者，似颇能熟读石头记者。不但其

中人物事实脱胎于石头记之处甚多，如赵大娘来说亲一段、与儿之用火石作画作字、男女老少工人摘果、一存质问兴儿、偕玉君菱君钓鱼、玉君梦中呼一存相救、一存勖玉君以泪灌花等，以及其他零星小节，不及备举。而即《玉君》一书之词句文体，亦深得熟读石头记之益，而有圆融流畅之致。

…………

吾读《玉君》，颇为感动，觉其表情甚佳，有淡雅轻清之致。[1]

《玉君》也存在欧化句子、西式标点等“缺陷”，但吴宓认为这是“颇染时习，追步新文学家”导致的，所以，“《玉君》之佳处，悉作者杨君之功也。《玉君》之缺点，则时世之过也。”[2]抛开评论者“贵中贱西”的倾向，客观地说，基本“白手起家”的新小说作家们，在使用汉语进行叙事创作时，从《红楼梦》那里学来的千锤百炼出来的“套路”肯定比自己“草创”的生硬幼稚的招式看上去更“淡雅轻清”。

---

1 吴宓《评杨振声〈玉君〉》，《论衡》1925年第39期，引自严家炎编《二十世纪中国小说理论资料》（第二卷），北京：北京大学出版社，1997年版，第392～401页。

2 同1，第401页。

这种人物思想性格相似性的继承，在现当代小说不同历史时期的创作中，我们都可以找到相当典型的例证。譬如黛玉这一形象，我们可以拉出近百年来的“黛玉谱”：为爱焦灼、为理想出走的五四黛玉：莎菲（《莎菲女士的日记》）、子君（《伤逝》）；时代巨变后还在不知何处的宅门里抑郁沉默着的黛玉：翠姨（《小城三月》）、大小姐（《绣枕）；大厦将倾的“家”里被黑暗吞噬的黛玉：梅表姐（《家》）；北京王府花园里悲吟的黛玉：红玉（《京华烟云》）；走进豪门又黯然出梦的平民黛玉：冷清秋（《金粉世家》）；在租界老宅、殖民地酒店和“二战”炮火里艰难求生的民国黛玉：白流苏（《倾城之恋》）；多愁善感的同时追随时代潮流走向革命的黛玉：林道静（《青春之歌》）、江玫（《红豆》）；韶华逝去在台北故人家刚糊了茜纱的园子里惊梦的黛玉：蓝田玉（《游园惊梦》）；同样以近乎自戕的方式追摹爱情和艺术理想的戏台上的黛玉：筱燕秋（《青衣》）、秋小兰（《天河》）；那个在柏林墙两边演绎了一场欧洲版“枉凝眉”的黛玉：“我”（《倾城》）；那个追问着“全心全意的爱”却无处交托的黛玉：“你”（《最后的停泊地》）……

黛玉的形象也并非没有来源，对于女性这种见花落泪对月伤心的多愁善感，此前的叙事文学也不罕见，诗歌里的类似形象更是不胜枚举。但《红楼梦》将其予以更为细腻生动的叙事文本演绎，而不再是“落花人独立”的孤立画面和“好不愁煞人也”的长吁短叹。通过《红楼梦》的叙事，黛玉的多愁和善感，被赋予了更为丰富的精神情感内容以及形而上追问的力量。《红楼梦》对林黛玉这一形象的成功塑造，使其成为非常有效地言说中国人，特别是中国女性某种人格精神的方式，从而作为不可能被忽视的文学资源，进入了《红楼梦》之后的小说创作。

为此后作家提供言说人性方式的人物，在《红楼梦》中绝非黛玉一人。有些作家的继承似乎也非常自觉，最为典型的是林语堂。他曾在《京华烟云》（又译作《瞬息京华》）序中谈自己小说中的人物：

> 木兰似湘云，（而加入陈芸之雅素），莫愁似宝钗，红玉似黛玉，桂姐似凤姐而无凤姐之贪辣，迪人似薛蟠，珊瑚似李纨，宝芬似宝琴，雪蕊似鸳鸯，紫薇似紫鹃，暗香似香菱，喜儿似傻大姐，李姨妈似赵姨娘，阿非则远胜宝玉……[1]

1 林语堂《我的长篇小说》，引自钱理群编《二十世纪中国小说理论资料》（第四卷），北京：北京大学出版社，1997年版，第58页。

这样成系统地对《红楼梦》人物进行仿效式创作的确也是个极端例子，但选择《红楼梦》人物作为言说自己笔下人物的方式，在现当代小说中却并不罕见。某种意义上可以说，《红楼梦》提供的文学经验，影响了后来的中国作家对于人性的认识方式和表达方式。这样的例子在现当代小说创作中，不胜枚举，这里选择一个和《红楼梦》文本气质差异比较大的《红旗谱》里的人物描写，似乎更能说明问题。《红旗谱》第43章中写冯登龙去严家见严萍：

> 登龙转着脖儿看不见严萍，睁开大眼睛问："萍妹子呢？"
>
> 妈妈说："在东屋里，去吧，去看看她。"
>
> 严萍听登龙走过来，翻了个身，脸朝着墙，把手搭在眼上，打起鼾睡。冯登龙不管不顾，夸地坐在床沿上，伸手去拿严萍的手。严萍机灵地躲开，说："年岁大了，还这么着，谁习惯？"伸起胳膊打了个哈欠，翻身坐起来，说："坐到椅子上去。"[1]

1 梁斌《红旗谱》，北京：人民文学出版社，2005年版，第320页。

这两人本是青梅竹马，只是长大后的严萍有了别的心事，喜欢上了在“反割头税”大会演讲的江涛，要拉开和登龙的距离。梁斌笔下的严萍虽然是向往革命，但毕竟是个闺中少女，冯登龙也是个“瘦死的骆驼比马大”的破落地主家少爷，这番小儿女姿态的描摹蓝本，很难不让人想到《红楼梦》。

梁斌在谈《红旗谱》创作的文章中说：

> 关于写人物，我想中国小说偏重于通过人物的行动来写人物性格，尤其是通过人物的对话来写人物的性格，也是中国小说的传统手法，从《水浒》、《红楼梦》、《三国演义》都可以明显地看出这一特点。[1]

梁斌在这篇文章中，表达了在《红旗谱》中创造“民族气魄”的意愿，而对于中国传统小说的相关艺术手法的学习、借鉴的自觉也非常明显。所引那段颇具“红楼痕迹”的人物描写，梁斌在创作的时候是不是翻着《红楼梦》学来的这些句子，或者读得太熟下笔就有了，这不是个有价值的问

---

1 梁斌《漫谈〈红旗谱〉的创作》，引自洪子诚编《二十世纪中国小说理论资料》（第五卷），北京：北京大学出版社，1997 年版，第 329 页。

题。其实比有意学习更有说服力的恰恰是无意流露出的影响痕迹，因为《红楼梦》的深入人心，使得我们的作家想象人物处理爱情时的进退，有意无意地和了“红楼”定下的调子。张爱玲说，中国是个爱情荒芜的国家，某种意义上的确如此。《红楼梦》之前的叙事文学中的爱情，一般都是从后花园直奔洞房的，人物在爱情进程中的复杂反应，《红楼梦》给出了言说的方式，而这一言说方式，影响了读者也影响了作家，成为此后中国人能够接受、喜爱的爱情叙事模式甚至爱情实践模式。

> 实际上，《红楼梦》的爱情新范式一经流行，那种“才子佳人”式的“文学社会”就被拆解，而一个以《红楼梦》言情新范式为故事框架的“文学社会”就被确立起来。不论哪位作家，只要他写的是现代的爱情悲剧，就自觉不自觉地、或多或少地加入《红楼梦》新范式的“文学社会”中。……我们今后还会有新的“爱情小说”，特别是爱情悲剧，但不论如何创造，很难跳出《红楼梦》新范式的“窠臼”，真是写不完的《红楼梦》。[1]

1 童庆炳《〈红楼梦〉、“红学”与文学经典化问题》，《中国比较文学》2005 年第 4 期，第 39 页。

《红楼梦》言说爱情的方式是不是真的很难被后来者突破，这个问题我们姑且存疑，但《红楼梦》所展现的爱情中的中国人，的确深刻影响了此后的现当代小说在爱情这一场域中人物的塑造方式。

除了在爱情场域中，在家庭伦理生活、社会政治生活，以及个人的内心诗性生活中的中国人，《红楼梦》都提供了具有典范意义的言说方式，这也是此后中国作家描写中国人，总会到《红楼梦》中汲取资源和借鉴的重要原因。只是我们若以这种通过思想性格相似性拉出的“红楼人物谱”，当作证明《红楼梦》在人物塑造上影响巨大的有力证据，显然是一个过于表面化的推论。某种意义上，是因为《红楼梦》非常深刻地通过人物塑造，传达出了处于文化共同体内的中国人相对本质的精神情感特质，这才是“红楼人物”与现当代小说中很多人物塑造能够“同气成谱”的更为内在的原因。“同气成谱”作为理解《红楼梦》人物塑造艺术继承的一种思路，有助于我们发现有相当数量的现当代作家的创作中，《红楼梦》是不可否认的文学资源之一。但如果我们要发现《红楼梦》人物塑造艺术的真正奥秘，显然要变换一下思路。

二、巴金为何要“撇清”？

从相似性的角度，我们可以发现《红楼梦》的人物塑造作为文学资源，深刻地影响了现当代小说的人物创作。然而我们似乎并不应该满足于这一发现。《家》也被研究者认为是与《红楼梦》有着血缘关系的作品。

> 《家》第21章觉新与梅芬之间的互诉衷肠也不免让人想到《红楼梦》第23回的“宝黛互诉”,《家》第24章瑞珏与梅芬彼此交心颇类似于《红楼梦》第45回的“金兰契互剖金兰语”,《家》第26章“鸣凤抗婚”一幕明显带有《红楼梦》第46回“鸳鸯女誓绝鸳鸯偶”的影子,《家》第29章觉慧在花园里发现倩儿为鸣凤、婉儿烧纸钱更是明显有着《红楼梦》第58回“杏子阴假凤泣虚凰”的影子，等等，限于篇幅在此不再一一列举。总之，我们应该承认《家》与《红楼梦》之间有着不可忽视的内在承继关系，不管巴金先生本人承认还是不承认。[1]

1 高淮生、李春强《〈红楼梦〉对20世纪中国小说创作影响研究》，引自《咸阳师范学院学报》2006年10月第21卷第5期，第39页。

《家》从出版的当年，就被人发现与《红楼梦》的相似之处颇多，而作者巴金似乎不愿意承认这种“发现”：

> 作者非常着力地分清《家》与《红楼梦》所表示的时代不一样，所以抓住觉民觉慧这两个叛逆少年说：“这是《红楼梦》里所没有的呀！”[1]

从巴金的回忆文章中我们可以知道，他对《红楼梦》自小就特别有印象，儿时家常席间，家中的大人、哥哥、姐姐行令喝酒，批评《红楼梦》里的人物，他虽然还没开始读它，却已经熟悉书里面的人物和事件了。[2]后来他在谈到《家》里的一个人物琴的时候说：“到后来，一个类似惜春（《红楼梦》里的人物）的那样的结局就像一个狭的笼似的把她永远关在里面了。”[3]

无论是儿时的耳濡目染，还是谈创作时的比照对象，巴

---

1 闻国新《家》,《晨报·学园》，1933年11月7日，转引自高淮生、李春强《〈红楼梦〉对20世纪中国小说创作影响研究》，引自《咸阳师范学院学报》2006年10月第21卷第5期，第39页。

2 巴金《家庭的环境》，引自《巴金全集》（第十二卷），北京：人民文学出版社，1989年版，第389页。

3 巴金《关于〈家〉》，引自《巴金全集》（第一卷），北京：人民文学出版社，1986年版，第451页。

金应该完全在《红楼梦》影响的辐射范围之内的。那么，巴金当年的反驳，对《家》和《红楼梦》“内在承继关系”的否认，似乎是在刻意地“撇清”。

这无疑是一种误解。

巴金的否认绝非故作姿态，其背后有着非常认真和郑重的思考，因为他着力分清的是“时代”。“时代”这个词像把沉重的锤子，一下就砸碎了《家》里的人物与《红楼梦》人物之间细弱的相似性链条。

“时代”这个词背后所隐藏的未被巴金明确说出来的东西，那才是他创作人物的根本依据，与这一本质力量相比，《家》中那些人物与《红楼梦》人物身上的相似性变得无足轻重，甚至几乎可以忽略不计。

创作人物的决定性力量是什么呢？

要想回答这一问题，我们必须要回到“人物”这一小说基本概念上。戴维·洛奇在《小说的艺术》中说：“人物问题大概是小说艺术最棘手的一个方面，尤其是使用专门术语讨论时。”[1]这个问题在本书中也丝毫不会变得轻松。福斯特在他那本著名的演说集《小说面面观》里通过将人物和生活中的

---

1 戴维·洛奇《小说的艺术》，王峻岩等译，北京：作家出版社，1998 年版，第 76 页。

人在人生领域内进行全方位的比较，认定人物只是小说按照某种与生活规律完全不同的艺术规律创造出来的，符合了某种规律，才看上去“像生活中的人”。[1]而昆德拉说得更直接：“人物不是一个对真人的模仿，它是一个想象出来的人，一个实验性的自我。”[2]人物的真实性是个大问题，但无论如何认识这个问题，“真实”显然是我们的感觉，我们可以确定的一点是：小说人物是虚构的，决定虚构这些人物的主要力量并不是现实中的真人，而是作家对人的认识。

这似乎与一种为人熟知的说法相左，不止一个作家愿意这样形象地表达自己的创作：笔下的人物，是对生活里真实人物的艺术升华，借用现实中张三的鼻子，李四的眼睛……是来自生活高于生活的艺术创造。这种说法通常也被拿来为现实主义典型论做注脚。对于升华“原型”说，作家如果不是就自己的创作过程编故事——很多作家对此的“创作”热情不亚于小说本身，那么他的陈述里也包括一个显而易见的事实：为什么要借用张三的鼻子而不是张三的眼睛？为什么阿 Q 头上要戴毡帽而不是瓜皮帽？为什么宝玉的脸要如春晓

1 E. M. 福斯特《小说面面观》，朱乃长译，北京：中国对外翻译出版公司，2001 年版，第 114 ~ 165 页。

2 米兰 · 昆德拉《小说的艺术》，董强译，上海：上海译文出版社，2004 年版，第 43 页。

之花而不是锅底之灰？

显然是小说的作者依据自己的认识做了选择，我们才能看到戴毡帽的阿Q和色如春晓之花的宝玉。其实作者问题，是小说中另一个棘手却不能回避的大问题，抛开种种纠缠，我们必须承认，作者的认识显然是小说人物塑造的决定性力量之一。作者的认识通过创作过程，转化为小说文本中可以辨识的话语之一。

巴赫金从本体论的意义上将小说看成不同话语之间的对话。小说是一个场，而且是一个杂语的场，掌握人物的话语从来也不单纯，但作者的认识构成的话语，肯定是掌握人物的主要话语——即使文本存在开裂、错综，甚至势均力敌的矛盾性对峙力量，但作者话语的力量肯定是不容忽视的一个声部。尤其是在有着强烈的主观动机和鲜明的创作意图的作家那里，这个声部的音量是要远远高于其他声部的。从这个角度，我们似乎可以理解巴金先生的否认了。

三、《红楼梦》里没有觉慧

巴金在谈到如何创作《家》时说：

> 我当初刚起了写《家》的念头，我曾把小说的结构

> 略略思索一下。最先浮现在我的脑子里的就是那些我所熟悉的面庞，然后又接连地出现了许多我所不能够忘记的事情，还有那些我在那里消磨了我的童年的地方……我并不要把我所认识的人写进我的小说里面。我更不愿意把小说作为报复的武器来攻击私人。我所憎恨的并不是个人，而是制度。这也是你所知道的。然而意外地那些人物，那些地方，那些事情都争先恐后地要在我的笔下出现了。[1]

这段话通常被引来证明《家》和《红楼梦》一样，是作者取材亲身经历进行创作的明证。其实，经历不等于经验，类似的经历对于不同的作家，也许可以获得完全不同甚至截然相反的经验。而且，不经过作家主观认识照射的经验，如同深埋地下的矿藏，不为人知。作家对经验的挖掘、淘洗、筛选，甚至冶炼、锻铸、雕刻、打磨……最后赋予其“有意味的形式”而成为艺术品，小说人物和作家经验之间的差距，甚至要大于一件青铜雕塑和地下的铜矿。故而，我认为这段话里，最具价值的是那句：“我所憎恨的并不是个人，而是

1 巴金《关于〈家〉》，引自《巴金全集》（第一卷），北京：人民文学出版社，1986年版，第442～443页。

制度。”

> 到了30年代，以刻画“人物”为中心的写实小说已经是小说创作的“正格”，与此相适应，人物典型化的理论、环境与人物关系的理论，特别是恩格斯的“典型环境与典型性格”的理论也成为最有影响力的小说理论。[1]

巴金是个主观气质强烈的作家，《家》虽然基本属于他早期的“青春型”写作，小说文本充满激进的气息，但《家》同时也表明了巴金更大程度上接受了现实主义的创作方法，以其来观照自我生活经验，其独特风格也开始成熟。《家》体现了作家对封建大家庭非常深刻的批判性认识，并且自觉地塑造了一批“典型环境里的典型人物”。

首先是作家最为倾心看重的进步力量的象征，觉慧和觉新这两个典型。觉慧是这个家的“叛徒”，是引导青年“应当这样走”的反抗性形象，而觉新则是五四新思想和封建主义伦理道德争夺下人格分裂的悲剧形象，是昭示青年“不该那么做”的典型。《家》同样塑造了专横、衰老和腐朽的高老

1 钱理群《二十世纪中国小说理论资料·前言》，引自钱理群编《二十世纪中国小说理论资料》（第四卷），北京：北京大学出版社，1997年版，第3页。

太爷这一人物，象征着旧家庭和专制制度走向崩溃的历史命运，他是高公馆的最高统治者，这里发生的很多满浸血泪的悲剧，都和他有着直接或者间接的关系。除了这三个典型，在《家》中所写到的六七十个人物中，还有鸣凤、瑞珏、梅芬这些性格或刚烈或温厚、善良美丽却被吞噬毁灭的女子形象，也塑造了勇于追求个性解放的青年觉民和琴，以及荒淫残暴的假道学和刽子手冯乐山、败家子五老爷克定、狡诈贪婪的四老爷夫妇、专横愚顽的土豪周伯涛等。典型人物存在的典型环境就是黑暗腐朽的高公馆，可以说，《家》里的高公馆，给人提供了一个认识封建专制，特别是封建家长制的完整而形象的模型。

《家》基本上就是五四启蒙话语嘹亮高亢、悲愤却不失乐观的独唱。它所体现的批判性比五四时简单以恋爱自由反对旧礼教的作品更加深刻，矛头指向的不只是封建礼教，而是更为直接地指向封建统治的核心专制制度。作者的用意也不只是主张自由恋爱，而是号召青年反对封建专制，投身社会革命的洪流。虽然巴金写了不少血淋淋的惨剧，但这些惨剧只是用以控诉“家”的罪恶，激起读者的愤怒。作家通过觉慧这一形象，无比乐观地赞美了青春的热情和追求新生的勇气，《家》揭示的抗争之路给人以希望和勇气，鼓舞人们去寻找光明的未来。也许正因为这样，《家》在20世纪三四十年代产生了巨大的社会影响，有很多进步青年，怀揣着一本《家》和对封建专制的憎恨而叛逃家门，投身社会，寻求社会变革和自我新生之路。

巴金先生之所以在论者发现《家》和《红楼梦》人物的相似性之后，会拿觉慧、觉新来否认，背后更为深刻的原因是他认为自己写的是与《红楼梦》完全不同的“全新”的小说，而塑造“新人”、批判现实、引导青年，是他念兹在兹的创作动机，与《红楼梦》的比附可能会造成的认识上的混淆是他所警惕的。巴金这一代的作家，有着巨大的历史使命感和社会责任感，在当时的文化语境和社会现实下，他近乎过敏的警惕里，可以看出他对小说的认识，绝非“破愁消闷”。

通过以上分析，我们可以看到，《家》属于批判现实主义叙事范式下的创作。批判现实主义叙事范式下的小说创作，要通过塑造典型环境里的典型人物，反映社会现实，更为重要的，优秀的批判现实主义作品，通过对丑恶、反动典型形象的批判和对美好、进步的典型形象的赞扬，从而影响读者，促进社会进步。

《红楼梦》与《家》的巨大分野也就在此处。在第一章我们对《红楼梦》经典化历程的梳理中，《红楼梦》也曾经因为

“时代”的需要而被解读为现实主义和批判现实主义小说，但事实上，《红楼梦》所代表的是完全不同的叙事范式下的小说观念。于上面分析中，我们可以看到《家》中的人物，基本处于黑白分明的两大阵营设置，这是《红楼梦》里绝没有的景象。同为大家族的家长，贾母形象就更为复杂、暧昧，身上并无高老太爷那样的专制主义象征的标签。甚至在某些时候，贾母还是宝玉独特的“理解者”：

> 我也解不过来，也从未见过这样的孩子。别的淘气都是应该的，只他这种和丫头们好却是难懂。我为此也耽心，每每的冷眼查看他。只和丫头们闹，必是人大心大，知道男女的事了，所以爱亲近他们。既细细查试，究竟不是为此。岂不奇怪。想必原是个丫头错投了胎不成。（第七十八回）[1]

她还百味杂陈地喟叹宝黛“不是冤家不聚头”，她纵容凤姐，却也庇护了鸳鸯……她有她的智慧——抑或是自以为

1《红楼梦》在版本问题上，比一般的小说文本要显得复杂，鉴于本书的论述与版本差异相关性不大，故而不予涉及。文内所有《红楼梦》小说内容的引文都引自中国艺术研究院红楼梦研究所校注的《红楼梦》，北京：人民文学出版社，1996 年第 2 版。后引只标明回数，不再一一作注。

是的愚昧；也有她的糊涂——抑或是“不痴不聋，做不得婆公”，装出来的“难得糊涂”；有她的无奈——也许是老谋深算的无为而治；也有她的坚韧——也许是安享尊荣的得过且过……就连她是贾府真正的最高统治者，还是大权旁落被架空的傀儡，不同的人也会有不同的看法。

所以，不只是《家》里代表着新生力量的觉新、觉慧，是《红楼梦》里所没有的，甚至《家》里那些腐朽封建制度的代表和殉道者、无辜善良的牺牲者等等人物，也是《红楼梦》中所“没有的”。《红楼梦》和《家》是在不同的叙事范式下、秉持不同的小说观念完成的人物塑造。

现当代小说与《红楼梦》在这一点的分野，具有相当的普遍性，《家》不过是其中较为典型的却并不罕见的例子而已。

第二节　认识与启示

正如钱理群的分析，中国的现代小说在经过了五四时期的草创阶段、新文学第一个十年的发展，以塑造典型人物为核心的写实小说成为创作的主流，而现实主义的典型理论也成为最有影响的小说理论。随后在现代文学后二十年的发展中，所收获的有影响的作品，基本都可以归入这一范式之下。这一趋势在 20 世纪 40 年代末中国政权更迭之后，更加得以强化，甚至在相当长的时间内，现实主义叙事范式和与之相适应的典型人物理论，成为唯一具有合法性的小说范式和小说评价准则。21 世纪初的今天，中国的许多小说家都在力求叙事表达的多元化，但现实主义叙事范式在创作实践和文学批评中的主流地位和影响力，仍然未被根本撼动。

一、要写真的人物

在这样的大背景下，现当代小说创作对《红楼梦》小说人物塑造艺术的学习，除了人物性格相似性的继承之外，更为深入的继承是通过学习《红楼梦》塑造人物时的具体修辞方式，服务于自己笔下的典型人物塑造。

> 至于说到《红楼梦》的价值，可是在中国底小说中实在是不可多得的。其要点在敢于如实描写，并无讳饰，和从前的小说叙好人完全是好，坏人完全是坏的，大不相同，所以其中所叙的人物，都是真的人物。总之自有《红楼梦》出来之后，传统的思想和写法都打破了。[1]

鲁迅这段关于《红楼梦》的著名论述，与《红楼梦》的文本一样，也将经历自己的“接受与阐释”的命运，即使在今天看来，这言简意赅的几句话，与鲁迅的小说创作实践一样，在中国现代小说的草创期，仍具有成熟的典范意义。在鲁迅的表述中，显然“真的人物”的人格结构中是包含着不同向度的元素，而不是单向度的——好人完全好，坏人完全

1 鲁迅《人情派》，引自王志良主编《红楼梦评论选》，北京：中国社会科学出版社，1998 年版，第 1147 页。

坏。越是塑造得成功的人物，其包含的向度越复杂。鲁迅笔下的阿Q就是一个塑造得非常成功的“真的”人物。

我们可以在阿Q这个人物身上发现非常复杂的向度：质朴愚昧但又圆滑无赖；率真任性而又正统卫道；自尊自大而又自轻自贱；争强好胜但又忍辱屈从；狭隘保守但又盲目趋时；排斥异端而又向往革命；憎恶权势而又趋炎附势；蛮横霸道而又懦弱卑怯；敏感禁忌而又麻木健忘；不满现状但又安于现状……也是说不完的阿Q。可以说，这一典型形象画出了中国国民沉默的灵魂，并且随着时间的推移，越来越得以证明，这一形象同样具有超越时代生效的经典性质。

前文所引的鲁迅那段论述的含义当然并不仅限于此。鲁迅写了《中国小说史略》，致力向新文学界推介翻译外国小说，同时又完成了《呐喊》《彷徨》《故事新编》的小说创作，他的小说观念也是一个内涵丰富的体系。鲁迅与《红楼梦》是一个大题目，但具体到人物塑造这一点上，我们必须承认，鲁迅非常好地继承了《红楼梦》对于人物复杂性的表现，只是这种继承更为无形、内在，而且对于中国小说传统的修辞方式，他创造性地进行了现代性转换，譬如《红楼梦》中抓住人物特点的白描手法，也是鲁迅塑造人物的重要手段，可以说，鲁迅对于中国现代小说的民族化和成熟化，居功厥伟。

鲁迅作为中国现代小说史上最重要也是最优秀的作家，他的文学资源非常复杂、丰厚，视野广博，又有面向未来的开创精神，其小说思想之深刻、技术之上达，的确是《红楼梦》之后，“中国小说第一人”。

> 我们之所以高度评价鲁迅在中国小说史上的地位和作用，当然不是因为他在与《红楼梦》所代表的思想和艺术价值取向上取得了何种更高的成就（尽管鲁迅对传统艺术手法的推陈出新也是值得欣赏的），而是着眼于经他之手开创了中国小说的一个新时代。[1]

这个由鲁迅开创的小说新时代，在随后的发展中，刻画人物为中心的写实小说逐渐成熟起来，创作反映时代的现实主义小说成为作家的自觉。而《红楼梦》塑造人物的具体手法，因其作为微观修辞方式的有效性，也成为很多现当代作家的文学资源，裨益其的创作。

直到抗日战争爆发，当中国作家因时局需要而不得

1 金宏达《〈红楼梦〉· 鲁迅 · 张爱玲》，引自子通、亦清主编《张爱玲评说六十年》，北京：中国华侨出版社，2001 年版，第 447 页。

> 不采用较旧的小说体裁来制造爱国宣传品时，当少数严肃的作者开始主动挖掘旧小说的写作手法时，他们虽在少年时代都曾读过旧小说，但很少有人感到自己曾受其惠益。他们反而转向西方小说寻求创作灵感与指导。……《红楼梦》和《儒林外史》对于1921年至1941年感伤小说和讽刺小说的影响彰彰甚明。但有趣的是，这种影响显见于他们的作品彰彰甚明，小说家们却有意否认这种影响。[1]

现代中国作家对以《红楼梦》为代表的古代小说艺术的继承，未必像夏志清描述得这么勉强，但对“旧小说”的写作手法的价值，的确有一个认识的过程。

施蛰存在反省创作中因为盲目借用西洋文学的技术而造成困难时说：

> 新文学运动兴起以后，我国的小说，正如诗与散文一样可以说是与旧的传统完全脱离，而去过继给西洋的传统了。在小说一方面，西洋的形式被认为是文学上的

---

1 夏志清《中国古典小说史论》，胡益民等译，南昌：江西人民出版社，2001年版，第4页。

正路，而为每一个作家所勤奋地采用了。

我写小说……常常为对话的问题而感觉到小说的技巧方面的一重难关。

…………

西洋文学流传到东方来之后，我们大家都知道了法国有费了几十页文字去描写一个人的行动思想的佛伦贝尔、左拉等作家。……对于这种作家模仿之结果，足以使我们的作家完全忽略了他的读者也是一个如他自己一样的有经验有思索有想象力的人。……我……对于西洋式的正格的小说却有点怀疑起来了，到底它们比章回体，话本体，传奇体甚至笔记体的小说能多给读者若干好处呢？曹雪芹描写一个林黛玉，不曾应用心理分析法，也没有冗繁地记述对话，但林黛玉之心理，林黛玉之谈吐，每一个看过《红楼梦》的人都能想象得到，揣摩得出。[1]

这实在有点儿“眼前无路想回头”的意思。《红楼梦》中通过人物言行的准确描绘，一个人物就立在文字之间，这种“白描”的手法是中国小说的传统技艺，在《红楼梦》中更是

1 施蛰存《小说中的对话》，引自吴福辉编《二十世纪中国小说理论资料》（第三卷），北京：北京大学出版社，1997 年版，第 466 ~ 471 页。

达到了出神入化炉火纯青的地步。更为重要的是，中国广大的读者是被这种“旧小说”培育出来的，完全不考虑接受的小说家如果不是无知，那就是愚蠢。更何况，以启蒙为天职的五四一代作家，从扩大新小说接受面的角度来向旧的传统学艺了。

前文所引的夏志清的描述里我们可以认同的是，现代作家向传统学艺，只是在“用”的层面，他们自己有着自己新小说的“体”。而且《红楼梦》人物塑造之所以取得那么高的艺术成就，肯定也不只是因为“白描”之类的通过人物言行来塑造人物的具体手法，《红楼梦》也有自己的“体”。

二、“典型”的刻刀

茅盾在《节本红楼梦导言》中，就《红楼梦》人物塑造的技巧谈到几点：

> 把女子作为独立的个人来描写，也是《红楼梦》创始的。……贾宝玉不是什么“风流教主”、“护花使者”，而是同受旧礼教压迫的可怜人儿。《红楼梦》中那些女子都是活生生的人，都是作者观察得的客观的人物，而不是其他“才子佳人”小说里那些作者想象中的“美人

儿”。这一点，也是曹雪芹所开始的“新阶段”，但后来人并没能够继续发展。

又次，《红楼梦》的“技巧”也是后来人不曾好好儿发扬光大的。《红楼梦》写“人物”的个性，力避介绍式的叙述而从琐细的动作中表现出来。林黛玉在书中出场以后，作者并没有写一段“介绍词”来“说明”林黛玉的品貌性格；他只是从各种琐细的动作中表现出来一个活的林黛玉来。读者对于黛玉的品貌性格是跟着书中故事的发展一点一点凝集起来直到一个完全的黛玉生根在脑子里，就像向来认识似的。……《红楼梦》里许多人物都跟着故事的发展而发展的。……

《红楼梦》是没有扭捏做作的。[1]

茅盾显然对于《红楼梦》自然、精准的人物塑造“技巧”很有认识，所以在他对所处时代全方位正面描绘的现代社会历史小说《子夜》里，有意模仿了。

吴组缃这样评价茅盾的《子夜》：

1 茅盾《节本红楼梦导言》，引自吕启祥、林东海主编《红楼梦研究稀见资料汇编》，北京：人民文学出版社，2001 年版，第 628 ~ 629 页。

> 全书重要人物不下三四十人，每一个人的性格都表现得十分明显。旧小说《红楼梦》、《水浒传》的艺术手腕也不过如此。
>
> …………
>
> 我听朱自清先生谈，他亲自听作者和他说，作者写这本小说，有意模仿旧小说的文字，务使它能为大众所接受。这一点作者有点失败：固然文字上也没有除尽为大众所不懂的词汇，便是内容本身，没有相当的知识的人也是不能懂得的。作者的文字明快，有力，是其长处，短处是用力过火，时有勉强不自然的毛病。[1]

茅盾的长篇小说之于现代中国小说史的重要性毋庸置疑，他笔下的民族资本家的形象系列和女性形象系列，把中国现代小说人物塑造历史性地带到了新的高度。譬如《子夜》中的吴荪甫这个形象，也有着复杂的塑造：他自私、贪婪、专断和残酷，内心平庸，同时又有着我们这个柔弱的民族性格中罕见的强悍生命力，是“20世纪机械工业时代的英雄、骑士和王子”，可惜生不逢时，所以茅盾说：“吴荪甫的悲剧

1 吴组缃《评茅盾〈子夜〉》，引自吴福辉编《二十世纪中国小说理论资料》（第三卷），北京：北京大学出版社，1997年版，第210页。

中是带有某些悲壮性的。”

> 茅盾对吴荪甫等复杂性格的刻画对于以往文学单一化的性格描写无疑是一个新的突破，但对这个人物性格复杂性的过于明确化与理性化的把握与表现，却仍然未能摆脱把无限丰富的人物与生活加以简单化的历史局限。[1]

茅盾是一个文体意识非常自觉的小说家，同时也是文艺理论家，其实艺术上的自觉和理论支持的充分，并不必然导致这种“明确化”和“理性化”而造成的简单化。恰恰相反，艺术上和理论上的自觉，应该使小说创作更加成熟丰盈。如果出现了让人遗憾的结果，那么就需要审视这种“自觉”了。

茅盾心目中理想的小说是以巴尔扎克、托尔斯泰为代表的法国、俄国优秀的现实主义小说，他虽然努力减弱自己作品中的欧化倾向，并且在《霜叶红似二月花》中有意采用了《红楼梦》中对伦理人情的描述，但他始终坚持“中国文艺形式一定也得循着世界文艺形式发展的道路而向前发展”。[2]

---

1 钱理群、温儒敏、吴福辉《中国现代文学三十年》，北京：北京大学出版社，1998 年版，第 230 页。

2 同 1，第 224 页。

茅盾在此思想指导下创作的社会历史小说，奠定了中国现当代长篇小说创作的基本格局，直到新时期，这个格局才受到一定程度的冲击，但无论从创作还是阅读接受上，这个格局的影响的主流位置依旧存在，我们今天对长篇小说的评价，茅盾的评价体系依然在起作用。我们对此将在第四章中进行更为深入的分析。落实到人物塑造上，茅盾《八月的感想》中明确提出："创作的最高目标是写典型事件中的典型人物。"[1]

"典型"这个概念，在五四之后进入中国，经历一个自身发展、变化的过程，茅盾语境中的典型，已经是马克思主义典型观的典型，此后对于典型的认识，无论认为其是阶级本质的代表，还是个别与一般、偶然与必然的联系，还是个性与共性的统一，"典型"概念背后都站立着"本质"两个字。虽然成熟的典型概念中，丝毫不排斥鲜明、新颖、独特的个性化艺术表现，但典型概念的核心，依旧是本质。无论这个本质是什么，是阶级，还是文化，典型人物都是被稳定的话语掌握的、能够传达认识、说明问题的艺术形象。茅盾提出的对塑造典型人物的追求，对于中国现代文学中的现实主义

1 茅盾《八月的感想》，引自钱理群编《二十世纪中国小说理论资料》（第四卷），北京：北京大学出版社，1997 年版，第 30 页。

叙事范式的确立和成熟，起到了促进作用；使中国现当代小说家对于人物塑造，有了更为自觉的认识；并且使得我们收获了一系列优秀的现当代小说中的典型形象。

只是关于人物的这种“定性”的本质追求，会带来一种倾向，特别是在不够成熟的作家的创作中，人物会成为符号，沦为观念的传声筒。在“左翼”文学的一些作品，特别是“十七年”文学的很多作品中，这样的人物屡见不鲜。我们不能拿着这些艺术上不成功的人物形象来攻击“典型”理论。正如前文所讲，在人类叙事历史上，任何叙事范式都有因其在具体的文化历史语境中对生活真实的特殊掌握方式，而各具价值。我们在这里需要明确的是，中国现当代小说发展中出现的“典型”理论所依托的哲学和社会学背景，主要是马克思主义的认识论和历史发展理论，作家通过叙事对于社会现实的掌握方式，是指向本质的，而人物最核心的价值，就在于体现这种“本质”认识。

我们还以茅盾为例。茅盾笔下的女性形象系列，取得了较高艺术成就，也是更为成功的人物塑造。茅盾塑造女性的时候，同样贯彻了他的理论。他称“……女子虽然很多，我所着力描写的，却只有二型：静女士，方太太，属于同型；

慧女士，孙舞阳，章秋柳，属于又一的同型”。[1] 前者是与传统的东方女性的精神气质一脉相承，而后者则是中国现代社会出现的“新人”，是受过欧风美雨的新思潮直接影响而产生的西方型女性。作者在 20 世纪 30 年代的创作中，对后一型的女性反封建的叛逆性，给予了充分的肯定：“如果读者并不觉得她们可爱可同情，那便是作者描写的失败。”[2] 随着 40 年代民族解放运动热潮中文化心理、观念的变化，茅盾开始重新审视西方型女性，对于《腐蚀》中的赵惠明，同情中含有更为严峻的批判，而对于《霜叶红似二月花》中张婉卿这一形象的塑造，茅盾开始对于东方型女性的传统美德进行再挖掘、再肯定。

茅盾笔下的这些女性形象具有丰富复杂的精神情感世界，也富有艺术感染力，是较为成功的典型形象，展现了一个大变革时代里的女性风貌。显然，我们很容易对这些女性的本质进行定性的归纳，从中抽象出作家要表达的社会认识。

认识如一把刻刀，雕塑“典型”的刻刀，决定着人物的

---

1 茅盾《从牯岭到东京》，《茅盾全集》第 19 卷，北京：人民文学出版社，1991 年版，第 179 页。

2 同 1。

精神内在，出色的小说修辞赋予人物血肉，不那么成功的时候，人物成了“人偶”，修辞也就成了服饰。

茅盾是具有代表性的。在整个中国现当代小说史上，除了极少数的例外，绝大多数作家都可以说是茅盾的同路人，追求成功的典型人物塑造，来传达“我”或者“我们”的认识。可见，在很多时候，我们的现当代小说家们，非常自觉甚至是积极地充当着某种社会科学认识的“代言人”。

三、那些“溢出”典型的人儿

对于《红楼梦》的人物，我们很难做定性的本质归纳。“典型论”很长时间都被用于《红楼梦》的人物分析。从典型的角度来审视，《红楼梦》中的很多人物，不只是宝黛钗、王熙凤，包括晴雯、袭人、紫鹃、平儿、鸳鸯这些丫头，刘姥姥、贾赦、贾政……甚至清客仆人，着墨不多，却都可以被认为是塑造得很成功的典型人物。但也正如何其芳在《论〈红楼梦〉》中指出的那样：

> 典型被归结为一定社会历史现象的本质，说典型问题任何时候都是政治性的问题，这样一些片面的简单化

的公式在不久以前的《红楼梦》问题讨论中十分流行。[1]

为了反驳这种片面的“政治挂帅”的典型认识，何其芳提出了“共名”说：

> 同中国的和世界的许多著名的典型一样，贾宝玉这个名字一直流行在生活中，成为一个共名。……这正是贾宝玉这个典型的最突出的特点在发生作用。[2]

“共名”说的提出，强调了跨越阶级性的人的共性，虽然“共名”涤除了认识小说人物时狭隘的政治性眼光，但却保留了典型对于人物突出的性格特征的重视，甚至更为强调了这种性格特点。所以，“共名”是修正了的“典型”，或者说，是对典型的文学性理解的一种表述。典型也好，共名也罢，关注的焦点都是人物的性格特征。《红楼梦》中的人物性格鲜明，只是当我们对这些人物进行性格概括和分析时，往往会出现一种类似于使用一种语言对另一种语言进行翻译的

---

1 何其芳《论〈红楼梦〉》，张宝坤选编《名家解读〈红楼梦〉》，济南：山东人民出版社，1998 年版，第 91 页。

2 同 1，第 92 页。

情况，一定是有些东西在分析转述中损失掉了。

譬如黛玉，恐怕是世界文学人物画廊中性格特征最为鲜明突出的形象之一了，何其芳指出，体弱多病、多愁善感、动不动就流眼泪的女孩子都享有林黛玉的“共名”，可见她突出的特征是“爱哭”。其实黛玉更“爱笑”，从统计学的角度审视《红楼梦》文本，写黛玉笑的次数比哭的次数要多得多，而且黛玉的活泼诙谐、能言善辩足以与凤姐分庭抗礼。宝玉的话：“若是单是会说话的可疼，这些姊妹里头也只是凤姐姐和林妹妹可疼了。”（第三十五回）宝钗的话：“世上的话，到了凤丫头嘴里也就尽了。幸而凤丫头不认得字，不大通，不过一概是市俗取笑，更有颦儿这促狭嘴，他用‘春秋’的法子，将市俗的粗话，撮其要，删其繁，再加润色比方出来，一句是一句。”（第四十二回）如果这还可以理解为人物塑造得立体丰富的话，那么，黛玉的性格中天真直率、不谙人情、胸无城府、孤高自许、目无下尘的特点，同样是十分突出的，进行这样的概括，是符合文本实际的。王昆仑在《红楼梦人物论》中认为：“林黛玉是作者用极深重的感情写出来的一个在腐朽环境中独具高洁品质的闺阁少女的优美形象。”[1]

1 王昆仑《红楼梦人物论》，北京：生活·读书·新知三联书店，1983 年版，第 5 页。

端木蕻良认为："黛玉要强，心直口快，真情任性，朴素坦白，从不兜圈子使手腕，完全站在市侩主义的相反那一面。"[1]然而这位"高洁"到毫无市侩气息的林姑娘身上，也暗藏着洞明世事、人情练达的一面。

黛玉因为"亲戚"的身份，虽然和荣国府的"政治事务"——家庭的人事财务管理——始终保持着距离，但她并不是浑然不知世事的"糊涂虫"。黛玉观察探春如何处置犯错的下人，便赞她有度，又说："我虽不管事，心里每常闲了，替你们一算计，出的多进的少，如今若不省俭，必致后手不接。"（第六十二回）迎春被王住儿家的以金凤要挟讨情，发了一番糊涂高论，黛玉听后笑道："真是'虎狼屯于阶陛，尚谈因果'。若使二姐姐是个男人，这一家上下若许人，又如何裁治他们。"（第七十三回）凤姐说自己要在家里寻一个臂膀，评价家中诸人："再者林丫头和宝姑娘两个倒好，偏又都是亲戚，又不好管咱家务事。"（第五十五回）显然林丫头在琏二奶奶眼里头，也是个有眼光有见地的明白人。

"送宫花"一节中，黛玉的刻薄小性儿、极端不会做人，读者印象深刻。可小说中也有黛玉极会待人接物的例子：

---

1 端木蕻良《向红楼梦学习描写人物》，引自吕启祥、林东海主编《红楼梦研究稀见资料汇编》，北京：人民文学出版社，2001年版，第787页。

一是宝钗差婆子给黛玉送燕窝和洁粉梅片雪花洋糖：

黛玉道："回去说'费心'。"命他外头坐了吃茶。婆子笑道："不吃茶了，我还有事呢。"黛玉笑道："我也知道你们忙。如今天又凉，夜又长，越发该会个夜局，痛赌两场了。"婆子笑道："不瞒姑娘说，今年我大沾光儿了。横竖每夜各处有几个上夜的人，误了更也不好，不如会个夜局，又坐了更，又解闷儿。今儿又是我的头家。如今园门关了，就该上场了。"黛玉听说笑道："难为你。误了你发财，冒雨送来。"命人给他几百钱，打些酒吃，避避雨气。那婆子笑道："又破费姑娘赏酒吃。"说着，磕了一个头，外面接了钱，打伞去了。（第四十五回）

二是宝黛两人正在屋内说话，赵姨娘来访：

宝玉又笑道："正是有句要紧的话，这会子才想起来。"一面说，一面便挨过身来，悄悄道："我想宝姐姐送你的燕窝——"一语未了，只见赵姨娘走了进来瞧黛玉，问："姑娘这两天好？"黛玉便知他是从探春处来，从门前过，顺路的人情。黛玉忙陪笑让坐，说："难得姨

娘想着，怪冷的，亲身走来。”又忙命倒茶，一面又使眼色与宝玉。宝玉会意，便走了出来。（第五十二回）

人性是一眼看不到底的深渊，是永远会让观察者惊讶的迷宫，生活中就是这样，即使再熟悉再了解的人，某些时候某些情境中的表现，也会让我们惊讶。然而这种意料之外的惊讶，想想，一定也有情理之中的内心依据，从而使我们对这个人产生新的认识。《红楼梦》中的人物，就有这种让我们不断对其产生新体悟的能力，而且这种能力，是与读者自身对人性的思考和认识能力同比上升的。少年时读《红楼梦》，认识的多半只是葬花的黛玉，是弄小性儿流眼泪的黛玉，等有了人生阅历之后，才能看到黛玉也有这般随和从俗的一面。因为有染了烟火气的这一面，再想想黛玉那“冷月花魂”的另一面，陡然更加孤寂起来。仿佛调味，加一点盐，甜的会更甜；又好像刺绣，加一点灰丝线，白丝线才会更白更亮。这种对比上升的审美体验，我们可以从《红楼梦》很多人物身上获得，其中必有微妙不能尽言的地方。

关于《红楼梦》人物分析的另一个独特现象是，对于同一个人物，不同的人往往会得出截然相反的判断。这些人物复杂得以至于各种意识形态话语都能在他们身上寻找到阐释空间。主人公宝玉自然是如此：从爱情悲剧中个性解放先驱，到反封建的“叛逆者”，中国文学里的“新人”，耽于生命意义追问的诗人，担荷世人痛苦的悲悯者……黛玉宝钗两位女主角更是从《红楼梦》诞生之后就开始各自拥有数量庞大的拥趸，对钗黛的评价也是针锋相对，黛玉是率真至情，还是刻薄病态？宝钗是虚伪道学，还是温厚诚恳？民间阅读如此，学术研究也同样，钗黛是封建社会的殉道者和叛逆者，钗黛也是双峰对峙的中国“礼”和“诗”两种文化精神的化身……

如果我们不是强将《红楼梦》纳入现实主义小说的阐释框架，我们就必须承认，《红楼梦》中的人物塑造，具有典型论所不能涵盖的部分。典型论下的人物，是认识性的，而《红楼梦》中的人物，是启示性的。

对于《红楼梦》中人物塑造的具体手法，不只鲁迅、巴金、茅盾这些大家，很多作家都予以了重视和学习，端木蕻良在《向红楼梦学习描写人物》的文章中表明：“《红楼梦》和我有血统关系，在古今中外的一切小说里，我最爱《红楼梦》。”[1]但《红楼梦》启示性的人物塑造原则，几乎没在中国现

1 端木蕻良《向红楼梦学习描写人物》，引自吕启祥、林东海主编《红楼梦研究稀见资料汇编》，北京：人民文学出版社，2001年版，第786页。

当代小说创作中得到有影响的继承，现当代作家对于《红楼梦》具体修辞手法的学习，是服务于“典型”的创造的。招式也许一样，内功心法却是不同，自然那些招式使出来，威力就很不一样了。这种“体”和“用”的分离，使得现当代作家在人物塑造上，虽然也借鉴了《红楼梦》白描、重视语言行为等方法，却很难达到《红楼梦》所达到的艺术水准。

第三节　绕不过去的张爱玲

讨论曹雪芹的遗产，张爱玲是绕不过去的一位继承人。

张爱玲自云，《红楼梦》是她“一切的源泉”，虽然不无感情色彩，却也是张爱玲对自我创作资源很真实的表述。的确，在现当代文学史上，很少有哪个作家与《红楼梦》的关系能比张爱玲更密切，也很少有哪个作家从继承的角度比张爱玲更自觉。就像金宏达分析的那样：“在某种程度上，她是以中国传统小说的现代传人自居的，这一点，应该是我们对她观察的一个重要角度。”[1]

张爱玲这样表述《红楼梦》与自己文学创作的关系：“这两部书（指《红楼梦》和《金瓶梅》）在我是一切的泉源，

1 金宏达《平视张爱玲》，北京：文化艺术出版社，2005 年版，第 95 页。

尤其《红楼梦》”。[1] 即使没有作者本人这样的告白，单看张爱玲小说的文本，我们也“清晰地看到了《红楼梦》的巨大艺术投影”[2]。于是，从张爱玲20世纪40年代“惊艳”上海文坛开始，对其小说与《红楼梦》继承关系的评论延续至今。

一、傅雷的“目光”与“自己的文章”

傅雷先生1944年那篇《论张爱玲的小说》，是公认的对张爱玲小说很有价值的早期评论。张爱玲小说中不时会跳出来“凤尾森森龙吟细细”“水晶心肝玻璃人”之类触目的“红楼原句”，文体上呈现出新旧杂糅的状态，傅雷认为这是作者“文学遗产记忆过于清楚”而造成的“危机”，提醒她不要“玩火”，并期许“她自有她净化的文体。《金锁记》的作者没有理由往后退”[3]。

傅雷用心良苦，张爱玲却毫不领情，写了篇《自己的文章》委婉地进行反驳。把两个人的文章放在一起看，给人的感觉多少有些鸡同鸭讲，其根本原因是因为两个人对于理想

1 张爱玲《红楼梦魇·自序》，合肥：安徽文艺出版社，1994年版，第4页。

2 吕启祥《〈金锁记〉与〈红楼梦〉》，引自子通、亦清主编《张爱玲评说六十年》，北京：中国华侨出版社，2001年版，第443页。

3 傅雷《论张爱玲的小说》，引自金宏达、于青编《张爱玲文集》（第四卷），合肥：安徽文艺出版社，1992年版，第418页。

的小说，有着完全不同的看法，于是一个人眼中的危机和问题，恰恰是另一个人珍爱和重视、努力发扬的特点。

虽然傅雷在文章中声明："在此我并没有意思铸造什么尺度，也不想清算过去的文坛……"但他投向张爱玲作品的"目光"，清楚明白地有着一把他的标尺。

实在是《金锁记》和张爱玲"奇迹般地"出现，让傅雷觉得足以警醒"一向对技巧抱着鄙夷态度"的"我们的作家"，和五四之后浪费了"无数笔墨"进行"关于主义的论战"的文坛，反省一下"以往主张的缺陷"。[1] 傅雷充分肯定的张爱玲小说，其实只有一部《金锁记》，因为颇有《狂人日记》的风味。张爱玲其他的作品，因为失掉了曹七巧这样鲜明而容易进行本质归纳和定性分析的典型人物，在傅雷的眼中就成了印在劣质报纸上模糊了明暗对比的图画。傅雷重视张爱玲，批评那些太有"主义"而没有"技巧"的新小说作家。但是张爱玲的太"没有主义"也让傅雷感到不可理解，《金锁记》的作者写出了《连环套》，这样的倒车开下去，不堪设想。傅雷对张爱玲那些多冲了几次龙井茶似的作品内容贫乏原因的猜度，是写得急，苦口婆心地劝她"多写，少发

---

1 傅雷《论张爱玲的小说》，引自金宏达、于青编《张爱玲文集》(第四卷)，合肥：安徽文艺出版社，1992年版，第416～417页。

表”，只怕张爱玲看到此处要又气又笑了。

张爱玲看来，不仅傅雷的批评全不在点儿上，只怕夸奖也没有夸对地方。在《自己的文章》里，张爱玲非常正面表述了自己的小说观念，因此在研究文章中引用率很高，下面这几段大概是最为著名的：

> 我是喜欢悲壮，更喜欢苍凉。壮烈只有力，没有美，似乎缺少人性。悲剧则如大红大绿的配角，是一种强烈的对照。但它的刺激性还是大于启发性。苍凉之所以有更深长的回味，就因为它像葱绿配桃红，是一种参差的对照。
>
> 我喜欢参差的对照的写法，因为它是较近事实的。
>
> …………
>
> 所以我的小说里，除了《金锁记》里的曹七巧，全是些不彻底的人物。他们不是英雄，他们可是这时代的广大的负荷者。因为他们虽然不彻底，但究竟是认真的。他们没有悲壮，只有苍凉。悲壮是一种完成，而苍凉则是一种启示。
>
> 我知道人们急于要求完成，不然就要求刺激来满足自己嗜好。他们对于仅仅是启示，似乎不耐烦。但我还

是只能这样写。我以为这样写是更真实的。[1]

张爱玲重重叠叠地使用着比喻，以至于有些人竟真的在她的小说里寻找起来“参差的对照的”塑造人物的方法，或者把“参差的对照”理解为弱一度的对比，其实“我喜欢参差的对照的写法”，把喻体置换成本体，应该是“启发性的写法”，也就是后文所说的“启示”。

张爱玲的“启示”对应的是“完成”。何谓完成，何谓启示？我们首先要确定的是，这是一个小说家在谈人物创作，所以此处的完成，是指对人物认识上的确定性与封闭性；而启示，则是指人物处于敞开的等待阐释的状态。悲壮属于英雄，而塑造英雄人物，即使有着复杂丰富的性格，作家昭示给读者的也是一个确定的判断：英雄。所以张爱玲说悲壮是一种完成。

那么苍凉呢？

苍凉是张爱玲的关键词，因为20世纪90年代后被太过文艺腔的作品频繁使用，以至于“苍凉”一词竟然在特殊的情境下具有了反讽的意味。回到张爱玲最初的语境中，苍

1 张爱玲《自己的文章》，引自金宏达、于青编《张爱玲文集》（第四卷），合肥：安徽文艺出版社，1992年版，第173页。

凉是张爱玲对人的生存质地的总的概括：在这里一切都是混沌暧昧的，悲与喜，爱与恨，幸与不幸，值与不值，该与不该……都无从判断，如果有判断，那也是读者的判断，张爱玲只是尽量真实地描写出来，仿佛抓着你的手，摸一摸人生冰冷的底子，至于你能从那摸到的两手冰凉里得出了什么，那是你的事情，不是张爱玲的事情。

我写作的题材便是这么一个时代，我以为用参差的对照的手法是比较适宜的。我用这手法描写人类在一切时代之中生活下来的记忆。而以此给予周围的现实一个启示。我存着这个心，可不知道做得好做不好。一般所说“时代的纪念碑”那样的作品，我是写不出来的，也不打算尝试，因为现在似乎还没有这样集中的客观题材。…………

但我以为，文学的主题或者是可以改进一下。写小说应该是个故事，让故事自身去说明，比拟定了主题去编故事要好些。许多留到现在的伟大作品，原来的主题往往不再被读者注意。因为事过境迁之后，原来的主题早已不使我们感觉兴趣，倒是随时从故事本身发现了新的启示，使那作品成为永生。……和《复活》比较，《战争与和平》的主题果然是很模糊的，但后者仍然是更伟大的作品。至今我们读它，依然一寸寸都是活的。现代文学作品和过去不同的地方，似乎也就在这一点上，不再那么强调主题，却是让故事自身给它所能给的，而让读者取得他所能取得的。[1]

虽然张爱玲在表述中使用了托尔斯泰做例子，但这些话放在《红楼梦》身上似乎更加榫合卯对。我们就此发现，张爱玲所描述的人物塑造原则和表达的小说观念，与《红楼梦》具有高度的一致性。从这个意义上，张爱玲对于《红楼梦》小说艺术的继承，就有了和绝大多数现当代小说家性质上的区别。

二、且看那去处

夏志清在他的《中国现代小说史》中给了张爱玲相当高的文学史定位，在论张爱玲的一章中，夏指出张笔下那些"道地得可怕"的中国人，源于她受"旧小说之益"，而张爱玲的视觉想象和小说中展现出的写实功夫，则是自《红楼梦》

1 张爱玲《自己的文章》，引自金宏达、于青编《张爱玲文集》（第四卷），合肥：安徽文艺出版社，1992年版，第174～176页。

以来，中国小说未曾有的。[1]

写《自己的文章》时的张爱玲的确让人期待，她的年轻和不世出的才华像个奇迹，然而真的让傅雷一语成谶，这个奇迹果真没有好的收场，张爱玲20世纪后半叶的创作尤其是长篇小说的创作，让人们当初的期待落了空。张爱玲才情富艳，思力敏锐，一生恋恋踯躅依依盘桓于“红楼”之下，但作品却不无反讽与悲凉地和《红楼梦》完成了一场漫长的擦肩而过，令人遗憾地上演了一出道地的“枉凝眉”。

然而这遗憾是“我们”的，并不属于张爱玲，因为没人有资格非得要求张爱玲写一部20世纪的《红楼梦》。作家精神气质的构成和历史际遇有太多的偶然，在某种意义上，作家真的像张爱玲在《写什么》中说的，是文苑中的一棵树，单就创作来说，自己能做主的事情也很有限。我想，没有哪棵树不想成为参天巨木，从张爱玲中年以后，十几年甚至二三十年持续不断修改自己作品的行为，完全可以解读出她生长的努力。而且从在《自己的文章》中用将近三分之一的篇幅为《连环套》辩护，到1976年自己为它“齿冷”，认为“这些年来没有写出更多的《连环套》，始终自视为消极的成

1 夏志清《中国现代小说史》，刘绍铭等译，上海：复旦大学出版社，2005年版，第254～274页。

绩”[1]，张爱玲显然是成长了的。

张爱玲对《红楼梦》塑造人物的艺术手法的理解非常透彻，是明心见性、直指本心地领悟到了，而且非常自觉地使用了《红楼梦》的启示性的人物塑造原则。只是《红楼梦》这种人物塑造原则对作家的情感能力和认识能力的要求较高，当初年轻的张爱玲显然力不能逮，在其创作实践中并没有很好地落实自己的理解。我们还从和《红楼梦》关系密切的《金锁记》说起。

麻油店“活招牌”出身的曹七巧被命运偶然地送入了大户人家做少奶奶，从她跟金子沾上边开始，她就被这种力量攫住。作家以一种螺旋式上升的方式持续扭曲七巧的精神和情感，七巧起初为渴望金子代表的权力焦灼疯癫和周围人冲突不断，一步步被推到戴着黄金的枷锁劈杀身边所有人的女狂人的地步。

《金锁记》里的曹七巧，很多研究者都发现了王熙凤以及夏金桂的影子。但同为搅家不贤的“悍妇”，《红楼梦》掌控凤姐的叙述力量复杂而丰富，“奸”和“雄”两种异质的主要力量同时在起作用，在两性关系中的妩媚风流和在伦理

---

1 张爱玲《〈张看〉自序》，引自金宏达、于青编《张爱玲文集》（第四卷），合肥：安徽文艺出版社，1992 年版，第 337 页。

关系中的得体温暖，又对“脂粉英雄”的叙述构成错综与偏差。凤姐的形象才是真正的“参差的对照”。夏金桂的邪行恶毒留给人的印象不逊于七巧，但我们仍然可以看到曹雪芹做了带有分离、对峙意味的设计。金桂的出场先是于香菱口中，“出落得花朵似的，在家也读书写字”。接着是宝玉的耳中，“闻得这夏家小姐十分俊俏，也略通文翰，宝玉恨不得就过去一见才好”。才貌双全，“心中的丘壑经纬，颇步熙凤后尘”的夏金桂在后面情节中的阴毒计谋和粗鄙泼悍唤起的审美情感显然更有层次感。

七巧却是被恶、贪婪、恐惧彻底掌控了，精神和情感也没有其他任何的可能性。情节最大的一次摇摆出现在分家之后，七巧终于握到了钱，而跟她捉了半辈子迷藏的小叔子季泽竟来找她表白为她“吃了苦”。“七巧低着头，沐浴在光辉里，细细的音乐，细细的喜悦……”[1]这里隐藏着一个可以拓展小说人性空间的契机，如果张爱玲肯注入一种异质力量，让季泽骗钱的真实目的成为情节破损处——《红楼梦》中到处有这样精心设计的“破损”，那么七巧的内心就有了一次面对善和美好情爱的机会。至于这善和美好是真是假并不重

1 张爱玲《金锁记》，引自金宏达、于青编《张爱玲文集》（第二卷），合肥：安徽文艺出版社，1992 年版，第 103 页。

要，而七巧的内心在这样的力量作用下的景观才是我们关心的。然而张爱玲在此处却让七巧一转念就暴怒起来，接着机警地考察季泽的真实目的，然后毫不费力地就洞悉了“显然他是筹之已熟的”。七巧极其失态地赶走了季泽，此后情节顺流而下，七巧成了戕害身边一切人的魔鬼，直到生命的最后，她才含糊地想着，她的人生也许还有别的可能。但张爱玲在此之前的全部叙述时间内，没给她丝毫的机会。曹七巧的偏执病态而产生的深刻性不容置疑，但从更本质的角度上讲,《红楼梦》是《金锁记》的来源，但《金锁记》却不是《红楼梦》的去处，它恰恰走向了《红楼梦》的反面。

这也就是为什么张爱玲似乎总是不大满意自己的这部“代表作”，二十五年后将它改写成了《怨女》，尽管《金锁记》先被傅雷赞为当时“文坛最美的收获之一”，后被夏志清称作“中国自古以来最伟大的中篇小说”，但它的彻底、强烈近乎控诉的调子显然不符合张爱玲对“启示性”的追求。改写后《怨女》里的银娣显然更合张爱玲的胃口些，二作孰优孰劣读者和评论者看法不一，作家和作品都只能领受各自的命运。

《金锁记》里另一个重要的人物就是姜季泽，这是张爱玲笔下一类男人的典型：略带些邪恶活力的浪荡子、败家子，如范柳原（《倾城之恋》）、乔琪乔（《沉香屑·第一炉香》），除此之外，张爱玲笔下的男性，不是“酒精缸里泡着的孩尸”郑先生（《花凋》），发育未完全的、“阴沉的白痴似的孩子”聂传庆（《茉莉香片》），就是精神孱弱人格残缺的姜长白（《金锁记》）这样带着暮气和死气的形象，阴郁、扭曲，女性化，婴孩化……成了张爱玲制造小说中男性形象的工艺流程。创造了这么一群“失去信任的残疾亚当”固然可以被后来的研究者解读为“对父权体制的一种惩罚，一种嘲弄”[1]，但对一个在创作上有更高追求的小说家来说，未必是件值得骄傲的事情。究竟是不是张爱玲对其父其夫的极端失望带来的刻骨铭心的经验让她对男性有了这样的否定性认识，这不在我们讨论的范围之内，但显然，她这种对男性的否定性认识彻底左右了笔下的人物塑造。

《倾城之恋》中的白流苏，是张爱玲贡献给现代文学史一组“被逆写”的淑女形象中的代表，是除了曹七巧之外另一类为人称道的女性形象。这原本是个可以有更加复杂意味的形象，可整部小说读下来，流苏给人的感觉是个略带古典情致的肉体，用张爱玲的话说，是“女肉”，被生存的基本需

1 余平《失去信任的残疾亚当——张爱玲在小说中对男性形象的颠覆》，《西南民族学院学报·哲学社会科学版》2002 年第 S3 期，第 6 页。

要迫着，动用全部生活智慧进行了一场华丽风雅的卖淫，托战争的福，意外成功地从一个自私精刮的男人手里得了婚姻这张稳定的“饭票”。精神向度的空虚与混沌也许还可以原谅，流苏不过是个平凡的匹妇，而情感层面的单一狭隘几乎让人无法理解。流苏满肚子分斤掰两地打算盘，调情都是在讨价还价，头脑清楚，冷静坚决，最后使出回上海这招险棋，可对手道高一尺，她的盘算还是落空了——来的只是封电报。

> 只有寥寥几个字“乞来港。船票已由通济隆办妥。”白老太太长叹一声道：“既然是叫你去，你就去罢！”她就这样的下贱么？她眼里掉下泪来。这一哭，她突然失去了自制力，她发现她已经是忍无可忍了，一个秋天，她已经老了两年——她可禁不起老！于是她第二次离开了家上香港来。这一趟，她早失去了上一次的愉快的冒险的感觉。她失败了。固然，女人是喜欢被屈服的，但是那只限于某种范围内，如果她是纯粹为范柳原的风仪和魅力所征服，那又是一说了，可是内中还搀杂着家庭的压力——最痛苦的成分。[1]

1 张爱玲《倾城之恋》，引自金宏达、于青编《张爱玲文集》（第二卷），合肥：安徽文艺出版社，1992 年版，第 74 ~ 75 页。

小说将近四分之三的篇幅蓄积起来的人物情感如同射向夜空的一枚烟火弹，在这炸开的瞬间原本可以绽出缤纷的人性之花，却只留下了一道坠进庸常的单一线条。对这样塑造人物的紧要关口，张爱玲让人痛惜地轻轻放过了，流苏的精神和情感仍然在世俗的利害荣辱上打转儿，最痛苦的成分也不过如此。

“不彻底”的卑微龌龊的软弱凡人被迫向生活苟且和妥协时，内心的痛苦和其中的悲剧性也未必只囿于这么单一肤浅的层面，想一想鲁迅笔下阿 Q 的精神世界就知道了。

张爱玲说：“因为是写小说的人，我想这是我的本分，把人生的来龙去脉看得清楚。如果原先有憎恶的心，看明白之后，也只有哀矜。”[1] 对人生的深刻洞察自然是写小说的本分，但对于写小说的人，看明白了“人生的来龙去脉”却是很危险的想法。它很容易将作家引入某种“教条”的牢笼。

真正的教条存在于被同化了的压力之中，它是塑造

---

1 张爱玲《我看苏青》，引自金宏达、于青编《张爱玲文集》（第四卷），合肥：安徽文艺出版社，1992 年版，第 227 页。

经验并将它概括为真理的习惯性的观察和行动方式。[1]

真理在握对于小说家来说是一种致命的心态，它足以降低甚至扼杀小说的智慧。在张爱玲的认识中，人物身上的这种“不彻底性”，更能体现人性的真实，或者说，是作者所能把握的人性的真实。普通人的人性真相是否如此，先不必急着跟张爱玲“焦躁地商量”，值得注意的是张爱玲以“没得商量”的态度让自己的认识在人物中毫无约束地弥漫，雾失楼台一般，人物原本可以丰富的精神维度被浸泡得失去了形状和轮廓，人物中“不干净不愉快”的成分占据了作家的全部视野，其余的可能性都被遮蔽了。因此，张爱玲笔下的人物所能带来的启示，是非常有限的。

三、晴雯那丫头

《红楼梦》的作者非常克制地控制着人物塑造中自己认识的力量，从而实现了启示性的人物塑造，这样的红楼人物很多，我们以晴雯为例做一分析。

读过《红楼梦》的人，对晴雯的印象大多是美好的，这

---

1 雷蒙·威廉斯《现代悲剧》，丁尔苏译，南京：译林出版社，2007 年版，第 111 页。

的确是一个被作家寄寓了理想价值的人物。“袭为钗副，晴为黛影”，率真、美丽而有才华，强烈的自我意识、个性张扬这些由黛玉体现的理想价值也同样被赋予了晴雯，尤其是晴雯性格中的“直烈”，更为曹雪芹激赏，长长一篇《芙蓉女儿诔》体现了作者对这些价值的充分肯定。“霁月难逢，彩云易散。心比天高，身为下贱。风流灵巧招人怨。寿夭多因诽谤生，多情公子空牵念。”（第五回）曹雪芹给晴雯的判词塑造了一个有着光风霁月胸怀、超凡脱俗的气质和才能的形象，她高标见妒，遭人陷害而夭亡，值得与她一样有着高洁追求的人长歌当哭。这样的形象，自屈原以下，是中国文学中最为人熟悉的一类形象，甚至我们有理由推断，曹雪芹给“直烈”的晴雯以高度认同，多少会有些自况的意味。但作为小说家的曹雪芹，立刻在小说的文本中为自己的这一认识设置了对立的反对力量：品性洁逾冰雪贵过金玉的晴雯，却是“动不动就立起眼睛骂人的”，这话虽出自王善保家之口，倒不冤枉晴雯，只看她病中打骂坠儿的一段：

晴雯又骂小丫头子们：“那里钻沙去了！瞅我病了，都大胆子走了。明儿我好了，一个一个的才揭你们的皮呢！”唬得小丫头篆儿忙进来问：“姑娘作什么？”晴雯道："别人都死绝了，就剩了你不成？"

说着，只见坠儿也蹭了进来。晴雯道："你瞧瞧这小蹄子，不问他还不来呢。这里又放月钱了，又散果子了，你该跑在头里了。你往前些，我不是老虎吃了你！"坠儿只得前凑。晴雯便冷不防欠身一把将他的手抓住，向枕边取了一丈青，向他手上乱戳，口内骂道："要这爪子作什么？拈不得针，拿不动线，只会偷嘴吃。眼皮子又浅，爪子又轻，打嘴现世的，不如戳烂了！"坠儿疼的乱哭乱喊。麝月忙拉开坠儿，按晴雯睡下，笑道："才出了汗，又作死。等你好了，要打多少打不的？这会子闹什么？"（第五十二回）

坠儿被惩罚是因为偷了金子，可晴雯一骂，先"唬"着的小丫头是篆儿，麝月一句"要打多少打不的"透露出她们害怕的原因，只这一段文字，不难想见晴雯姑娘平素的"威风"。此外，"晴雯姐姐"打发春燕到厨房要个素炒蒿子秆换换口味，不会像司棋要蒸鸡蛋一样碰壁，自有人颠颠地给她捧来。宝玉诔文中说她："姊妹悉慕媖娴，妪媪咸仰惠德。"（第七十八回）但小说文本关于晴雯的叙述和诔文中的这话针锋相对。"千伶百俐，嘴尖性大"的晴雯在姊妹行中是"磨牙”难缠的“爆炭”，“咬群的骡子”，在那些老婆子眼里则是个“祸害妖精”，哪有什么“瑛娴”“惠德”让人去仰慕？然而晴雯可爱的时候还是多的，一开口，即“俏”又“利”，声闻在耳，病倒了，不只会打人，还能补雀金裘，于是很多“看官”同宝二爷一样“千金一笑”地原谅了她的刻薄骄纵。晴雯身上交织着诗性和世俗，灵气和戾气，走远后的晴雯是花神，接近时却是能烫掉人皮肉的“爆炭”，连宝玉偶尔也会被烫得跳起来。

晴雯身上暗含的另一对深层的矛盾力量，使曹雪芹从出色走向了伟大。正如前文所说，晴雯身上，凝结着曹雪芹对理想价值的肯定，这以判词和带着宝玉主观色彩的《芙蓉女儿诔》为集中体现，作者站在哪里是很清楚的，但作者并没有因为这种肯定性认识而遮蔽另外一种相反的认识——那个时代主流文化对这种理想价值的否定性认识。即使对《红楼梦》相关情节不甚熟悉，从上文所引的例子，也可以看到对这种否定性认识曹雪芹表现得相当公允充分，完全和自己的认识构成了互相辩驳的关系。“高标见嫉，闺帏恨比长沙；直烈遭危，巾帼惨于羽野。”（第七十八回）曹雪芹把自己的这一认识通过宝玉的主观视角表达出来，有力地限制了它在人物中的弥漫。“阿弥陀佛！今日天睁了眼，把这一个祸害妖精退送了，大家清静些！”（第七十七回）守园门婆子们的声音既没有被宝玉悲愤的长歌淹没，也没有被作者简单地表现为纯粹的“诽谤”或“妒嫉”，这声音背后是有符合生活逻辑的原因与合理性的。

于是，以张扬的个性反抗僵死的文化，不再是解读晴雯这一形象的全部可能，而对封建文化的批判也不再是这一形象传达的唯一认识价值。“精英”与“庸众”、个体与群体，晴雯身上所折射的问题具有超越时代的认识意义。从更普遍的层面上，人自我实现的需要与所处文化对人的同一性塑造之间存在着无法避免的矛盾，今天为此而受苦的心灵和因此而遭遇挫折的个体丝毫不比18世纪更为罕见，就在今天的职场上找出几个“晴雯”恐怕不是难事。曹雪芹思想的伟大和深刻，是作为小说家的伟大和深刻，他启示性的人物塑造，使《红楼梦》拥有了似乎永远“生效”、永远“在场”的经典性质，也正是张爱玲心中理想的“一寸寸都活着”的小说。

四、史蕴诗心与悲悯之光

从前面的分析可以看出来，启示性的人物塑造，关键在于小说家如何处理自己的认识。《红楼梦》中，作家以“拟实录”的叙事情态，以史官般的克制，控制着自己的认识对人物的掌握，成功地实践了作家在小说开头所陈述的“追踪蹑迹，不敢稍加穿凿，徒为供人之目而反失其真传者”的修辞原则。

深远的史传传统对于中国小说叙事“实录”精神的影响，前辈学者有过很深入的研究和总结，实录和虚构问题也一直是中国古代小说研究中的关键问题之一，但中国小说叙事深受史传的实录精神影响，却是大多数研究者的共识。[1]具体到《红楼梦》的创作中，论者认为，史传的“实录”已然抽象为了虚构的修辞手段，所以是一种“拟实录”，是小说通过虚构叙事掌握现实的艺术方法。张洪波将《红楼梦》的这种客观化叙事倾向归纳为“史蕴诗心”，并且从四个方面阐释了史蕴诗心的具体内涵：“整齐顺畅”的叙述结构，“绘声传神”的场景描写，“春秋笔法”的意义张力，“妍媸毕露”的求真精神。[2]在其专著中还指出：

> 如果我们将“直书”观念放进“不隐”、“不缪”、“妍媸毕露”、“清浊必闻”、“善恶必书”、“逼真”、“近

---

1 相关论点参见石昌渝《中国小说源流论》、浦安迪《中国叙事学》、宁宗一《中国小说学通论》等书中关于“史传”艺术的章节。

2 张洪波《〈红楼梦〉的现代阐释：以“事体情理”观为核心》，北京：中华书局，2008年版，第22～30页。

真”所构成的语境互文关系当中，就不难辨析出：“直”的观念，就其精神本质而言，已经逼近“真”的素质——已然突破了简单记录事实表层现象的局限，实际是一种力避片面偏见，试图多元、多维、全面、深刻地把握人物情理之复杂面和深广度的、科学的、辩证的认知精神，其中不仅包含着传人叙事当中鞭辟入里的“深度真实”观念，更包含有“复杂”观念和“辩证”观念，约而言之，它是基于生活真实的“求真”精神。……在这种“直书”求真原则之下，运用“春秋笔法”这样饱含张力的曲笔，便成为剖露现实表象背后深度真实所不可或缺的艺术手段了。[1]

论者认同张洪波对于《红楼梦》人物塑造中“史蕴诗心”这种“拟实录”修辞原则的描述。这种修辞原则，简而言之就是“让事实说话”。然而我们知道，事实不会说话，说话的依旧是“选择”事实的“作者”，作者要说什么话，小说中才会出现什么样的“事实”。不要说小说这样的虚构叙事艺术，即使以真实为生命的新闻叙事中，全部以真实的

1 张洪波《〈红楼梦〉的现代阐释：以“事体情理”观为核心》，北京：中华书局，2008年版，第31页。

细节编织起来的报道，同样传达的是报道者的认识。带有倾向性的事实选择，就是宣传。而小说叙事中，“事实”的选择权，完全在作者手中。那么，决定作者对进入小说叙事的“事实”进行选择，产生近乎实录的文本情态，从而创造出如同活人一般真实的启示性人物的更为内在的力量，是什么呢？

是如我们的研究者所发现的“一种力避片面偏见，试图多元、多维、全面、深刻地把握人物情理之复杂面和深广度的、科学的、辩证的认知精神”吗？

论者对此很难简单的认同。在某种意义上，我们说《红楼梦》的小说文本体现了这样一种认知精神，似乎也有一定的道理。然而要是进一步追问决定小说家在完成人物塑造更为内在和根本的艺术力量，这样的判断显然就不够了。

很多研究者都承认，《红楼梦》的文本，有着可以比拟真实生活一般的原生态性质。《红楼梦》里所铺展的诸多人物的人生，像我们所经历和所感受的真实人生一样，经得反复体味，永远可以重新认识，得出难以穷尽的新的体悟。这种修辞效果，就是张爱玲在《谈看书》里谈到的“事实的金石声”：

马克·吐温说："真事比小说还要奇怪，是因为小说只能用有限的几种可能性。"这话似是而非。可能性不多，是因为我们对这件事的内情知道得不多。任何情况都有许多因素在内，最熟悉内情的也至多知道几个因素，不熟悉的当然看法更简单，所以替别人出主意最容易。各种因素又常有时候互为因果，都可能"有变"，因此千变万化无法逆料。

无穷无尽的因果网，一团乱丝，但是牵一发而动全身，可以隐隐听见许多弦外之音齐鸣，觉得里面有深度阔度，觉得实在，我想这就是西谚所谓 the ring of truth——"事实的金石声"。[1]

《红楼梦》的文本里，就能听到这种"事实的金石声"，那么，这金石声从何而来？它来自无限丰富互相作用的各种元素形成的各种可能性。在认识上穷尽事物的可能性，对于任何小说家来说，不仅是不可能的，也是没有必要的，但对于小说家来说，最重要的智慧，就是知道，一定有些可能，是自己所不知道的。无论自己的认知多么全面、深刻、科学、

1 张爱玲《谈看书》，引自金宏达、于青编《张爱玲文集》（第四卷），合肥：安徽文艺出版社，1992 年版，第 296 页。

辩证，具有深度和广度，伟大的小说家也一定会对自己的认识质疑，一定有一些因素，是自己不知道的。我们甚至可以说，《红楼梦》文本里近乎生活原生态的“真实”，并不来自作者的深刻全面，无所不知，反而恰恰来自作者的“有所不知”。或者说，伟大小说家最深刻的认识，是充分地占有生活、理解生活的同时，时刻保有的对自我认知有限性的认识。因为了解自我认知的有限性，所以小说家的叙事，就成为对人和世界的探询。小说家怀抱质疑的探询，对人性充满同情的理解，在这样的“光”照之下，完成了对进入叙事的人类经验的选择，小心地描摹着自己了解的人性的脉络，设置复杂的叙事元素，同时在自己已知的边界处，留下空白和破损，从而使这些元素有了运动的可能以及互相作用的空间，呈现出不确定性的特点，最终建构出具有真实人生质地的文本，塑造出活人一般的启示性人物。这道光，就是悲悯之光。

“悲悯”一词，用以谈论小说创作，也算是陈词滥调了。曹文轩在《小说门》中以专门的一节阐释“悲悯情怀”：

> 这是文学的一个古老的命题。我以为，任何一个古老的命题——如果的确能称得上古老的话，它肯定同时也是一个永恒的问题。我甚至认定，文学正是因为它具

有悲悯精神并把这一精神作为它的基本属性之一，它才被称为文学，也才能够成为一种必要的、人类几乎离不开的意识形态的。[1]

在曹文轩的理解中，“悲悯”是作家在作品中体现出来的情感态度。在古典形态的叙事作品中，作家的情感状态是以“感动”为核心的。而现代形态的小说，作家的悲悯情怀正在被“废除”。所谓的情感“零度状态”的写作，只能导致冷漠、绝望。[2]

其实小说——即使是标榜“零度写作”的小说作品，也不可能离开情感，只不过是变换了感情表达的形式而已。以感情投入的多寡或者以是否感动为核心，并非判断作者有无悲悯的合理标准。一些温情脉脉甚至鼻涕一把泪一把“感情”丰富的作品，譬如《读者·文苑》里常见的温情小故事以及琼瑶黏糊糊的爱情故事，反而和悲悯搭不上多少关系。将悲悯与作家的情感态度联系在一起，称为“悲悯情怀”或者“悲悯精神”，是一种惯常的思路。

悲悯如果是小说家能够选择的情感态度，而且新时期以

---

1 曹文轩《小说门》，北京：作家出版社，2002 年版，第 215 页。
2 同 1，第 216～219 页。

来，对于具有悲悯品性的叙事作品，主流评价体系也给予了相当高的文学史地位，怎么会有小说家不选择悲悯呢？更为真实的情况是，悲悯不只是态度，更是能力，是作家的认识能力和情感能力结合后在创作中展现出来的一种艺术能力。态度由观念就能决定，而能力要靠先天的禀赋和后天的修养才有可能得来。之所以我们在很多小说作品中看不到我们在那些伟大小说家的经典作品所能体会到的对人的悲悯，原因很简单：悲悯对于认识能力和情感能力有缺陷的小说家，是挟泰山以超北海，非不为也，是不能也。

悲悯绝不是廉价的同情，悲悯的叙事，并不失却冷峻甚至残酷。真正的悲悯，就是小说家通过人物和叙事，真实地呈现人的悖论性、悲剧性的存在状态。人的存在从本质上讲是悲剧性的，陷阱一般的世界，无从选择的出生和必然到来的死亡，荒诞的充满悖论的社会价值体系，混沌的汹涌的无从掌控也难以了解的内在自我的种种欲望……如果不曾替人类感到绝望和悲哀的小说家，恐怕怎么也走不到悲悯的境界。认识到绝望的小说家，才有可能深刻；而如何对待绝望，才决定着小说家能否将深刻升华为悲悯。

张爱玲是深刻的，现当代作家中，除了鲁迅，能具备如此深刻绝望感的小说家，就是张爱玲了。张爱玲的小说，承继了来自《红楼梦》的绝望，但《红楼梦》里，存在着与作家的绝望相抗衡的美好力量。

张爱玲在文章中表白过对同自己一样的普通人——“自私与空虚”“恬不知耻的愚蠢”的“我们”——的哀矜，“总之，生命是残酷的。看到我们缩小又缩小的，怯怯的愿望，我总觉得有无限的惨伤。”[1] 我丝毫不怀疑张爱玲的真诚，如果这是一个人的生命感觉，我也认为应该得到充分的尊重和理解，但对于一个小说家来说，将这种个体的生命感觉膨胀为对世界和存在的认识，并且以“云端里看厮杀”的姿态来表达哀矜与惨伤，表达无奈的认同与叹息，在世俗与虚无之间以蜻蜓点水似的轻倩地“一掠而过”，其作品的精神品质实在值得怀疑。张爱玲素手一挥，就完成了从世俗到虚无的“美丽而苍凉的手势”。只是，这其间最具“小说性”的漫长的争取与探询的道路，被忽略了。曹雪芹所具有的伟大小说家的勇气和担当，被失落了。从深刻升华到悲悯的契机，也失落了。

郑培凯在“张爱玲与现代中文文学国际研讨会”上这样谈自己读张爱玲作品的感受：

1 张爱玲《我看苏青》，引自金宏达、于青编《张爱玲文集》（第四卷），合肥：安徽文艺出版社，1992 年版，第 235 页。

作为一个文学的天才作家……她是一个残酷的天才。我们作为读者，好像也被她捉弄一样，你变成一个傀儡。不是说你读一个文学作品，这作品使你丰实了，充裕了你对文学，对艺术的理解，而是这里头使你觉得无能为力。……有时候我们感到怎么天下就是有天才呀；同时她又使你觉得，假如这个天才是引导我们的话，我们在这个世界上就不要活了。[1]

刘再复对张爱玲也有类似的认识：

任何天才都是有缺陷的。张爱玲的自恋、自虐、世故以及她最后完全封闭在自己的躯壳之中等性格，我虽能理解，但难以崇奉。如同不能接受鲁迅的某些戾气一样，我也不能接受张爱玲的一些俗气和冷气。[2]

---

1 郑培凯《讲评》，引自刘绍铭、梁秉钧、许子东编《再读张爱玲》，济南：山东画报出版社，2004年版，第184~185页。

2 刘再复《张爱玲的小说与夏志清的〈中国现代小说史〉》，引自刘绍铭、梁秉钧、许子东编《再读张爱玲》，济南：山东画报出版社，2004年版，第48~49页。

其实从《传奇》时代张爱玲暴露出来的作为小说家的情感和认识上的结构性缺陷，如果在此后的发展中没有得到很好的纠正和弥补，最终再绚烂的天才之花也会枯萎。我们就人物塑造这个问题就可以看到这一点。满怀哀矜，未必不会粗糙地对待笔下的人性。张爱玲那几句关于哀矜和“小人物”的话，也是引用率很高的名言，但她对于笔下的人，并没有表现出足够的“懂得的慈悲”，而过于执着于自己了解到的人的“真相”，反而导致了作品内涵的窄仄和单调。

悲悯的叙事，源自作家的“懂得”。因为懂得，才能对笔下的人物给予“慈悲”的体恤。“懂得的慈悲”是要落实到人物塑造上对人所有可能的维度最大限度地了解、充分尊重的实践上的，同时还懂得，也许还有自己不曾了解到的维度，故而不肯一笔写死。

小说家在小说中的位置就是“创世造人”的上帝，不过这个上帝是《新约》中的上帝，在世界末日到来之前，他并不对人进行审判，故而作家在叙事中，也要将“审判”悬置。对于“上帝”来说，偏见就是暴虐，甚至直接表示意见也会有失公允。悲悯之光，让作家在自己的小说人物身上，放弃对认识的阐释，选择对可能性的探询。

第三章 世界

第一节　空间与时间

无论是空间还是时间，都是叙事中的“大问题”。《红楼梦》在叙事中对于物质空间和社会空间的精细建构，通常被认为最具“写实”特征，也是最受肯定的那部分“遗产”，而对于时间的不同理解，却是现当代作家与《红楼梦》最关键的分野。

在这一节中，我们将从空间和时间两个维度分析，廓清一些习见的遮蔽，探索《红楼梦》叙事所体现出的小说观念。构成我们的世界的，除了具有自然属性的物质空间，还有具有社会属性的人际空间，特别是对于被命名为“人情小说”“世情小说”的《红楼梦》，在这一点上的艺术成就显著而且得到了广泛承认，故而将在第二节中专门予以论述。

一、物质空间原是精神空间

空间在小说叙事中的功能重要而且复杂，尤其是《红楼梦》的叙事里，空间同样承担着角色的功能，还是构成小说意境和基调的重要力量，潇湘馆对于黛玉形象塑造、怡红院对于宝玉形象塑造的重要性，自不待言。

从 20 世纪 20 年代开始，人物、情节、环境为小说三元素的理论，基本为中国新文学界所接受，出现了一批相关的小说理论著作，如清华小说研究社的《短篇小说作法》、瞿世英的《小说的研究》、孙俍工的《小说作法》、郁达夫的《小说论》、沈雁冰的《小说研究 ABC》，都接受了这种三分法的理论框架。当时翻译的西方小说论著中，商务印书馆出版的两种对中国文学界影响特别大，一是 1924 年 11 月出版的华林一译，吴宓序，美国 Hamilton 教授（哈密尔顿，1788—1856）所著的《小说法程》（*A Manual of the Art of Fiction*）[1]，另一个是 1925 年由 Bliss Perry 著的汤澄波翻译的《小说的研究》（*A Study of Prose Fiction*），它们成为当时中国小说理论的基本依据。

虽然这些学术观点的渊源来自西方，但也有中国论者的

---

1 吴福辉《二十世纪中国小说理论资料・前言》，引自吴福辉编《二十世纪中国小说理论资料》（第三卷），北京：北京大学出版社，1997 年版，第 7 页。

功绩，他们阐述理论的时候，都相应地结合了中国小说的传统资源和现实创作的需要。如瞿世英的《小说的研究》中，他认为将“Setting”一词直接翻译成“安置”并不甚佳，因为其实是指小说中人物所处的自然环境和社会环境，是“境遇”。他在文中论及“安置”时说：

> 安置可以分做两种，一是社会的安置，一是物质的安置。……但是有些小说家如狄更斯与巴尔塞克便要将街上的情形室中的布景，都详详细细的叙述出来。这些便是物质的安置（请翻阅《红楼梦》）。[1]

《红楼梦》对于物质空间的细致再现，让人叹为观止，无论是从一屋一器一草一木的详细描绘，还是仔仔细细地开出一张张药方子菜单子。这一点似乎暗合了从五四新文学时期开始就被尊奉为“小说正格”的欧洲现实主义小说。难怪瞿世英论及巴尔扎克、狄更斯在他们的小说中对物质空间的处理方式之后，要请人翻阅《红楼梦》，显然他认为《红楼梦》也是如此这般行事的。

---

1 瞿世英《小说的研究》，引自严家炎编《二十世纪中国小说理论资料》（第二卷），北京：北京大学出版社，1997 年版，第 260 页。

这种真实再现物质世界的小说叙事要求，在中国现当代小说发展中现实主义叙事范式渐成主流的同时，得到了进一步的确立和发展。小说中现实物质世界的逼真程度，成为衡量小说艺术品质和作家功力的重要指标。写物状情，惟妙惟肖，至于描写一地之风物，也以真实可信为上，如水的必是并刀，胜雪的定是吴盐，中国古典文学中的尚实精神与现当代文学的写实要求合流，逼真再现物质空间成为绝大多数现当代小说家在叙事中的自觉追求。

《红楼梦》里的物质空间看上去是那么逼真、鲜明，作家们虽然不至于像袁枚及随后的热衷索隐或考据的专家和读者那样，非得找到大观园的门牌号码，但他们中的很多人也把在小说中描绘禁得起寻找的物质空间，作为巨大的成功了。仅以对北京的描绘为例，老舍的《四世同堂》《正红旗下》，林语堂的《京华烟云》，霍达的《穆斯林的葬礼》，叶广芩的系列中篇《小放牛》《豆汁记》《状元媒》，都可以看到作家用酷肖红楼的工笔描绘的各个角度的北京，除了各具风情之外，“逼真再现”显然是共同的艺术追求。

然而《红楼梦》中对空间的文学建构，并非“现实主义”或者“自然主义”叙事范式下，以“逼真再现”为艺术目的对真实的物质空间的描述或者模仿。

正如宋淇在其《论怡红院总一园之首》中的判断一样：

> 我们当然不能拿西洋小说现成的范畴："写实主义"或"自然主义"来形容《红楼梦》，因为《红楼梦》的出现比西洋的正规小说要早，而且脱胎于一个迥然不同的传统。[1]

《红楼梦》建构人物存在空间的核心力量，不是再现现实世界，而是凸显心灵和情感世界。故而，《红楼梦》中的物质空间，同时也是精神空间。这一艺术传统，其实来自中国的古代诗歌。阅读古诗，我们很自然地就会把对物质空间的描述理解为对精神空间的揭示。譬如读柳宗元的《江雪》，但凡有些阅读经验和审美能力的读者，都能从"千山""万径"的物质空间描述中，读出"独钓寒江雪"的那位"蓑笠翁"的精神情感世界。而杜甫的《江南逢李龟年》，故人重逢于良辰美景之中，那个正落花的江南，充满了荣谢兴衰、悲欣难辨的况味，这样的例子不胜枚举。中国古代诗歌这一艺术传统，进入了小说叙事，并且通过作者天才的创化，在《红

---

1 宋淇《论怡红院总一园之首》，引自张宝坤选编《名家解读〈红楼梦〉》，济南：山东人民出版社，1998 年版，第 616 ~ 617 页。

楼梦》中形成了独特的建构空间的原则。这一原则，首先是对“温柔富贵乡”的荣宁二府的描述，以及主人公重要活动的空间大观园的设计：潇湘馆之于黛玉、怡红院之于宝玉、蘅芜苑之于宝钗、秋爽斋之于探春、稻香村之于李纨等等，具有强烈的精神化特征。

《红楼梦》里的世界，除了现实空间，包括从荣宁二府、大观园到寺观农家的红尘人间，还有另一部分则是非现实空间，世外的大荒山无稽崖青埂峰，虚无缥缈的太虚幻境，恍兮惚兮的诸多梦境空间。对于《红楼梦》中的非现实空间，我们在梳理《红楼梦》的经典化建构中已经分析过，在相当长的时间内，基本是被现当代作家和评论家当作“历史局限性”来处理的。无论是陈独秀要删减的倡议，还是茅盾的节本，以及吴组缃所谓的“演戏无法，请个菩萨”，等等，其实都是在用现实主义理性的眼光来审视《红楼梦》中的非现实性空间才会产生的观点。

20世纪80年代之后，文学人类学的方法在学术研究中成为热潮，红学也出现了一系列运用此方法的研究论著。《红楼梦》里非现实性空间的重要性前所未有地得以凸显。荣格的“集体无意识”、弗莱的神话原型理论以及符号学、心理学等现代理论被引入对《红楼梦》中的“虚境”进行阐释。[1]

其实，根本不用高深的现代理论来证明《红楼梦》中非现实空间的重要和深刻，非现实性空间和现实空间的自然融合构成了“红楼”世界，读者接受上从来没有出现厚此薄彼的情况。而且因为《红楼梦》中非现实空间的存在，使得小说意义的生成和小说审美接受的疆域更加宏阔广袤。

《红楼梦》中现实空间的建构，有着强烈的精神性特点；而非现实性空间的建构，则有着超越的形而上特征。我们换一个角度来看，《红楼梦》中的物质空间不仅有充满精神性和情感性的“实境”——“此岸”世界，同时还有具备超越性和追问性的“虚境”——“彼岸”世界。而且这“虚实”两境是交织融合的，小说文本提供的空间，既是烟火红尘深处，也是时间和意义的尽头，最为典型的就是两大空间的并置：聚于斯散于斯的大观园和作为“来处”和“归路”的太虚幻境。

然而要在自己的小说中实现《红楼梦》式的“虚实”结合，对于中国现当代小说家来说，却非常困难。前文我们分析了小说家认识上的原因，即使解决了认识问题，真正落实

1 陈维昭《红学通史》，上海：上海人民出版社，2005 年版，第 531 页。

到创作实践中，对于任何一个现当代小说家来说，都无疑是一种巨大的艺术上的冒险。因为小说叙事创作、阅读的语境都改变了，作家叙事的“上下文”也不同了。任何一部小说其实都不是孤立的文本，它都有着小说家赋予其的“上下文”——读者的接受也是以此为前提的。贾平凹以此前全部的文学信誉为赌注，强造“上下文”，做了一次“融合虚实”的叙事冒险，结果就是那部“毁誉”参半的《废都》。

曹雪芹有一种远不同于欧洲十九世纪现实主义的思路，《红楼梦》的天才和魅力就在这虚实相生之间，不能洞晓此际者皆非《红楼》解人；贾平凹是《红楼》解人，他在《废都》中的艺术雄心就是达到那种《红楼梦》式的境界：无限地实，也无限地虚，越实越虚，愈虚愈实。

但想到了和做得到是两码事。二十世纪至今，“红学”蔚为显学，端的是开言不谈红楼梦，虽读诗书也枉然；但相形之下，《红楼梦》对于中国现代以来的小说艺术其实甚少影响——曹雪芹那种眼光几乎是后无来者，大概只有一个张爱玲，但张爱玲的语境、她的上下文与曹雪芹是若有重合的，而其他作家和红学家皆是以自己的上下文去强解《红楼梦》，不学也罢，一学便丑。

然后就是贾平凹，他的上下文和曹雪芹同样不重合，但他做了一件惊人之事，就是创造一种语境，与曹雪芹仍有不同，但在这种语境中《红楼梦》式的眼光竟有了着落。我相信贾平凹是认真地决心要写一部《红楼梦》那样的小说的，评论家的滥调是力戒模仿，但你模仿一个《战争与和平》试试看！一个有才华的作家深刻地感受着他与伟大前辈之间的竞争关系，当他暗自对自己说，我要写一部《战争与和平》、写一部《红楼梦》时，他是认真的，他尽知其中的巨大难度。对二十世纪的中国读者来说，任何当代作品中《红楼梦》式的虚至少在叙事层面上都难免装神弄鬼的不诚挚，就《废都》而言，那个口唱段子的拾垃圾的老人就已是勉强的符号，更不用说广受诟病的奶牛思想家和庄之蝶老丈母娘的满天鬼魂；《废都》之虚在艺术上极为冒险，即使是张爱玲也主要是发展了《红楼》遗产中实的一面——顺便说一句，张爱玲的人情洞晓其实是阴毒刻薄的姑嫂勃谿，一面是破落贵族，一面是小市民，所谓精致的俗骨——而贾平凹的虚，也只是在庄之蝶这里令人信服：这个人同时具有此岸和彼岸。[1]

庄之蝶的“虚”是否为人信服，也是见仁见智的话题，从总体的接受效果来看，《废都》的“艺术冒险”是否算得成功难有公论，贾平凹只此一试，便也改弦易辙了。但《废都》的“艺术冒险”最值得肯定的价值，是进行了一次将中国现当代小说叙事中久违了的“虚”拉进密不透风的“实”的实践。《红楼梦》在叙事中，融合“虚实”，兼具细腻精准的现实性和精神性、超越性的空间设置原则，对于当下以及未来的小说创作依然具有巨大的学习价值（这一点后文将予以详细论述），只是今天的创作者需要寻找的，是如何在当下叙事语境中实现其可能的具体通道。

二、在平凡的世界里“深入生活”

现当代作家以自己的语境去理解《红楼梦》，于是《红楼梦》的“逼真细致”成为学习的榜样。顺理成章，小说家要做到逼真再现真实的物质空间，就应该对描写的对象非常了解和熟悉。然而并不是所有的作家都“幸运”地拥有我们

1 李敬泽《庄之蝶论》,《当代作家评论》2009 年第 5 期，第 15 ~ 16 页。

推想出来的“曹雪芹式”的生活经历，那怎么办呢？于是一个非常有意味的提法历史地出现并且长久地回荡在中国小说现场：深入生活。这几乎是金科玉律，作家真实的想法和做法到底如何我们不敢妄断，但没有谁会对这一提法公开表示异议。对于很多怀抱虔诚的文学信念和伟大的文学理想的小说家，更是身体力行，不畏艰辛、不计利害地深入他所描绘的物质空间中去。我们以路遥创作《平凡的世界》为例，看看作家的这一努力。

在创作《平凡的世界》之前，路遥是有着明确的小说范式的选择和榜样意识的，我们可以从《早晨从中午开始》里读到作家这样的叙述：

> 实际上，我并不排斥现代派作品。我十分留心阅读和思考现实主义以外的各种流派。其间许多大师的作品我十分崇敬。我的精神常如火如荼地沉浸于从陀斯妥耶夫斯基和卡夫卡开始直至欧美及伟大的拉丁美洲当代文学之中，他们都极其深刻地影响了我。当然，我承认，眼下，也许列夫·托尔斯泰、巴尔扎克、斯汤达、曹雪芹等现实主义大师对我的影响要更深一些。
>
> 我要表明的是，我当时并非不可以用不同于《人生》

式的现实主义手法结构这部作品，而是我对这些问题和许多人有完全不同的看法。[1]

而且，在创作之前，路遥开始了有计划的为了创作而做的阅读准备。

这次，我在中国的长卷作品中重点研读《红楼梦》和《创业史》。这是我第三次阅读《红楼梦》，第七次阅读《创业史》。[2]

小说家在进入创作之前有意识的准备性阅读，和平常的积累性阅读有着完全不同的性质。路遥这番“招认”着实不容易。有评论者指出某位老作家写小说前必读鲁迅，此公断然否认。因为写作前的阅读，对于作家来讲，完全是一种“师从”的姿态。从这里我们可以看出，路遥对于《红楼梦》毫不隐晦的崇敬之情，但从他所描述的创作观念和作品实际来看，《平凡的世界》显然是《创业史》的继承人，而不是《红

1 路遥《早晨从中午开始》，《路遥文集》（第二卷），西安：陕西人民出版社，1993 年版，第 12 页。

2 同 1，第 19 页。

楼梦》的继承人。路遥在完成了小说文本和书面资料的阅读之后，开始像他崇敬的柳青一样“深入生活”。

到此时，我感到室内的工作暂时可以告一段落，应该进入另一个更大规模的“基础工程”——到实际生活中去，即所谓“深入生活”。

关于深入生活的问题，与“政治和艺术的关系”一样，一直是我国文艺界长期争论不休的问题。这一点使我很难理解。我不知道这是一个多么艰深的理论问题值得百谈不厌。生活对于作家艺术家来说，就如同人和食物的关系一样。至于每个作家如何占有生活，这倒大可不必整齐一律。每个作家都有自己感受生活的方式；而且随着社会生活的变化，同一作家体验生活的方式也会改变。比如，柳青如果活着，他要表现八十年代初中国农村开始的“生产责任制”，他完全蹲在皇甫村一个地方就远远不够了，因为其他地方的生产责任制就可能和皇甫村所进行的不尽相同，甚至差异很大。

是的，从一九七五年到一九八五年中国大转型期的社会生活发生了巨大的变化。各种社会形态、生活形态、思想形态千姿百态且又交叉渗透，形成比以往任何一个时期都更为复杂的局面。而要全景式反映当代生活，“蹲”在一个地方就不可能达到目的。必须纵横交织地去全面体察生活。

我提着一个装满书籍资料的大箱子开始在生活中奔波。一切方面的生活都感兴趣。乡村城镇、工矿企业、学校机关、集贸市场；国营、集体、个体；上至省委书记，下至普通老百姓；只要能触及的，就竭力去触及。有些生活是过去熟悉的，但为了更确切体察，再一次深入进去——我将此总结为“重新到位”。有些生活是过去不熟悉的，就加倍努力，争取短时间内熟悉。对于生活中现成的故事倒不十分感兴趣，因为故事我自己可以编——作家主要的才能之一就是编故事。而对一切常识性的、技术性的东西且不敢有丝毫马虎，一枝一叶都要考察清楚，脑子没有把握记住的，就详细笔记下来。比如详细记录作品涉及的特定地域环境中的所有农作物和野生植物；从播种出土到结籽收获的全过程；当什么植物开花的时候，另外的植物又处于什么状态；这种作物播种的时候，另一种植物已经长成什么样子；全境内所有家养和野生的飞禽走兽；民风民情民俗；婚嫁丧事；等等。在占有具体生活方面，我是十分贪婪的。我知道

> 占有的生活越充分，表现生活就越自信，自由度也就会越大。作为一幕大剧的导演，不仅要在舞台上调度众多的演员，而且要看清全局中每一个末端小节，甚至背景上的一棵草一朵小花也应力求完美准确地统一在整体之中。[1]

路遥接受的《红楼梦》，显然是我们前文说过的被建构为“伟大的现实主义小说”的《红楼梦》。路遥以其为榜样，显然要用文字描绘出一个“平凡而真实的世界”，所以“对一切常识性的、技术性的东西且不敢有丝毫马虎，一枝一叶都要考察清楚”，这背后的动力，自然来自现实主义叙事范式下小说观念中对真实性的追求。而《红楼梦》在这一点上，近乎玩笑地呈现出与路遥的认真、郑重的写实态度截然相反的虚拟态度。

三、凤姐的袄裙与可卿的屋子

启功先生在他的《读〈红楼梦〉札记》一文中明确指出：

---

1 路遥《早晨从中午开始》，《路遥文集》（第二卷），西安：陕西人民出版社，1993 年版，第 22 ~ 24 页。

> 书中也直接写出了许多生活制度、人物服饰、器物形状等等。特别是清代旗籍里上层人物的家庭生活，更写得逼真活现。
>
> 但是如果仔细追寻，全书中所写的是什么年代、什么地方以及具体的官职、服饰、称呼，甚至足以表现清代特有的器物等等，却没有一处正面写出的。这不能不使我们惊诧作者艺术手法运真实于虚构的特殊技巧。[1]

由于时代和文化的巨大变迁，没有一定的专业知识和考据的功夫，今天的我们“对于书中所写的生活事物，究竟哪些是真实，哪些是虚构，也不大容易分出”。但启功先生通过对书中的年代、地方、官职、服饰、称呼及其他生活细节等多方面的分析论证，发现《红楼梦》没有一处是“写实”：不是作者自己的杜撰或编造，如兰台寺大夫、九省都检点、龙禁尉、平安州、金陵应天府等等，就是故意的含糊其词，如用长安指京城，这个“京”却不分南北，有炕，也有大树红梅，提到时间也是“太平不易之元，蓉桂竞芳之月，无可

---

1 启功《读〈红楼梦〉札记》，引自张宝坤编《名家解读〈红楼梦〉》，济南：山东人民出版社，1998 年版，第 649 页。

奈何之日”。

《红楼梦》中对于人物服饰的描写精细华美，但启功先生通过考证发现，作者并没有坐实写任何一套可以在生活中得以印证的服饰——无论是明还是清。“凤姐等人的装束那么具体，其中仍有迷离之处。”[1]

对于《红楼梦》的作者如此虚构的原因，启功先生认为是作者要规避“文字狱”和避免暴露是“真人真事”。关于《红楼梦》的自传性问题是红学中聚讼纷纭的大问题，我们这里不追究作者虚构的原因，只确认《红楼梦》对于现实生活的各个方面，都采取了并不拘泥于事实的虚拟原则，但有趣的是，《红楼梦》的虚拟最终形成了逼真写实的叙事效果。

在任何叙事范式下，小说中的物质环境，归根结底是为了服务于人物塑造和意义表达的，无论是现实主义小说范式下的“典型”环境，还是现代主义小说范式下扭曲变形了的作为象征的物质环境，《红楼梦》自然毫不例外。

我们就以服饰为例。凤姐出场时的服饰描写令人印象深刻：

1 启功《读〈红楼梦〉札记》，引自张宝坤编《名家解读〈红楼梦〉》，济南：山东人民出版社，1998 年版，第 657 页。

头上戴着金丝八宝攒珠髻，绾着朝阳五凤挂珠钗，项上戴着赤金盘螭璎珞圈，裙边系着豆绿宫绦，双衡比目玫瑰珮，身上穿着缕金百蝶穿花大红洋缎窄裉袄，外罩五彩刻丝石青银鼠褂，下着翡翠撒花洋绉裙。（第三回）

我们来分析一下作家的虚拟途径。小说描写的凤姐服饰的质地：金，赤金，珍珠，宝石，绸缎，皮毛；色彩：金色，大红，石青，翡翠，五彩；所使用的图案：凤、螭、蝴蝶，花。质地和色彩组合起来，传达出华贵美艳的信息。在中国传统的文化语汇里，服饰图案中的蝴蝶和花，是情欲的符号，而凤和螭——传说中的无角之龙，是权力的符号，传递出的信息是少妇风情和位高权重。通过生活中真实存在的各种服饰元素的组合，形成了无法在现实生活中坐实的服饰，但却逼真细腻地如工笔般画出了一个“粉面含春威不露”、手握荣国府管理大权的王熙凤。而且就此一描，读者不仅获悉了凤姐见黛玉时的打扮，甚至能推出这位当家奶奶的一贯着装风格，想象力丰富的读者只怕都能窥到凤姐的首饰匣子和衣柜里面去了。小说中的逼真，是读者的感受，小说叙事通过精心设计的信息释放方式——小说全部修辞的奥秘，就在于如何释放信息——非常准确地召唤出作家所希望召唤出的读者感受。

启功先生所谓的“具体”却“迷离”，是因为《红楼梦》中的服饰描写，并不指向真实的服饰构成细节，而是指向读者的具体感官，作家通过语言文字刺激读者的感官，从而完成对感受和理解的召唤。

《红楼梦》这种毫不拘泥的、自由的“写实”状态灌注在整个修辞体系的各个方面，对于物质空间的处理只是其中之一。在《红楼梦》中，作家对物质空间的处理，自由、洒脱，优美得如同王右军的行书。大的如小说展开的主场景，那座“天上人间诸景备”的大观园，小到妙玉奉茶时拿出来的两个器物，写得仔细真切，同时又“编”得云山雾罩。这显然与作家“破愁消闷”、别开生面的小说观念和对“趣”和“味”这样修辞效果的追求分不开的。

另一个典型的例子，就是关于秦可卿屋子的描写。

> 刚至房门，便有一股细细的甜香袭人而来。宝玉觉得眼饧骨软，连说“好香！”入房向壁上看时，有唐伯虎画的《海棠春睡图》，两边有宋学士秦太虚写的一副对联，其联云：嫩寒锁梦因春冷，芳气笼人是酒香。案上设着武则天当日镜室中设的宝镜，一边摆着飞燕立着舞过的金盘，盘内盛着安禄山掷过伤了太真乳的木瓜。上

面设着寿昌公主于含章殿下卧的榻，悬的是同昌公主制的联珠帐。宝玉含笑连说："这里好！"秦氏笑道："我这屋子大约神仙也可以住得了。"说着亲自展开了西子浣过的纱衾，移了红娘抱过的鸳枕。（第五回）

作者近乎戏谑的叙事口吻，非常明显，通过描写陈设引入一系列香艳故事，有人理解为对秦可卿精神、情感世界的揭示，也有人理解为对宝玉精神、情感世界的揭示——因为这段描写是从宝玉眼中写出。不管如何理解，这段描写都是虚拟召唤性的。

这显然与我们前文所引的路遥的创作手记中所展现出的小说观念以及《平凡的世界》小说文本所呈现出的物质空间，有着本质的不同。路遥对生活充分占有、力求细节真实的追求，是服务于作家要在小说中建构一个完全可以与现实生活构成对应关系的"真实世界"的愿望的，这是现实主义叙事范式下的作家的自觉追求，也是评价小说艺术品质的重要指标。路遥巨大的心力付出和对文学的虔诚信仰，应该得到充分的尊重。从作家主观付出的角度上，路遥创作《平凡的世界》，显然也在用生命追比"字字是血"的《红楼梦》和耗尽柳青一生的《创业史》。论者在这里要指出的是，路遥所效法的显然是被误读的《红楼梦》——这种误读，我们在对《红楼梦》经典化建构中已经详细阐述过，几乎是现当代文学史上的一种“常态”。

路遥的小说创作与《红楼梦》显然属于不同的叙事范式。前文中我们曾经说过，任何叙事范式下，都产生了属于自己的伟大小说，因此叙事范式本身并没有高低贵贱之分，对于今天的作家，在叙事范式的选择上，显然有着更为自由的空间和更为自觉的必要，路遥对于现实主义叙事范式的选择，就是自觉的，作家选择的依据，当然是该范式提供的小说观念和修辞体系对于作家来说最具言说生活的有效性。从路遥对创作过程的描述，和最后形成的小说文本，我们都可以发现，无论是地理物候、风俗习惯还是植被作物、矿产土产，都是“对”的、真的，至于时间，更是清晰准确，他笔下的物质空间和现实中的1975年到1985年的中国陕西的相应物质空间——农村、煤矿等——具有高度的一致性，可以“菱花交相看”。这同样是路遥的自觉艺术追求。这种坚硬的与现实世界具有高度一致性的物质空间处理方式，是现实主义叙事范式的小说观念指导下的必然修辞选择，巴尔扎克在小说里处理一所房子的态度类似于房地产商买地皮，确定位置弄清楚到那儿的道路，丝毫不会马虎。对于物质空间，这种坚硬的再现性修辞原则，并不属于《红楼梦》,《红楼梦》里所展现的是一种更富弹性的召唤性修辞原则。

四、与时间争夺意义

无论是哲学家还是小说家，时间都是一个最具魅惑也最具难度的命题。然而从哲学角度谈论时间，无疑是巨大的冒险，因此福斯特在他著名的演讲中的选择是明智的，虽然更明智的做法是对无法言说的问题保持沉默。

时间问题的难度在于无法言说，虽然任何形式的小说叙事，都深刻地依赖于时间。像福斯特说的，小说里“永远有一只时钟在嘀嗒作响”，哪怕有的“作者也许不喜欢他的那只时钟”。[1] 论者在这里无力全面阐释这只钟的运行方式，尤其是面对《红楼梦》中那只永远“走不准”的“怪钟”。

《红楼梦》在时间问题上显得比一般的中国古典小说更为复杂，确定主人公的年龄就是难题，从不同研究者费尽心力梳理出的不同“红楼梦年表”也可见一斑。版本问题并不是主要原因，作者在叙事中含混故事时间的主观故意才是造成“红楼时间”暧昧不明的真正力量。

---

1 E. M. 福斯特《小说面面观》，朱乃长译，北京：中国对外翻译出版公司，2002 年版，第 81 页。

有研究者对《红楼梦》的时间问题进行了现代阐释：

> 一是艺术形式上的，现代小说所孜孜追求的时间倒置、悬搁、嵌合等打破直线时间顺序的艺术手法，在《红楼梦》中已有比较成功的尝试。二是在内在意蕴上的，由现实时间与神话、宗教时间的切割和重组，现实时间的倒置、悬搁与嵌合，以及“关键日期”的浓笔铺写，都使《红楼梦》具有一种回归神话、宗教之源的预言性与寓言性意义。[1]

这样的研究对于深入认识《红楼梦》的小说艺术，毋庸置疑具有价值，可同时我们也需要注意到，在研究者将《红楼梦》与“现代小说”并置的比对中，还有一个没有出现却实际上参与到这个体系的参照坐标轴，那就是以“直线时间顺序”进行小说叙事的经典现实主义小说。这也是我们最为熟悉的一种时间形式，因为20世纪中国小说叙事的主流始终处于这一小说范式的统治之下。这里需要指出的是，线性时间观与进化论、科学理性等观念，也是在19世纪末、20世

1 梅新林、崔小敬《现实时空与魔幻时空》，《红楼梦学刊》2003年第3期，第52页。

纪初开始在中国取得了统治性影响的。在中国漫长的古代文学史上，时间的文学形式多变而自由，《古镜记》《邯郸梦》《聊斋》《春江花月夜》《夜雨寄北》等作品中表现出来的时间观念，都是非线性的。今天对我们来说习以为常的概念，其实对于中国叙事来说，反而是一种彻底的颠覆和改变。线性时间在中国叙事中一统天下，不过是20世纪之后的事情。新时期之后，中国先锋小说的试验中，借着现代小说观念的帮助，开始学着将时间扭曲、断裂、镶嵌……然后再借着现代的眼光在《红楼梦》里发现了“异样”的时间观。

这是我们理解的问题。《红楼梦》的“异样”，其实是中国传统叙事的“常态”——《红楼梦》叙事中独特而自由的时间形式，是对中国古典文学传统的继承——不仅是小说，还包括戏曲和诗歌。在中国故事中，一切都会被放在时间中考量：“眼见你起朱楼，眼见你宴宾客，眼见你楼坍了”“君莫舞，君不见玉环飞燕皆尘土”“江畔何人初见月，江月何年初照人”“青山依旧在，几度夕阳红”“天下没有不散的筵席”……从一草一木，到人事代谢，时间盘旋缠绕之上，牵引着追问走向终极。这就是《红楼梦》时间处理上如此“异样”，却从来没有在接受上构成困难的原因。看戏说书，也是一样的。

中国现当代小说创作与《红楼梦》最大的分野，正是在时间形式上。从总体上说，20世纪的中国小说叙事，基本是在线性时间的统治下、在历史进步的乌托邦力量牵引下延展的。这一点，本书将在“史诗追求”一节中展开详细分析。此处我们需要指出的是，《红楼梦》中时间所具有的悲剧力量和附着其上的强烈的生命感，很难在中国现当代小说寻到踪迹。

在时间中，季节嬗递，一切都在凋零，乌托邦解散，飞鸟各投林，白茫茫大地真干净，这就是命定之事。在《红楼梦》极具抒情性、也可能是中国文学中最具生命感叹的二十三、二十六两回中，桃花、流水、土地、良辰、美景，一套复杂的隐喻和征引，构成了一个凋零着、坚守着、在文本的此时既在着又被追怀哀悼着的乌托邦。

政治家从《红楼梦》中看见了历史，但曹雪芹的乌托邦其实是在与历史和时间争夺意义，而中国现代以降的小说家，所信的只有历史和一往无前的时间。

这就是分际所在，是隔绝着曹雪芹与现代小说家的那个楚河汉界。[1]

中国现当代小说创作，与中国自身的叙事传统的断裂，更为深刻地体现在时间观上的不同。这一点很长时间不为现当代小说家所重视。然而20世纪是小说观念经历巨大变化的世纪，由于中国当代文学在20世纪中期之后某段时间与世界文学相对隔绝，这种变化集中出现在改革开放的新时期之后，对中国小说家构成了巨大冲击。效仿外来文本的同时，也有作家发现了中国文学本身的资源，开始反省现代以来的中国小说叙事。

我们在前文分析过，《红楼梦》中的时间形式，主要来自作者的主观设计，那么决定它的力量就是作者的小说观念。曹雪芹的小说观，我们只能从他在《红楼梦》中的表述寻找。在小说文本的开头，作者说：

则自欲将已往所赖天恩祖德，锦衣纨绔之时，饫甘餍肥之日，背父兄教育之恩，负师友规训之德，以至今日一技无成、半生潦倒之罪，编述一集，以告天下人：

1 李敬泽《〈红楼梦〉影响纵横谈》，《红楼梦学刊》2010年第4期，第12~13页。

我之罪固不免，然闺阁中本自历历有人，万不可因我之不肖，自护己短，一并使其泯灭也。（第一回）

显然，不管是“我的罪”，还是“她们的美好”，都会在时间中泯灭，然而借着作者的叙事，却可以与时间对抗。红尘是“到头一梦，万境归空，倒不如不去”的所在，时间销蚀着人生的价值感，小说叙事却在这步步紧逼的销蚀中建筑起了抵御时间的乌托邦——回忆。《红楼梦》用沉溺于“此刻”的回忆对抗着遗忘。这也就不难理解，为什么在《红楼梦》相当长的篇幅内，时间都呈现出横溢的片段状态。《红楼梦》对于印象时间——人的经验时间的重视和表现，显然是符合其超越性的小说观念的诉求，《红楼梦》以“悲金悼玉”的叙事从时间那里争夺出了生的意义，用“回忆”对抗“遗忘”，赋予了叙事“守住人类最低限度的希望”的拯救价值。

《红楼梦》在叙事中展现出的时间观，悲观却深刻，只是这种从时间的指缝间争夺出的一点点意义，很难赢得“改天换地”的20世纪中国小说家的共鸣。中国现当代小说创作中，“未来”是最具价值的概念，绝望如鲁迅，也得半真半假地指望着“孩子”与“明天”，更不要说此后被赋予最高文学价值的小说叙事中的“史诗追求”所展现出的历史观和时间观了。对于“信任一往无前的时间”的现当代小说家来说，他们的叙事时间观，使得小说叙事很难超越社会和历史层面。进入时间被消解了“深度”的全媒体时代，这种经典现实主义主义的线性发展的时间观，甚至会造成叙事意义生成的困难。

无论是小说的外部形式与内部体验，都离不开时间这个终极问题，时间意识的自觉程度，对于小说创作的影响至关重要，故而《红楼梦》的启示价值，不该被忽视。

第二节　永远的世情

小说中的世界，更为重要的空间，是社会性的空间，也就是我们所谓的世态人情。重人情是中国社会的突出特点，很多人把这一点看作中国进入公民社会的障碍，中国小说叙事上也可折射出中国社会重视世态人情的文化特征。以《金瓶梅》为滥觞，产生了被后来研究者命名为"世情小说""人情小说"的叙事作品，着意书写世俗社会、日常生活，描摹世态，见其炎凉。鲁迅在《清之人情小说》中说："人情小说萌发于唐，迄明略有滋长，……至清有《红楼梦》，乃异军突起，驾一切人情小说而远上之。"[1]

1 鲁迅《清之人情小说》，引自刘运峰编《鲁迅全集补遗》，天津：天津人民出版社，2006 年版，第 288 页。

一、世情几度炎凉

《红楼梦》留给此后中国文学最宝贵的财富之一，就是它描绘了恒常的世俗的中国人生活图景，深入细致地将中国人独特的人际关系予以呈现。这一言说的有效性进入21世纪之后，毫不减弱，在单位一贯积极表现的某人，被人描述为“活脱一个袭人”，大多数人都能心照不宣领会说话人的言下之意。诚如李敬泽在《〈红楼梦〉影响纵横谈》中说的：

> 《红楼梦》百余年来一个隐蔽的文化功能就是，它是中国人的人情教科书，举凡婚姻家庭、私事公务，直至军国大政，都能在《红楼梦》里对了景儿，借得一招半式。[1]

《红楼梦》的作者，的确如宁府里的那副对联所描述的：世事洞明皆学问，人情练达即文章。《红楼梦》里洞明世事的“学问”，后来的大多数中国小说家都做得不大好，故而我们在现当代文学史中也不大容易找到如《红楼梦》般练达人情的好“文章”。之所以如此，倒不是现当代作家于人情世

1 李敬泽《〈红楼梦〉影响纵横谈》，《红楼梦学刊》2010年第4期，第8页。

故上就此迟钝了起来，更不是中国的世事人情有了根本的改变——与政治上的风云诡谲相比，寻常百姓的日子千百年来依然在穿衣吃饭、娶妻生子的轨道上稳定地运行着，而是自五四新文学开始，中国小说的使命和关照的重点，转移到了更为高远和宏大的地方。一衣一饭的辛酸，小儿小女的心底波澜，姑婆勃谿的争斗，如果不指向对社会旧制度的控诉和对人性解放的呼唤，恐怕是很难进入现代小说家的法眼的。

郁达夫在《关于小说的话》中分析新小说的内容时说：

> 新的小说内容的最大要点，就是把从前的小我放弃了，换成了一个足以代表全世界的多数民众的大我。把一时一刻的个人感情扩大了，变成了一时代或一阶级的汇聚感情。[1]

现代小说的这种放弃“小我”的趋势，在30年代的左翼小说以及其后在《在延安文艺座谈会上的讲话》精神指导下的解放区创作，不断得到强化。

冯雪峰对丁玲的小说《水》给予了高度评价，称其为

1 郁达夫《关于小说的话》，引自吴福辉编《二十世纪中国小说理论资料》（第三卷），北京：北京大学出版社，1997年版，第158页。

“我们所应当有的新的小说”：

> 第一，作者取用了重要的巨大的现实的题材……第二，在现象的分析上，显示作者对于阶级斗争的正确的坚定的理解。第三，作者有了新的描写方法：在《水》里面……人物不是孤立的，固定的，而是全体中相互影响的，发展的。
>
> …………
>
> 新的小说家，是一个能够正确地理解阶级斗争，站在工农大众的利益上，特别是看到工农劳苦大众的力量及其出路，具有唯物辩证法的方法的作家。[1]

当代文学史上的“十七年”时期，这种对宏大叙事的追求成为中国小说家的集体使命。虽然《红楼梦》对于世事人情的细致描绘，依然作为文学资源滋养着目光“高远”的中国小说，使其保有着一定的真实生活的质地和温度，但显然它不再是小说话语场中的主讲者，而是角落里低低的回声。

---

1 冯雪峰《关于新的小说的诞生——评丁玲的〈水〉》，引自吴福辉编《二十世纪中国小说理论资料》（第三卷），北京：北京大学出版社，1997 年版，第 169 ~ 170 页。

即使在研究者的眼中，“《三家巷》与中国古典小说，尤其是与《红楼梦》之间的想象关系是显而易见的”[1]，但是《三家巷》的作者却是这样表达创作动机的：

> 我的本意是要反映一个新的中华民族的诞生——一个以无产阶级为核心的新的中华民族的诞生，但是我不敢说，我到底写出来了没有。[2]

此后高度一体化的中国文学中，世态人情即使作为小说话语场内角落里低低的真实人生的回声，也要成为绝响了。随着文学“新时期”开启，中国小说重拾五四启蒙的热情，充当了整个社会思想解放和情绪宣泄的场域，吃饭穿衣这样的小事，如果不是为了抚摸伤痕、控诉饥饿，从而完成对历史浩劫和非常态的政治伤害的清算，同样也不为小说家重视。到了20世纪90年代，借着被命名为“新写实”的创作现象，中国人最为看重的日常生活作为主题重返小说场域。21世纪十几年的小说叙事中，个人作为天然的叙事主角，日常生活

1 孙先科《说话人及其话语》，上海：上海文艺出版社，2009年版，第105～106页。

2 欧阳山《校改全书〈三家巷〉序》，《新文学史料》1998年第4期，第142页。

也成为主流的文学景观。但这一切却并不意味着鲜活世情在当代写作中的复兴。“新写实”的创作倾向，可以看作对宏大叙事的一种反动，但在“新写实”的叙事逻辑里，同时存在着对市民逻辑甚至市侩价值观不加辨析的认同，使相当一部分归在“新写实”名下的作品，弥散着令人窒息的庸俗气息。而当下小说叙事中的日常生活，常常因为缺乏形而上目光的审视和审美目光的取舍，以至于琐屑而沉重的“日常”使得文学的超越性翅膀日渐低垂。“新写实”作为创作现象，昙花一现地过去了，但20世纪90年代“张爱玲热”从另一个角度“启发”了我们，世俗生活原来也可以如此“艺术”，如此“文学”，只是我们获得的“启发”，很可能是一种误解。

> 时至今日，很大程度上是通过张爱玲，《红楼梦》的俗世在文学中已经重获合法性，但实际上我们迎来的可能是《金瓶梅》式的不容转身的俗世，我们可能与《红楼梦》里至关重要的另外一面，俗世的另一面，依然隔绝——[1]

1 李敬泽《〈红楼梦〉影响纵横谈》，《红楼梦学刊》2010年第4期，第9页。

我们显然对《红楼梦》中的世情缺乏足够的理解。世情不等于世俗，更不等于市侩。《红楼梦》所代表的中国小说叙事传统中的世情，其实是对中国人个体与群体的真实生存状态的认真追摹和如实表达，“世情”中同样有着非常丰富的人性维度，非常复杂的精神向度。“世情”与文学的超越性、与形而上的追问诉求，不仅不存在矛盾，甚至可以说是一体两面的。现当代小说家们，显然对于“洞明世事”的学问，做得并不深入。

二、小说的“俗骨”

我们在前文中分析过，张爱玲对于《红楼梦》小说艺术的继承，具有超越一般现代作家的特殊性。张爱玲曾经不无自得地转述姑姑对她“一身俗骨”的评价，对于小说家来说，这身“俗骨”珍贵无比。没有这身“俗骨”，只怕写不出那些只属于中国俗人的是是非非。《金锁记》中张爱玲对于曹七巧和娘家兄嫂的关系的描写，透着对世事人情的深刻了解。娘家兄嫂来姜家看望七巧：

> 曹大年道：“妹妹你听我一句话，别说你现在心里不舒坦，有个娘家走动，多少好些，就是你有了出头之

日了，姜家是个大族，长辈动不动就拿大帽子压人，平辈小辈一个个如狼似虎的，哪一个是好惹的？替你打算，也得要个帮手。将来用得着你哥哥你侄儿的时候多着呢。”七巧啐了一声道：“我靠你帮忙，我也倒了霉了！我早把你看得透里透——斗得过他们，你到我跟前邀功要钱，斗不过他们，你往那边一倒。本来见了做官的就魂都没有了，头一缩，死活随我去。”大年涨红了脸冷笑道：“等钱到了你手里，再防着你哥哥分你的，也还不迟。”七巧道：“你既然知道钱还没到我手里，你来缠我做什么？”大年道：“路远迢迢赶来看你，倒是我们的不是了！走！我们这就走！凭良心说，我就用你两个钱，也是该的，当初我若贪图财礼，问姜家多要几百两银子，把你卖给他们做姨太太，也就卖了。”七巧道：“奶奶不胜似姨奶奶吗？长线放远鹞，指望大着呢！”[1]

这番兄妹对话里透出令人心寒的残酷，可同样又纠葛着“打断骨头连着筋”的亲情，哥哥有无法掩饰的利益企图和匪夷所思的可笑逻辑，但也有充满悲哀的骨肉手足之间的怜惜，

1 张爱玲《金锁记》，引自金宏达、于青编《张爱玲文集》（第二卷），合肥：安徽文艺出版社，1992 年版，第 97 页。

有恨有怨也有中国民间形式独特的爱……嫂子好言相劝，哥哥赌气要走，七巧积攒半天的幽恨，哭了出来。

> 她嫂子见她分明有些留恋之意，便做好做歹劝住了她哥哥，一面半搀半拥把她引到花梨炕上坐下来，百般譬解，七巧渐渐收了泪。兄妹姑嫂叙了些家常。[1]

一场撕心裂肺的雷霆竟这般轻易地就雨罢云收了，然而这样别开生面的戏剧性恰恰来自生活真实的启发，从《红楼梦》后，罕见如此的叙事手段，也罕见如此对人情的理解。就是这样，在亲人间，再狠的话说出来，也做不得准，认不得真——那不过是“气话”！肯对你说“气话”、敢对你说“气话”，因为亲，因为是自己人，这就是中国人的爱。而对于爱的表达，到底还是要落到实在处，所以那些在新小说里说“孩子我爱你”的不是中国父母。七巧到底是用非常丰厚的馈赠打发了兄嫂。临走时嫂子说要再来看她，七巧竟笑道：“不来也罢了，我应酬不起。”

中国家庭生活中，虚与委蛇的“表演”是正常的行为方

---

1 张爱玲《金锁记》，引自金宏达、于青编《张爱玲文集》（第二卷），合肥：安徽文艺出版社，1992 年版，第 97 页。

式,《红楼梦》中我们随处都可以看到这样的“表演”，但这种“表演”并不纯粹是作伪，真实的情感表达也要借着这种“表演”，曹七巧处处戳破这“表演真相”的不近人情的刻薄话就是疯癫了。这种疯癫是从真实的世事人情描摹中扎扎实实长出来的艺术之花。张爱玲对于《红楼梦》小说艺术的继承，做得最好的方面，就是对庸常的生活场景和世态人情的精彩表现。

上海“孤岛”上的张爱玲，是一个在现当代文学史上哪一个时期都安放不下的“特例”。茅盾、巴金一代的作家，民族危机赋予的历史责任感使得他们当仁不让地关注宏大主题；当代作家同样为了谱写更为宏大且崭新的时代旋律而忽略了庸常世情；20 世纪 80 年代先锋小说花样翻新的文体试验的驱动力中，最为主流的是实现中国小说叙事现代性的迫切渴望。对“大问题”的关注，显然已经成为现当代小说创作的“传统”。但是，纯粹的观念演绎是不能形成小说的，即使再单薄，小说归根到底写的还是生活中的人和人的生活，离不开世态人情，这是小说文学性的土壤。可以这样说，无论中国现当代小说家对宏大叙事有着怎样的偏好，其小说艺术成就的高低，很大程度还是与其能否鲜活再现世态人情相关联。虽然大多数现当代小说家，并没有像张爱玲那样，倾心玩味庸常人生中的种种情态，但世态人情对于小说创作至关重要，无疑也是创作者们的常识。《红楼梦》如果说是“中国人的人情教科书”，那么对于中国作家来说，《红楼梦》就是书写世情的教科书。

诚如夏志清在《中国古典小说史论》中所说：“就写世态的现实主义水平和写心理的深刻而言，《红楼梦》是一部堪与西方传统最伟大的小说相媲美的作品。”[1]中国现当代作家对《红楼梦》的迷恋和重视，与其在书写世态人情上的艺术成就是分不开的，很多作家都像巴金、老舍、端木蕻良在其相关文章中表述的那样，自幼熟读《红楼梦》，耳濡目染，将其小说艺术转化为自己的文学资源，其中对于世态人情的表现，自然是其中的主要方面。这一点，从我们前文所列的长长的继承人名单上，我们可以找到大量例子。

只是无论我们从《红旗谱》《三家巷》《科尔沁旗草原》之类作品的话语缝隙间分析出多少世情的回声，有一点需要明了：中国现当代小说家，已然在使用全新的意识形态话语言说中国社会和中国人了。“大问题”意识成为新的传统，一脉相承走到今天的中国小说创作，对于世态人情的“不通”，

1 夏志清《中国古典小说史论》，胡益民等译，南昌：江西人民出版社，2001年版，第15页。

还是当前较为突出的问题。生活中的作家说不定是人情练达的明白人，可到了小说里，忽然就“不通情理”了。

就这一问题，毕飞宇有着清醒的认识：

> 世态人情是要紧的，无论我们所坚持的小说美学是模仿的、再现的、表现的，无论我们的小说是挣扎的、反叛的、斗争的，世态人情都是小说的出发点，你必须从这里起步，你必须为我们提供一个小说的物理世界。
>
> …………
>
> 写不好事，写不好人，最根本的原因是我们自己“不通”。一个作家不在生活的世俗场景上花工夫，把最基本的世态人情弃置在一边，然后，又贪大，这是相当危险的。不客气地说，很多作品一过了二分之一或三分之一就倒掉了。[1]

没有世态人情这根“俗骨”的支撑，小说叙事就无法真正站立。没有世情就没有小说，现当代小说自然也有出色的世情文章，只是整体上来说，尤其是从小说观念的角度，

1 毕飞宇《文学的拐杖》，《上海文学》2007 年第 7 期，第 80 页。

我们的小说叙事对于世情的重视和理解依然存在着较大的不足。

三、生活作为修辞原则

在论述作为“文学的拐杖”的世态人情时，毕飞宇很自然地选择了《红楼梦》作为例子。凤姐探望病重的可卿出来，遇到贾瑞调情，一番周旋回到宁府宴席上，她却起身张望，问：“爷们都往哪里去了？”凤姐心里想的是谁？问的又是谁？曹雪芹没有写，这里留下了一个“文学之洞”。至于凤姐获悉爷们的去向后，竟说了句：“在这里不便宜，背地里又不知道干什么去了。”尤氏接话：“哪里都像你这么正经人呢？”

毕飞宇认为尤氏在这里拍了一个“精彩的马屁”。尤氏这话究竟是“精彩的马屁”，抑或是绵里藏针的嘲讽，也可两解，但前面对凤姐的描写的确如毕飞宇所叹：

> 联想起“爬灰的爬灰，偷小叔子的偷小叔子”，这里对凤姐的描述可以说是惊若天人，这是怎样的“花样年华”？这里一共就几百个字，曹雪芹什么都没说，什么都说了。你自己去看吧。天才呀，天才。伟大的小说

家。世事洞明，人情练达。小说就应当是这样的，多么地迷人哪！[1]

毕飞宇对“曹老师”的叹服溢于言表，世态人情是小说的根，尤其是中国小说的根。《红楼梦》中诸如此类的例子俯拾皆是，书里的闲话、傻话、疯话、气话、笑话、冷话、热话、话里都有话、话外能生出话、无话的地方也是话，整个小说文本好像被加入了酵素，其中的信息不断发酵增值。贾赦讲针灸婆子的“笑话”，在贾母耳朵里也是“微言大义”，荣府内两房之间的不平衡和矛盾累积隐隐地透出了轮廓。而贾母抓着说书女先生的话头，发了一大篇对于“才子佳人”故事的议论，似乎也绝非无的放矢的“闲话”，到底跟前面黛玉把自己的酒杯放到宝玉嘴边让他替饮的亲热举动有无关系，曹雪芹没有说，但似乎又说了很多。

《红楼梦》对于世态人情的深刻理解，使得小说叙事非常经济，一击两响，甚至是一呼数应。举一个很小的例子，贾琏偷情，凤姐“泼醋”，平儿受委屈，李纨将平儿拉入大观园，众人劝解。宝钗劝道：“你是个明白人，素日凤丫头何等待你，

1 毕飞宇《文学的拐杖》，《上海文学》2007年第7期，第83页。

今儿不过他多吃一口酒。他可不拿你出气，难道倒拿别人出气不成？别人又笑话他吃醉了。你只管这会子委屈，素日你的好处，岂不是假的了？”（第四十四回）平儿听了这话，加上贾母派琥珀来传言安慰，觉得脸上有了光辉，也就不哭了。

宝钗在曹雪芹笔下，是极懂极通人情世故的人，这番话可为注脚。头一层，提旧情，强调凤姐素日待平儿是依为心腹的；第二层，指出“今儿”情形的特殊性，凤姐有气，又有了酒，要拿自己人撒气，而平儿就是这个自己人；第三层，指出凤姐“撒气”其实是对平儿的信任和器重，虽然凤姐有了酒，但并没有真的醉糊涂，行事还是有分寸的，闹也闹在界限之内，若打的不是平儿，而是别人，凤姐就出格了，这一闹也会成为大家的笑柄；第四层，平儿挨打，是关键时刻为主子付出和做牺牲，不该委屈，应该坦然对待，平素忠心耿耿、勤谨尽责，关键时刻更应该禁得起考验。

曹雪芹用了不足百字，写透宝钗的胸中丘壑——这无疑是专制体制下、“奴才”文化氛围中相当成熟的政治“智慧”。暗中又写了凤姐的机关——“醋”泼得也有分寸技巧，断不是寻常悍妇无章法没脑子地疯闹胡闹傻闹。同时还写了平儿，平儿在荣国府几乎被看作凤姐的代言人，结果凤姐当众给她“没脸”，强烈的震撼和危机感让平儿方寸大乱。宝钗就是理解到了这一层，才非常透彻地从“没脸”里面剖析出了“有脸”，加上贾母的慰问，平儿竟因祸得福地自觉脸上有了光辉，而接下去在怡红院被宝玉呵护下理妆，则又“喜出望外”了。

也难怪《红楼梦》的文本会导致“过度阐释”，是因为它禁得起阐释，甚至逗引着人阐释的欲望，阅世越深，越能觉出《红楼梦》的好。这时候我们发现，《红楼梦》中表现世态人情的琐屑小事，不仅不是现当代小说不同历史时期所关注的那些“大问题”的对立面，反而有时候就是“大问题”本身——无论是人的觉醒，个性解放，婚姻自由，反抗专制，阶级斗争……甚至是比这些“大问题”还大的终极追问：存在的悖论，生之价值与生之意义，人生解脱之可能与否……从《红楼梦》的世态人情里读出“大问题”的研究文章汗牛充栋。

作为小说家的毕飞宇这样理解《红楼梦》的世态人情：

你一定要说曹雪芹有多么大的小说技巧，不见得。他没有读过《文学概论》，也没有读过《小说修辞学》。什么是技巧？小说本身没有什么技巧，如果一定要说有，都在世俗人情里头。是生活复杂的线性赋予了小说的跌宕，而不是相反。所谓技巧，在我的眼里无非就是作品反映出生活的质地、来龙与去脉，或形似，或神似。得“像”。怎么才能“像”，作家不通世俗人情是不行的。我只能说，曹雪芹懂，曹雪芹通。[1]

这是小说家对“技巧”的经验化表达，却比通常的理论表达说得恳切。小说修辞不过是掌握、言说现实的方法，从这个意义上看，世态人情生成了《红楼梦》小说的全部修辞技巧——以“互文对位”的方式将现实生活纳入叙事，生活的逻辑决定了情节的逻辑——曹雪芹让笔下的人物真的把日子过了起来。这种修辞原则最终形成的修辞效果之一，就是让诸多读了《红楼梦》的人，去寻找小说的“本事”。持续不竭的“索隐”“探佚”热情，从侧面赞美了小说家艺术手法的高妙。这种从原生态生活，尤其是中国的真实人际生态中生成的小说修辞原则，是《红楼梦》对中国叙事的独特贡献，也是《红楼梦》所代表的小说叙事范式的核心元素之一。

1 毕飞宇《文学的拐杖》，《上海文学》2007 年第 7 期，第 83 页。

第四章

作为象征的家与史诗追求

第一节　家族叙事

我们现在通行的中国古代小说史叙述中，都把人情小说的出现看作中国叙事的成熟形态，特别是以家庭生活为主要描写对象的《金瓶梅》的出现，被视为中国叙事的里程碑。而《红楼梦》，更是通过对家族日常生活的描写，将中国叙事艺术带到了前所未有的独立完美的高度。

一、天然的小说空间

家族和家庭作为现实生活的重要空间，成为叙事文学的表述对象，具有一定的必然性。特别是中国漫长的封建社会中，并没有出现现代社会的公共空间，除了士大夫所居的政治空间“庙堂”“朝廷”，作为社会的人活动的主要空间就是家。在前现代社会中，“家”并不是纯粹的私人空间，因为封建时代的家，是政治单位，也是经济单位。可以这样说，在前现代社会中，绝大多数的普通人，他们的政治生活、经济生活和情感生活都是在“家”这样一个空间中完成的。除了边缘化的族群，如隐士、僧侣、绿林强盗和青楼烟花，社会主流人群的生活空间，就是家庭。婚丧嫁娶、生老病死，中国人人生中所有的大事都离不开家，即使进入政治空间，中国男人的价值实现的重要指标也是光宗耀祖，封妻荫子。中国封建社会又是宗法社会，依赖血缘关系维系的家族，是社会的基本政治单位。历代统治者推行“以孝治天下”，对君主的“忠”和对家长的“孝”，是中国几千年来维持封建统治的核心意识形态，而齐家治国更是中国儒家知识分子实现自我价值的主要方式。于是，当小说叙事进入文人创作阶段，现实的家庭生活与玄远的神仙帝王、英雄豪杰一起，成为小说家的关注重心和表现对象。

《红楼梦》文本中占据主要篇幅的，就是对大家族日常生活的描写，从而《红楼梦》也被视为中国家族小说的先行者。虽然《金瓶梅》作为《红楼梦》的来源之一，其重要性也被研究者所重视，但《金瓶梅》在传播和接受上被列入了另册，其影响力远不及《红楼梦》。所以作为家族小说滥觞的《金瓶梅》，并没有成为后世效法的典范。《红楼梦》对于 20 世纪中国家族小说的影响，被不少研究者认为是《红楼梦》现代继承的重要方面。

> 《红楼梦》的题材有别于描绘英雄豪杰、神魔志怪的明清其他长篇小说，如《三国演义》、《西游记》、《水浒传》和《聊斋志异》等。《红楼梦》上承中国古代第一部家庭题材长篇小说《金瓶梅》，并摒弃了《金瓶梅》中许多有关性的自然主义描写。全书以家庭为基本叙事单元，表面上看来全是一些平淡无奇的家长里短、婚丧嫁娶、吟诗喝酒、口舌之争。但作者并没有平铺直叙就事论事，而是在貌似平淡的生活场景之中，隐含着比较深广的历史文化社会政治信息，平中见奇，以微显著。……现当代著名作家，正是以此作为接受《红楼梦》影响的一个最为广泛的基本层面，不一味追求重大题材上的轰动效应，重在揭示家和国之间的多重复杂关联，审视家庭文化对中国人人生的深刻影响。一则家庭题材的文学作品层出不穷，无论从作家作品的数量和质量上都是雄居其他题材之首。如茅盾的《子夜》、巴金的《家》、曹禺的《雷雨》、张爱玲的《金锁记》、路遥的《平凡的世界》、陈忠实的《白鹿原》和阿来的《尘埃落定》等；二则借一

斑而窥全貌，与《红楼梦》一脉相承，通过一个家庭或家族兴衰，折射出时代风云，如贾平凹在《贾氏家族》中的夫子自道：“当我后来读了《红楼梦》，其中有些人际关系简直和我们家没有多长差别，可以说这个贾家是那个贾府的一个小小的缩影。”他的《高老庄》、《白夜》、《废都》等长篇小说虽写一个数个家庭或家族的衰落，但都隐含着比较丰富的历史、文化和生命等象征意蕴。[1]

这样的论述在研究《红楼梦》的现当代影响中较为普遍和典型。其实除了上文中所引的作品，我们还可以发现更多地以家庭生活为主要描写对象从而折射社会风云的现当代作品，如林语堂的《京华烟云》、张恨水的《金粉世家》、端木蕻良的《科尔沁旗草原》、丁玲的《母亲》、茅盾的《霜叶红似二月花》、老舍的《四世同堂》、霍达的《穆斯林的葬礼》、叶广芩的《采桑子》、张炜的《家族》……它们也在家族小说的概念下，被纳入了《红楼梦》的影响谱系。

从题材的相似性在《红楼梦》和现当代家族小说之间建构影响关系，很容易产生流于表面的认识。如同在“永远的

1 李祝喜《论现当代作家对〈红楼梦〉的接受》，《宝鸡文理学院学报·社会科学版》2004 年第 2 期，第 76 页。

世情”一节中所分析过的那样，《红楼梦》对于现当代家族小说的影响，主要体现在现当代小说家对其对人情世态的逼真描摹的借鉴上。就像所引的上文中贾平凹说的，《红楼梦》中所描述的人际关系，的确与“我们家没有多长差别”。《红楼梦》中对世态人情的再现精细而深刻，具有超越历史文化时空的永恒性。文学即人学，但这个“人”，不只是社会历史意义上的人，同时也是自然的人，文化的人。表现人性的深度决定小说的深度，我们在“要写真的人物”一节中分析过的，《红楼梦》在人物塑造上的成就，特别是对女性形象的塑造上，成为泽被后世小说家的宝贵遗产。《红楼梦》对于现当代中国叙事的影响，更为本质的是它对中国人的独特言说，成为后世叙事不朽的典范和矿脉丰富的文学资源。

如果从相对宏观的角度来看，现当代中国文学史上大量出现的家族小说，即通过描写一个或几个家族的生活及家族成员间的关系，并由此折射具有丰富内涵的历史和时代特征的叙事作品，与《红楼梦》之间的关系，并不像我们表面上看起来那么单纯和直接。

二、被追认的家族小说

《红楼梦》家族小说的内涵特质，具有建构和追认的性质。

我们这里所说的家族小说，并非仅指描写了家族生活的小说，其内涵特质是具有特殊的规定性的。我们在第一章论述《红楼梦》经典地位建构时，曾经详细分析过“中国小说”的概念，《红楼梦》是中国小说，不是“novel”。而中国现当代文学中的“小说”，是在“novel”概念统治下逐渐成长、发展的。我们定义的家族小说，即英语的 saga novel，也可译为“世家小说”，专门指写大家族生活的散文叙事作品。所叙故事，具有相当的时间跨度，往往在历史与现实结合中形成“编年史”般的格局。中国现当代文学中的家族小说，是这一概念的中国演绎，虽然在中国小说家的创作实践中，借鉴了以《红楼梦》为代表的古典小说描写家庭生活场景的文学资源，但并未脱离这种以一家写天下和时代的框架。也就是说，现当代文学史上的家族小说，都有具体的历史时间依托，而且通过一家的兴衰，演绎出社会变革和历史进化的时代风云。

《红楼梦》虽然也写了贾家的兴衰，这里的“兴衰”似乎是偏义复指：更多的是指衰，而非兴，架子没有倒，“内囊却尽了”，偶尔的烈火烹油，也不过是回光返照，衰败的宿命不可挽回。更为重要的是，《红楼梦》的叙事，非常有意识地疏离了具体的历史时间，“朝代年纪，地舆邦国却反失落无考”（第一回）。写兴衰，必然指向出路，而《红楼梦》其主旨的复杂混沌，充分暗示了出路之不可得。这绝不是思想资源局限的结果，比照一下几乎同时产生的《歧路灯》，作者已然如同指路明灯一般，通过主人公从“败家”到“兴家”的人生选择，指出了光明的出路。我们有充分的理由相信，无意探索家兴家败之因，是《红楼梦》作者的主动选择。

《红楼梦》的确写了大家族的生活，但与现当代家族小说中以家喻国的“高姿态”不同，《红楼梦》的作者的姿态相当“低”，无非是一块“无才补天”的顽石的红尘记忆，记忆里有那么一群不该忘怀的人而已。《红楼梦》选择了大家族的日常生活作为叙事重点，只是因为那是人的生活空间，它的叙事更多的是面向“人的可能性”，而非像现当代文学史上的家族小说那样，以家喻国，具有对于历史发展的真理性追问和文化性思考。《红楼梦》是对于人的出路的长长的探询与拷问，陷入无解的叙事似乎给人一种徒劳的错觉，这却是《红楼梦》所蕴含的小说观念的要求。我们在这里无意也无力讨论“人的出路之有无”的问题，但最具“小说性”的叙事，需要重视的恰恰是过程，而非答案。所有直奔答案——往往又是确定而简单的答案——的小说，常常会被作家的观念绑架，某种意义上，也是“小说性”相对较差的作品。论者甚至可以不避感情用事的嫌疑，愿意将《红楼梦》称为“小说中的小说”。《红楼梦》虽然没有确定的真理性表达的叙事企图，但也正因为这样，它的文本意义具有了巨大的敞开性，对人的可能性的表达也更为充分，使得我们能够对《红楼梦》的叙事做出千差万别的各种解读，而非仅仅以一家喻天下。因此，我们可以说，《红楼梦》是描写了家族生活的小说，但不是现代意义上的家族小说。把《红楼梦》看作现当代家族小说的先行者，是一种拘于表象的比附，是对《红楼梦》叙事内容的窄化和肤浅化。

红学研究中有一种惯常的说法：《红楼梦》通过贾家的败落，揭示了封建制度必然灭亡的历史规律。这显然是有了马克思主义的历史发展观之后，看《红楼梦》才会有的观点，这是对《红楼梦》的一种解读，而非其意义的全部可能性。在封建制度被埋葬的百余年后，为什么《红楼梦》中贾家的败落，还会让很多读者唏嘘感喟呢？如果贾家的败落，意味着封建制度的必然灭亡，那么《红楼梦》就不是悲剧，而是正剧。在贾家之前，有无数家族的荣谢，在贾家之后，也有无数家族的荣谢，《红楼梦》叙事指向的是更为恒常的人的命运。如同前文我们分析巴金的《家》那样，《家》虽然描写了不少血淋淋的惨剧，但却并不是《红楼梦》那样横亘千古的悲歌，而是“启蒙精神”嘹亮的战歌。

将《红楼梦》归入家族小说，显然是以中国现当代小说创作中的家族小说为立足点反观的结果。而中国现当代家族小说的创作，虽然在描摹生活情态时，借用了《红楼梦》蕴含的关于大家庭生活情态的资源，如茅盾创作《霜叶红似二月花》时那样，但现当代小说家们，显然实践的是另一种完全不同的小说观念。

三、始终在场的时代与西方

现当代文学史中家族小说的大量出现，有其更为内在的时代原因和更为强势的西方影响。

20 世纪是中国社会巨变的时代，从推翻封建帝国到中华人民共和国的成立，再到 80 年代末的改革开放，其间经历了辛亥革命、新文化运动、抗日战争、内战、“文化大革命”等等，百年之内，古老中国所经历的观念和制度上的变化要比以往几千年的历史丰富得多深刻得多。

> “一部中国历史，就是一部家族统治的兴衰史”[1]。“家国同构”一直是封建中国根本的政治制度，家族制度是其主要的物质表现形式，也是君主专制下古老中国的权力基础。“家族主题”对于揭示中国20世纪个体的存在状态以及其与社会、群体之间的关系有着深广的意义和可探索性，它所蕴含的原型力量和文化精神是20世纪的作家无法忽略掉的文学命题。[2]

于是，生活在20世纪中国的现当代小说家们，非常自觉地担负起了以家喻国的叙事责任，他们通过对家族和家族中个体命运的描述，折射时代风云，表现时代风貌，揭示历史发展规律，从而使自己的小说具有社会史的性质。从现代以来，以家喻国构成了中国文学的新的传统。在20世纪90年代，中国家族小说又一次出现了兴盛一时的局面，此时出现在中国小说叙事里的家族，与现代小说里作为封建专制主义象征的“家”已有了迥然不同的情态，而当年冲出家门投身社会革命的年轻一辈，此时却在后一代小说家的笔下，被

---

1 李军《“家”的寓言》，北京：作家出版社，1996年版，第17页。

2 梁鸿《论中国20世纪小说家族主题的流变》，《郑州大学学报·哲学社会科学版》2002年6期，第19页。

推上了被“审”的“父”的位置，但通过叙事表现时代的变革、追问民族文化的来源与去处的“寻根”意识、价值判断和“出路”探索，却和他们父辈小说家的思路，一脉相承。

郁达夫说，中国的新文学，是欧美文学在中国的分支，固然有些偏颇，但却也真实地道出了五四新文学刻意学习西方叙事的自觉和主动。家族小说，从19世纪开始，也是欧美文学中占据重要位置的小说类型，到了20世纪，世界文学中很多重要叙事作品，尤其是多卷本的长篇小说，很多都是以家族小说的面貌出现的。也许作家的小说观念有了很大的差异和变化，但选择家族作为叙事对象、实现叙事目的，仍然是很多卓越小说家的共同选择。家族叙事显然是个世界性的文学现象。20世纪的中国小说叙事，一直拥有着融入世界文学的渴望，对于世界文学中家族叙事，中国小说家学习之，效法之，也是自然而然的结果。

巴金创作《家》之前，左拉描写第二帝国时代一个家族的自然史与社会史的巨著《卢贡·马卡尔家族》，是他主动树立起来的叙事榜样，相比而言，《红楼梦》的影响，更多地体现在潜移默化的资源性影响了。

除了“一体化”的“十七年”时期和“文革”时期，新时期以来的中国文坛，对外来叙事观念的重视，丝毫不亚于五四时期。虽然这种影响有些时候也会导致相反的动向——投身民族文化和历史叙述，譬如“寻根小说”“新历史小说”，家族必然又成为很多小说家的叙事选择。曾经在中国文坛产生过重大影响的以《百年孤独》为代表的拉美魔幻现实主义小说，换一个角度看，依然是家族叙事。

在20世纪的世界文学格局中，家族叙事虽然经历了完全不同的小说观念的洗礼，但仍然蔚为大观。譬如诺贝尔文学奖得主福克纳的《喧哗与骚动》与《沙多里斯》，两本小说都反映了南方世家的没落。然而世界文学中的家族叙事，在百年间已然经历了小说范式的不断更迭变化，左拉的家族叙事，属于自然主义小说叙事范式，而福克纳的家族叙事，显然应归为现代主义叙事范式，也有理论家称之为空间主义的小说叙事，而马尔克斯的家族叙事，则又被归在了魔幻现实主义小说范式之下。

类似的情况在中国现当代文学史上同样存在。故而，我们把现当代文学史上小说观念和叙事意图、修辞原则完全不同的家族小说，都归于《红楼梦》的启发和影响，其实是一种对《红楼梦》影响的泛化，对于继承曹雪芹的遗产并无太多建设性价值。

四、抄了把家里的老钱

《红楼梦》之所以被认为是中国现当代家族小说的先行者，也有着可以理解的历史原因。现当代小说家与《红楼梦》有着千丝万缕的联系，而《红楼梦》又是中国受众最为熟悉和喜爱的叙事典范，这种隐性的血脉联系，使《红楼梦》成为现当代家族叙事必然依赖的文学资源。

中国现当代文学史上的很多重要作家都出身大家族。

> 特殊的家庭出身与情感经历使其对历史上叙述封建大家庭盛衰的文学经典《红楼梦》情有独钟，他们早年一方面生活在与《红楼梦》人物相似的生活情境，一方面又沉浸在《红楼梦》所创造的艺术世界中，对人物的悲欢离合产生了情感上的共鸣。在经历了曹雪芹式的家族不幸后，现代作家对封建大家庭生活普遍表示出创造的冲动，作为家族叙事原型的《红楼梦》直接与间接地影响了他们的艺术创造，而且以自己的生命体验与创作经验形成了对《红楼梦》的独特理解。[1]

---

1 曹书文《家族文化与中国现代文学》，北京：中国社会科学出版社，2002 年版，第 40 页。

论者并不认同《红楼梦》为作者的自叙传，但是，从终极意义上说，所有的小说叙事，都具备作家自传性质，这里需要区分的只是“经历”和“经验”而已。在小说艺术中，经验不等同于经历。童年的夜晚，被独自留在家中的孩子醒来会啼哭，这时所建立的被遗弃的恐慌和孤独，会构成作家的经验。这种经验和小说所要求的艺术才华——才华就是想象力，可以使一个作家非常好地表现一个孤儿的内心世界，如果只有成了孤儿才能叙述孤儿，这个世界上大概就不存在小说这种艺术形式了。所以，从经验角度，小说具有自传性质，因为作家真正能够了解的人，不过是他自己。然而即使相同的经历，未必会产生完全相同的经验。

《红楼梦》的伟大成就，就是提供了大量人类共通的经验，如果再加上经历和环境的相似性，这种文学经验带来的召唤作用，是非常巨大的。对于普通读者，也许只是强烈的共鸣，而对于作家，则会形成创作冲动。

然而艺术创作是复杂的，作家的创作冲动很快就会受到叙事范式的约束和修正。等到落实在作品中，则很可能与刺激它产生创作冲动的前辈作品完全不同。

通过林语堂的夫子自道，我们可以获悉，《京华烟云》的创作，与《红楼梦》的启发密不可分，而且《京华烟云》也的确有追摹的意图，然而林语堂毕竟是“新文学”洗礼后的现代作家，他对于家国时势的关怀，渗透于作品之中。有研究者发现：

> 《京华烟云》不再具有《红楼梦》的悲剧性，又充分地反映了作家对于时代与人民的关心与热爱。作家是以这部小说的创作来服务于抗日战争的……我们只能说，在这里存在着遗憾；林语堂得到了人生的正义，却削弱了艺术的力量，未能把二者统一起来。[1]

丁玲在创作《母亲》时，也是要“描绘出变革的整个过程与中国大家庭的破产和分裂”，但她在艺术表现上“有意识地想用中国手法，按《红楼梦》的手法去写”。[2]我们前面在分析茅盾创作《霜叶红似二月花》时，也有类似的情况，借用《红楼梦》对于家族描写的资源，来实现自己的小说观念和叙事目的，这基本是现当代小说叙事对于《红楼梦》小说艺术继承的既定模式。这里面有着“本”与“末”、“道”

---

1 刘锋杰《承继与分离——〈京华烟云〉对〈红楼梦〉关系之研究》，《红楼梦学刊》1996年第3期，第248页。

2 冬晓《走访丁玲》，引自袁良骏编《丁玲研究资料》，天津：天津人民出版社，1982年版，第191页。

与“术”的区别。

对于把《红楼梦》当作最爱的端木蕻良，在创作《科尔沁旗草原》时，却有意识地在结构上力避与《红楼梦》的雷同，“采取了电影底片的剪接的方法”[1]、以“丁”字形结构来建构小说。也许这是一种“影响的焦虑”，但这也从一个侧面可以反映出，大多数的现当代中国作家，对于《红楼梦》的小说艺术，尤其是其通过缺乏因果逻辑关联的“缀段式”叙事结构所体现出来的小说观念，并不认同。

从上面的分析我们可以看到，中国叙事选择家族，在不同的历史时期，都有着各自不同的内因和外因。现当代小说家的家族叙事，对于《红楼梦》所提供的文学资源虽然有所依赖——那不过是从家里抄了把老钱，要干的却是别的营生——他们都很自觉地选择了不同的叙事范式。现当代家族小说与《红楼梦》的继承关系，具有间接性和复杂性。

1 端木蕻良《科尔沁旗草原 · 后记》，北京：人民文学出版社，1997 年版，第 406 页。

第二节　家家有本难念的经

《红楼梦》留给了中国文学史一个有着荣宁二府和大观园的贾家，巴金的《家》留下了高公馆，林语堂的《京华烟云》留下了姚家、曾家和牛家，张恨水的《金粉世家》留下了金家，张爱玲的《金锁记》留下了姜家，老舍的《四世同堂》留下了高家，路翎的《财主底儿女们》留下了蒋家。此外还有梁斌的《红旗谱》里的朱家和冯家，欧阳山的《三家巷》里的周家，陈忠实的《白鹿原》里的白家和鹿家，张炜《古船》里的隋家与赵家……所谓“家家有本难念的经”，不同时代的中国小说家，通过自己精心建构的这一个个“家”，与《红楼梦》通过贾家，念出的这一本本“难经”，在“经意”和“念法”上有无传承相继之处呢？

一、你想要写什么？

有研究者在分析《红楼梦》对现代长篇小说的影响时，有这样的分类剖析：

> 第一类是《金粉世家》和《瞬息京华》，都表现了浮生若梦的宏旨，这是对《红楼梦》“真空假有”的哲学命题的现代叙事；第二类是“激流三部曲”、《科尔沁旗草原》、《财主底儿女们》，表现家族新生代求索叛逆的历程，这是对《红楼梦》中叛逆精神的继承和发展；第三类是《四世同堂》，……这是对《红楼梦》中家族命运反思主题的延伸与扩展。[1]

这样基于某种程度的相似性建构主旨上的联系，类似的地方是“继承”，不同的地方就是“发展”，过于主观武断，很难得出非常让人信服的结论。

首先，《红楼梦》的主旨有着非同一般的复杂性，解读者的差异使结论带有比较大的主观性。譬如本书就很难认同“浮生若梦”是《红楼梦》的主旨或者主旨之一，《红楼

1 谢昉《现代长篇家族小说对〈红楼梦〉的承继与发展》，《洛阳师范学院学报》2003 年第 4 期，第 60 页。

梦》里面有不少关于“空”和“色”的探讨，但“字字看来皆是血”的文本，绝不是“真空假有”的哲学命题的叙事演绎。如果动用了此前中国全部精神遗产进行的伟大叙事尝试而产生的《红楼梦》，在人生问题上的复杂探讨，进入现代叙事之后，竟变成了如此轻飘飘俗套套的“浮生若梦”四个字，我们实在是够格的弄个倾家荡产的“败家子”，哪里还谈得上继承发展？再如“家族新生代求索叛逆的历程”，这的确是20世纪中国家族叙事主题的主流，但若要说“叛逆”是《红楼梦》的主旨之一，梳理一下红学的发展史，对这一说法，赞同的声音会有，但也许反对的声音更多，宝黛这样的人物，只怕不是“叛逆”两字所能标签的。

其次，我们虽然在家族叙事的范畴内将现当代文学史上的那些作品归类，但其实这些作品的情况本身比较复杂。有批判现实主义叙事范式下的《霜叶红似二月花》《家》，也有属于革命现实主义叙事范式下的《三家巷》《红旗谱》，也有现代主义叙事范式下的《敌人》《纪实与虚构》《爸爸爸》《活动变人形》……尤其是新时期之后，20世纪90年代的家族叙事中，“寻根”小说里不少作品也带上了魔幻现实主义色彩，譬如莫言、贾平凹的一些作品。这些作品虽然都属于家族叙事，但与《红楼梦》的继承关系，也不能一概而论，而是要具体分析。某些作品，架构和面貌上具有较高的相似度，譬如《霜叶红似二月花》《三家巷》，但作品的主旨和作家处理主旨的原则，却和《红楼梦》完全不同。然而某些作品，从整体架构和具体修辞方法上与《红楼梦》有些差异，譬如白先勇的短篇小说集《台北人》，格非的“江南三部曲”，李洱的《应物兄》。《台北人》中的作品作者处理时使用了意识流的手法，而格非、李洱作为新时期以来中国先锋小说的代表人物，“江南三部曲”依然有着较为明显的文体实验色彩，《应物兄》的知识分子群像被作者放置在现代主义的“装置”结构中，但这些作品却从更为深入和无形的层面上继承延续了《红楼梦》探讨人的可能性的主旨和精神气质。从作家主观意图上，白先勇、格非和李洱，都对以《红楼梦》为代表的中国叙事传统艺术有着深入的思考，并且在自己的创作中实践了这一思考。

尽管人们对于主题研究的方法表示怀疑，认为这样会肢解作品或者将作品知性化，使作品变成几个先验的教条，进而危害对作品美学品质的接受。但无论对于阅读小说的读者，还是创作小说的作者，“写什么”依然是无法回避的问题。只是作者面对这个问题，是小说文本存在之前，而读者面对这个问题，是在阅读完文本之后。有作家这样回答：“如果你问我在小说里写了什么，我只能把小说从头到尾念一遍给你了。”作家如此作答，不过是反感将小说概念化、知性化的思维模式，更为强调小说的感性特征和审美特征。但事实上，正如埃科在《玫瑰的名字注》中所说的："作家（或画家或雕塑家或作曲家）总是知道他做的是什么，他为此付出了什么。他知道他该解决一个问题。最初的素材可能是隐晦、冲动、萦绕于心性质的，往往是某种心愿或某个回忆。不过，其后，问题要在纸上解决，向工作的材料发问。这些材料都有属于自己的自然法则，但同时也带来它们所承载的文化的回忆（互文性的回声）。”[1]

埃科的表达，显然更为诚实。创作冲动的产生，也许源自具体的感性的刺激，但在创作开始之前，如果作家无法完成理性和抽象的概括，那么根本就不可能产生成熟的作品，更不要说光照后代的经典了。我们现在没有足够的史传资料让我们来判断，曹雪芹在创作《红楼梦》之前是如何思考这一问题的，我们判断的全部依据，就是今天看到的《红楼梦》小说文本。

潘德舆在《读〈红楼梦〉题后》中说：

1 翁贝托·埃科《玫瑰的名字注》，王东亮译，上海：上海译文出版社，2010年版，第9～10页。

> 余始读《红楼梦》而泣，继而疑，终而叹。夫谓《红楼梦》之恃铺写盛衰兴替以感人，并或爱其诗歌词采者，皆浅者也。吾谓作是书者，殆实有奇苦极郁在于文字之外者，而假是书以明之，故吾读其书之所以言情者，必泪涔涔下，而心怦怦三日不定也。[1]

在潘德舆的理解中，《红楼梦》作者真正要表达的，并不是小说故事本身所书写的一家之“盛衰兴替”，而是存在于“文字之外”的“奇苦极郁”。《红楼梦》作者的这份“奇苦极郁”，不只是情感上的痛苦，也包括思想上的矛盾挣扎和精神上的苦闷。某种意义上，伟大的小说，是作家无法痊愈的精神创伤的分泌物。痛苦有多少，作品就有多好。当然，这里的痛苦，不只是通常意义上的个人的情感痛苦，更是对人的苦难的担荷，是作家面对无法解救甚至充满悖论难以解释的苦难尘世，艰难的质询和探索。解救苦难，是传道者、政治家、革命者甚至心理医生的责任；解释苦难，是圣人、亚圣及其传人，以及现代传人——社会学者的使命。无论是

1 潘德舆《读〈红楼梦〉题后》，引自一粟编《红楼梦资料汇编》，北京：中华书局，1964 年版，第 81 页。

解释还是解救，他们对于人生之痛苦的原因和出路都拥有相对确定的认识。但小说家并不担负这样的责任，小说家所能做的，不过是尽可能真实地、准确地表达人的苦难，对真实和准确的追求必然导致小说主旨的复杂、不确定，或者看起来充满矛盾。

没有创作经验且思想力和理解力都不够的研究者才会困惑，自己的思想都不能统一的小说家，怎么会是优秀的小说家呢？杰出的小说家，对人和存在的理解越深刻，他的思想中并存的对立和矛盾的观念就越多，他不会去统一它，而会在自己的作品中充分呈现它。展现世界的复杂性，正是小说的存在理由。

对于《红楼梦》主旨的矛盾、复杂性，我们不能因为现有理论工具不凑手，而委屈《红楼梦》来“俯就”我们的工具，从而获得“方便的解释”。恰恰相反，我们应该更为努力地更新自己的思维方式，从而更好地理解、阐释《红楼梦》的主旨。

二、难坏了解梦人

《红楼梦》的主旨问题，是红学中的大问题，甚至洋洋数十万言未必能说得清楚，这里选择对《红楼梦》在主旨的矛盾性比较有影响的几种说法。

首先是“现实主义胜利”说。

此说接近过去所说过的“世界观与创作方法之间的矛盾”，但是二者之间还是有区别的。主旨的“现实主义胜利”主要是从文本的角度研究提出问题的，而世界观与创作方法之间的矛盾则是从作家与作品关系的角度提出问题的。1954年，李希凡和蓝翎在批评考证派红学时指出：

> 要正确地评价《红楼梦》的现实意义，不能单纯地从书中所表现出的作者世界观的落后因素以及他对某些问题的态度来作片面的论断，而应该从作者所表现的艺术形象的整体及其反映现实的真实性的程度来探讨这一问题。因为有些杰出的古代作家所创作的现实主义作品往往和他的世界观中某些消极因素不很相称，甚至存在着极明显的矛盾。但是，由于作者忠于现实生活的描写，在艺术形象的创造中，有时也能不自觉地战胜他自己的阶级同情和政治偏见。正如恩格斯评论巴尔扎克时所说的：“他看到了他心爱的贵族们灭亡的必然性，从而把他们描写成不配有更好命运的人……这一切我认为是现实主义的最伟大的胜利之一。”曹雪芹也正是以这样的胜利

写出了伟大的杰作《红楼梦》。[1]

在李希凡、蓝翎看来，落后的世界观——从佛道那里借来的色空思想和宿命论，是掩盖不住《红楼梦》的现实主义文学价值的。在20世纪50年代，显然是将《红楼梦》纳入批判现实主义阐释框架下才产生了这种观点，主要为了凸显作品的现实性和批判性，其论证逻辑是一种类比：恩格斯说巴尔扎克的创作是现实主义创作方法对落后世界观的胜利，李、蓝也说，曹雪芹的胜利也是这种胜利。推而演之，《红楼梦》在现实主义创作方法的“帮助”下，使其命意战胜了作家落后消极的世界观，在看似矛盾的表达中，完成了对历史发展必然规律的揭示。

其次“三组主题”说。

张锦池先生在《红楼梦考论·前言》中认为：

> 对《红楼梦》的主题应从其哲学层面和文学层面两个方面去把握。其哲学层面，层次有三：一是情爱的颂歌，二是童心的赞歌，三是青春的悲歌。其文学层面，

1 李希凡、蓝翎《关于〈红楼梦简论〉及其他》，引自王志良主编《红楼梦评论选》，北京：中国社会科学出版社，1998年版，第1297页。

> 架构亦有三：一是作者要为一位“怡红公子”作传，那似贬实褒的两首《西江月》是小说的第一首主题歌。二是作者要为一群青年女子作传，那饱含着赞赏和痛悼之情的《红楼十二支曲》是小说的第二组主题歌。三是作者要为一个“诗礼簪缨之族”作传，那半含讥弹、半是挽歌的《好了歌》、《好了歌解》是小说的第三组主题歌。而不论从哪个层面看问题，最主要也是处于中心地位的则是贾宝玉的精神悲剧。因此，从某种意义上说，一部《红楼梦》可以称之为“怡红公子传”。[1]

在“三组主题”说中，第二组、第三组主题是为第一组主题服务的，即怀金悼玉的痛悼主题和讥弹挽歌的超脱主题共同服务于“贾宝玉人生道路之历程”，是宝玉痴情与解脱之间矛盾的情感体验。与20世纪五六十年代对《红楼梦》主题的把握不同，张锦池将消极的主题（《好了歌》所包含的主题）囊括在“青春的悲歌”中，避免了“矛盾的”提法。虽然贾宝玉出世、复归青埂峰的问题被还原为人生道路的问题，但其中的矛盾依然存在。

1 张锦池《红楼梦考论·前言》，哈尔滨：黑龙江教育出版社，1998年版，第3页。

还有刘上生提出的双重视点的理论。

刘上生对双重视点的解释是：

双重视点是曹雪芹在“备记风月繁华之盛”时强化末世批判意旨的双向投射艺术手段，也是作者一体两面复杂创作心理的集中表现。双重视点，即局外视点和局内视点。局外视点，是清醒的理性认识视点，体现反思意图；局内视点，是痴迷的感官享受视点，体现追怀心态。就全书而言，是大荒山无稽崖的超验世界和“华柳繁华地，温柔富贵乡”的红尘时空，其具体视点形象是异形同体的“石”和“玉”，是石头历幻回归后的“悟”和通灵宝玉“粉渍脂痕污宝光”的“迷”。就小说叙事内容的虚实而言，是太虚幻境和现实人间，是警幻仙姑及其使者癞僧跛道（“畸人”象征）洞悉过去未来的“知”（智）和现实人物受规律和命运支配的“迷”；是贾府祖先阴魂及已逝者（如秦可卿）亡灵——他们均已进入幻想世界，对家族命运预知预忧的“知”和贾府末世子孙们自隳祖宗基业的“迷”。就贾府内外而言，则有冷子兴、刘姥姥等局外人的“知”（旁观者清）和贾府当局者之“迷”。就贾府中人而言，则有贾探春等清醒者的

> “知”，和贾母等享乐者，王熙凤等谋利者（王熙凤也有“知”的一面，见后），赦珍琏蓉等不肖者，甚至宝玉等异端者之“迷”。“悟”与“迷”，或“知”（智）与“迷”双重视点的并存和对立，反映了创作意图的内在矛盾，和创作主体的自我分裂：理性与感性，认知与激情，否定与肯定，疏离与眷恋，背弃与忏悔。但只要我们尊重事实，就无法否认这种矛盾和分裂的存在。[1]

“三组主题说”和“双重视点说”，所强调的都是从多角度、多层次来把握《红楼梦》。而梅新林提出了辩证统一“否定之否定”的“循环主题说”。

梅新林在《红楼梦哲学精神》第六章《永恒之谜：多重主题与终极指归》主要讨论了《红楼梦》的主题问题。他认为，以往对《红楼梦》的主题总结可归为三类：史书说。包括自传说、影射说、政书说以及1949年以后的“阶级斗争说”。悟书说。如评点家屡屡提及的“梦”“幻”“空”“禅机”“迷情幻海”，以及俞平伯的“色空说”等。情书说。脂评中大量论及的“情案”“情根”“奇文奇情”“情痴”“情

1 刘上生《走近曹雪芹——〈红楼梦〉心理新诠》，长沙：湖南师范大学出版社，1997年版，第122～123页。

书”以及后来的爱情说、情教说、圣情说等。

主题Ⅰ：贵族家庭的挽歌；主题Ⅱ：尘世人生的挽歌；主题Ⅲ：生命之美的挽歌。贵族家庭的挽歌，对应于“为感慨身世而作”以及史书说。作者之于家庭毁灭的哀挽，怀才不遇的悲愤，以及以自己的身世作传等等，都一并寓含其中，在哲理上是属于入世的儒家哲学，在模式上是源于思凡模式。尘世人生的挽歌，对应于“为情场忏悔而作”以及悟书说。作者之于人生悲欢离合所经历的痛苦忏悔以及解脱，都一并寓含于其中，在哲理上属于出世的佛道宗教哲学，在模式上源于悟道模式。生命之美的挽歌，对应于“为十二金钗作本传”以及情书说。作者之于作为至美象征的十二金钗的痴情追求、怀恋以及哀挽，都一并寓含于其中。《红楼梦》所谓“悲金悼玉”、“千红一哭”、“万艳同悲”以及曹雪芹自命斋名为“悼红轩”，都是追悼、哀挽十二金钗之意。在哲理上属于虽为解脱实为执着的道家生命哲学，在模式上源自游仙模式。

然而，复合主题之不同于混合主题说，是因为后者往往仅是各种主题说的简单相加，或依次并列，或折中调和，而前者则进而有对多重主题之内在逻辑结构与总体精神上的把握，以及从立体到整体再到本体指归上的领悟，也就是……立体性、整体性与本体性三大程序的一体化。……推演的法则就是以主题与模式、哲理的“正—反—合”的内在逻辑作对应性转换与超越。具体说来，即是主题Ⅰ：贵族家庭的挽歌是整部小说的基础，是正。主题Ⅱ：尘世人生的挽歌是对主题Ⅰ的否定和超越，是反。主题Ⅲ：生命之美的挽歌是对主题Ⅱ的再否定和超越，是合。主题Ⅰ中，由贵族家庭中两相对应的“富贵场”与“温柔乡”通向整个社会，整个红尘，整个现实世界。人们平时常说的高度的现实主义精神主要是指此而言，这是一种至真的境界。主题Ⅱ通过宗教的出世眼光对以“富贵场”与“温柔乡”为代表的红尘世界的芸芸众生进行冷静的审视、反思与警示，使小说由此从现实精神层面的广度走向宗教精神的深度，这是一种至善的境界。主题Ⅲ中，则经由以上二者的合题，进而从生命哲学的高度，对代表红尘世界即形而下的“富贵场”与“温柔乡”一并予以扬弃，然后再由形而下的“温柔乡”向形而上的“温柔乡”作永恒回归，并通过宗教式的净化，赋予其生命至美的象征而加以追求，加以

> 怀恋，这是一种至美的境界。以上三重主题的合一即是至真、至善、至美的三重境界的合一，在此，立体性的多重主题终于依次走向整体性与本体性的复合主题。[1]

可见，从矛盾性到多层次性，再到互相作用的复合性，《红楼梦》的研究者们一直在努力超越概念所带来的局限，寻找最为接近《红楼梦》文本实际也最为有力的挖掘其主旨的理论工具。这些研究成果同时也说明了《红楼梦》叙事艺术的独特性。

三、曹雪芹的悖论游戏

我们对于红学研究者的劳动，理当给予足够的敬意。这些形成于不同历史时期的研究成果，对于后来者认识《红楼梦》的丰富意蕴，提供了有价值的选择。然而与学者的定性分析的确定性思维不同，小说家的思维，应该是不确定的，或如昆德拉所说，是“游戏”和“假设”。米兰·昆德拉的《小说的艺术》第四部分，是他与克里斯蒂安·萨尔蒙《关于小说结构艺术的谈话》，其中谈及“小说家的哲学”，对我们

1 梅新林《红楼梦哲学精神》，上海：学林出版社，1995年版，第324～326页。

理解《红楼梦》的主旨问题，应该有所启发：

昆：首先要看到明显的一点：思考一旦进入小说内部，就改变了本质。在小说之外，人处于确证的领域：所有人都对自己说的话都确信无疑，不管是一个政治家，一个哲学家，还是一个看门人。在小说的领地，人并不确证，这是一个游戏与假设的领地。所以小说中的思考从本质上来看是探询性的、假设性的。

萨：但为什么一个小说家就应该放弃在小说中直接地、肯定地表达他的哲学的权利呢？

昆：在一个哲学家与一个小说家的思维方式之间有着一种本质的不同。人们经常谈到契诃夫的哲学、卡夫卡的哲学、穆齐尔的哲学，等等。但您试试去从他们的叙述中找出一种前后一贯的哲学看！即使当他们在手记中直接表达他们想法的时候，这些想法也只是一些思考练习，悖论游戏，即兴发挥，而非一种思想的确证。

萨：可陀思妥耶夫斯基在他的《作家日记》中是完全确证性的。

昆：但他思想的伟大之处并不在那里。他只是作为小说家才是伟大的思想家。这就意味着：他知道如何在

> 他的人物中创造出特别丰富的、闻所未闻、见所未见的智力世界。人们喜欢在他的人物中探寻他思想的投影。比如在沙托夫这个人物身上。但陀思妥耶夫斯基在这上面十分小心。沙托夫一出场，就被不无残酷地定义为：“这是俄国理想主义者之一，他们突然被某个博大的思想照亮，从而深深为之赞叹，而且常常是一辈子如此。他们永远也无法把握这个思想，他们狂热地相信它，从此之后他们的整个生命就好比是在将他们砸扁了一半的大石头下垂死挣扎。”所以，即使陀思妥耶夫斯基在沙托夫身上投射了他自己的想法，这些想法也马上就被相对化了。对于陀思妥耶夫斯基来说，规则还是存在的。思考一旦进入小说内部，就改变了本质：一种教条式的思想就变得是假设性的了。[1]

昆德拉说出的是很多优秀小说家都明了并且付诸实践的事实，也是小说这种叙事艺术最本质的内在规定性。本文在“绕不过去的张爱玲”一节中以晴雯为例做过分析，曹雪芹在处理投射在人物身上的“自己的思想”时，和陀思妥耶夫斯

---

1 米兰·昆德拉《小说的艺术》，董强译，上海：上海译文出版社，2004 年版，第 97 ~ 99 页。

基一样“十分小心”。这似乎也可以帮助理解《红楼梦》小说主旨复杂性的艺术基础了。

前文我们分析时说过，作家创作开始之前，必须完成理性和抽象的概括，然而这种概括，并不是得出结论，而是形成问题。带着这些问题，如埃科所说“向工作的材料发问”。小说通过叙事展现相关问题的各种可能性。越是杰出的小说，所蕴含的可能性就越多。越是伟大的小说家，对人和人的存在认识越深刻越全面，他所能探索的可能性也就越多，故而其作品主旨的呈现也更为复杂多义。虽然昆德拉使用了颇为轻松的措辞——“悖论游戏”“思想练习”“假设”，但对于小说家来说，这样的“游戏”和“练习”不仅并不轻松，甚至往往充满了内心的撕裂、挣扎，“探询”“发问”在很多时候，往往都将会演变为“拷问”——小说家自己对自己的精神拷问。

一个优秀小说家思想上的复杂甚至矛盾，与一个幼稚的、不能对生活素材产生自觉理性认识的小说作者的“不能统一思想”，具有质的不同。复杂不等于芜杂，矛盾也不等于混乱。一部成熟的叙事杰作所呈现出的主旨的复杂多义，是作家自觉选择小说修辞所产生的诗学效果。“诗学效果就是一个文本所展示出的、能生成难以穷尽的各式解读的能力。”[1]这是埃科作为一个小说家对诗学效果的定义，恐怕也是很多小说家殚精竭虑的追求。曹雪芹在那首尽人皆知的题诗中说：“满纸荒唐言，一把辛酸泪，都云作者痴，谁解其中味？”作家的“荒唐”和“痴”，以及不为外人道的“辛酸”，让他在文本中设置下了较高的理解“门槛”。这种设置形成了需要理解的“味”。作家期待理解，但也不无担心：因为“味”的复杂，而无法达成理想的交流。曹雪芹显然还没有埃科的洒脱——也许是故作洒脱。埃科说，如果读者无法越过他设置的“门槛”，那就让他们留在半山腰好了。曹雪芹虽然充满了担忧，他通过书名、回目以及文本内部的诗文、人物议论等方式，同时设置下了一个自我阐释的系统，作为理解的支撑和提供理解的线索。[2]但他依旧坚持了这样一种隐晦主题的小说修辞，这显然是作家的自觉选择，是其所建构的小说范式中理想小说形态的体现。

故而，《红楼梦》的叙事主要空间是家庭生活，但在这里，“家”是红尘人间的缩影，是“花柳繁华地，温柔富贵

1 翁贝托·埃科《玫瑰的名字注》，王东亮译，上海：上海译文出版社，2010年版，第9页。

2 陆亚萍、詹丹《论〈红楼梦〉的自我阐释》，《红楼梦学刊》2011年第4期，第161～178页。

乡”，是宝玉这一主人公的主要活动空间。正如张锦池认为一部《红楼梦》可以看作是“怡红公子传”。《红楼梦》并不着意于家族的兴衰——水满则溢，月满则亏，衰是自然，衰后重兴也是自然，“绿纱今又在蓬窗上”，《红楼梦》主旨在于探索人的可能。人在有限的生命时间里，什么样的选择是有价值和有意义的。是齐家治国平天下，还是和姐姐妹妹喝酒作诗赏花烹茶？更为重要的是，作家在这里并没有给出肯定性的出路，虽然通过黛玉、晴雯特别是主人公宝玉这一形象，作家传达了自己的倾向，但作家的判断在叙事中并不是压倒性的声音，从而对于宝玉的选择所体现的意义，不同历史文化境遇下的读者，也会有不同的解读。《红楼梦》没有提供远景，这是执着于现代小说观念的研究者和部分读者质疑其命意和价值的理由之一，然而我们从梅新林对三重循环主题的分析中，可以看到《红楼梦》这种“敞开的”“召唤的”对话文本，具有更为巨大的意义涵盖空间。

四、好大一个家

我们同样从主旨出发，来观察中国现当代小说家的选择。

在20世纪上半叶中国社会的巨变中，封建大家族制度在时代的冲击下没落、衰败直至分崩离析，最终解体，现代小说中很多家族叙事作品，如《家》《春》《秋》《财主底儿女们》《四世同堂》《金锁记》《科尔沁旗草原》等作品，非常自觉地把握到了历史变化的脉络，进行了描述。在这一历史时期，家族叙事都是被作家纳入历史进化的大框架里进行表现的，大家族的衰亡，指向的是中国旧的文化秩序和体制的式微和崩溃。这些作品无一例外地都建构出了“祖—父—子”三代家族模式。“祖”这一代昏聩专断，代表着必将灭亡的旧文化旧体制；“父”这一代处于新旧的夹缝中——接受的是旧文化，但毫无选择地要生活在新时代，并且带着旧文化丑陋落后的元素，惶恐虚弱却又荒淫残酷，是终将被时代进步抛弃的文化转型期的过渡性人物代表；而年轻一代的“子”，通常是家族的叛逆者。不同的作家对于“叛逆者”的命运理解并不同：有的乐观，如巴金，从“家”里到“家”外，就是从黑暗走向光明；有的悲观，如张爱玲，《金锁记》里的长安，略一挣扎就又缩回那“没有光的所在”了；又如路翎，《财主底儿女们》里的蒋纯祖在漂泊中也觉察到“新青年”在强大的宗法社会的现实面前的苍白无力，只是一群无力摆脱家族阴影的软弱的空想者，并且最后以蒋纯祖的死亡来象征知识分子寻求自由精神的失败。其实就连巴金，也在40年代的《寒夜》中，通过汪文宣在抗战胜利时凄凉死去，反省了当年自己在《家》中对青年一代失之浅薄的乐观。老舍在《四世同堂》里，对于传统的家庭伦理文化中正面的元素给予了肯定，但依然以年轻一代走出家庭投身国难来表达价值取向。“也就是说，本世纪初，中国先进的知识分子摆脱了‘家族’的束缚，却仍然自觉地将人的个体附属、服从，以至消融于以‘国家’形态表现的‘群体’（‘类’）中。”[1]这一切都源自五四以来，中国新文学作家所担承的启蒙的天然使命和强烈的现实关怀，使批判现实主义以及此后的革命现实主义的叙事范式成为中国小说叙事的主流选择，家族叙事的主旨也都是从家入手进而揭示历史发展的必然规律，指出最具进步性和真理性的个人道路和国家方向。这种“以家喻国”的叙事原则，到了《科尔沁旗草原》，已经由作家非常自觉地落实为小说修辞，端木蕻良在叙事中降低了血缘和家族文化的力量，而将阶级出身凸显为决定人物命运的先验存在。

现代作家与《红楼梦》的分野，似乎可以类比王国维对于《桃花扇》与《红楼梦》在悲剧层面上的不同：

故《桃花扇》，政治的也，国民的也，历史的也；《红

---

1 钱理群《试论五四时期“人”的觉醒》，《文学评论》1989年第3期，第5页。

楼梦》，哲学的也，宇宙的也，文学的也。

可以这样说，现当代小说家对于家族叙事的立意，大多是停留在政治历史层面的，而《红楼梦》的作者从小说创作的起点处，就离开了这一层面：

所以我这一段故事，也不愿世人称奇道妙，也不定要世人喜悦检读，只愿他们当那醉淫饱卧之时，或避事去愁之际，把此一玩，岂不省了些寿命筋力？就比那谋虚逐妄，却也省了口舌是非之害，腿脚奔忙之苦。再者，亦令世人换新眼目，不比那些胡牵乱扯忽离忽遇，满纸才人淑女、子建文君红娘小玉等通共熟套之旧稿。（第一回）

如果把文本中这样的“自我阐释”看作小说家的“故作姿态”，难免失之轻率，在作者“低姿态”背后，是超越性主旨立意和非功利性、审美的“高姿态”修辞原则。

我们在前面反复分析过，中国五四以来的新文学，和

1 王国维《红楼梦评论》，引自王志良主编《红楼梦评论选》，北京：中国社会科学出版社，1998 年版，第 1056 页。

《红楼梦》所代表的小说范式不同，新文学和此后的当代文学——不包括通常意义上的通俗文学，对于小说的社会功能有着明确的认识，也许不同小说家的风格不同，但是，他们都对小说的社会功能有着不可动摇的确信，而且作为严肃作家，对于自己创作，有着同样确定的社会责任感。格非认为：

> 文学在启蒙过程中加入进来，变成科学和民主的忠实的鼓吹者，变成建立民族国家的马前卒。就连沈从文在写《边城》这样的唯美小说时，居然也要“重塑民族灵魂”！
>
> 小说突然被提到一个它自己完全不能承受的高度去讨论，结果是，小说的地位当然提高了。[1]

可见，现当代小说家，比起曹雪芹的创作姿态，“高”了很多，但作品的立意却不得不“低”下来，有时候还会因为“听将令”而用“曲笔”。

作为当代文学开端的“十七年”时期，小说叙事与政治的结合更加紧密，作家在《在延安文艺座谈会上的讲话》精

1 格非《重绘中国当代文学的叙事学图谱》，《探索与争鸣》2007 年第 8 期，第 14 页。

神指导下，自觉地改造着自己的世界观，并且将这种改造贯彻到创作中去。可以说，绝大多数的中国作家，在这一时期，以前所未有的主动将自己的思想统一到马克思主义世界观和历史观上，并且在创作中自觉使用阶级论作为小说文本机制。在批判现实主义和革命现实主义的叙事范式下，虽然仍有一些作品选择了家族叙事，但同样是“以家喻国”，通过家族中人物的命运，特别是年轻一代的人生道路选择，阐发历史发展的必然规律，作家对于这一规律的认识，与新政权的相关阐释保持着高度的一致性。比较有代表性的作品就是《红旗谱》和《三家巷》。这两部家族叙事作品中，我们前面都分析过他们对于《红楼梦》中世态人情和人物塑造上的继承之处，但是，从小说的主旨上看，《红旗谱》中的朱老忠一生都在寻找光明，而小说中设置的光明的指向，就是党。而在《三家巷》中，作家对于周炳的定位是“手工业工人出身的知识分子”，他所谓的“成长”——由个性意识、民族意识到阶级意识的觉醒。作家的立意是要讲述一个“新的中华民族的诞生”，其内在逻辑是无产阶级创造了历史，所以周炳通过自己在“沙基惨案”、“省港大罢工”、北伐战争等历史事件中的行动和革命先行者如张太雷等人的指导和影响，逐渐成为一个无产阶级英雄——最具合法资格的叙事主体。诚如钱理群所说，“意识形态就这样最终转化为新的美学原则”[1]。可以说，在“十七年”时期，只有与政治意识形态保持高度一致的叙事立意，才有可能在接受上获得“深刻”“真实”的评价。

文学附庸于政治，对文学造成的钳制和伤害，毋庸赘述。但这种附庸关系，是五四以来新文学对小说叙事社会性的要求一脉发展而来的，而且对于大多数作家来说，甚至可以说是自觉追求的结果。柳青、赵树理都是天才的小说家，从他们的作品中，即使政治话语成为压倒性的声音，但他们对叙事艺术的掌控天分，依然让人赞叹，同时也让人感到遗憾。我们从《三里湾》和《创业史》中可以看到，作家在思想上贴近政治意识形态的主动和真诚，在与艺术本能产生冲突的时候，作家的选择都是本着改造自己世界观的原则以图符合新的叙事范式中对小说立意的要求。

小说的家族主题在世纪之初倾向于描述封建大家族的逐渐衰落，到“17 年”时期，家族甚至家庭在小说中已经被彻底泛化，集体主义的“大”家则以另一种方式

1 钱理群《“新的小说的诞生”》，引自王晓明主编《二十世纪中国文学史论》（第三卷），上海：东方出版中心，1997 年版，第 73 页。

诞生，并为大部分人包括知识分子所认可。……知识分子先于农民认可合作化，或者说认可了集体主义，他们从理论上认可了……权威，承认了另外意义上的父权制的支配地位。在某种意义上，知识分子这种对“父”的神性光芒的期待恰恰是传统家族文明“根”性的最好反映。从觉慧的出走，纯祖的失败，丁宁的苦闷到邓秀梅们的自信，九九归一，作家终于为自己找到一个完美的“家”。[1]

经过了一体化的“十七年”和集体摧毁作家主体性的“文革”时期，中国小说叙事迎来了自己的“新时期”，从政治意识形态的控制下逐渐挣脱的中国作家和中国小说开始了自己的“二次创业”。在被称为“新启蒙”的思潮中，“文化寻根”小说中相当的部分很自然地又一次选择了家族叙事。从20世纪50年代就开始建构的集体主义大家庭的乌托邦梦想，已经被现实无情地粉碎，同样秉持着理性精神和有着宏大叙事梦想、整体性地思考社会现实的“新启蒙”思潮，在这一时期的家族叙事中，不再着意家族兴衰，而是开始思考

1 梁鸿《论中国20世纪小说家族主题的流变》，《郑州大学学报·哲学社会科学版》2002年6期，第21页。

家族和家族文化的内涵，揭示出家族的精神指向和家族内部权力运行机制对于中国人的文化性格和文化环境的巨大影响和作用，正反向度的影响都予以了表现。主要代表作品有王蒙的《活动变人形》、张炜的《古船》、陈忠实的《白鹿原》、高建群的《最后一个匈奴》、韩少功的《爸爸爸》、铁凝的《玫瑰门》、李佩甫的《李氏家族》《羊的门》等等。

> 如果说“十七年”时期的长篇小说在反映民族历史的发展演变时只是个别作品具有家族小说的审美品格，那么，新时期作家对历史的重新叙述时，不约而同地选择了家族叙事的结构模式，借家族历史的变迁来揭示人的命运和历史悲剧的复杂意蕴，将家族日常生活的描述与民族历史的追踪有机地结合在一起，且常常由家族间权力争夺、感情纠葛的复仇史、苦难史的局部历史描写上升到对整个人类历史、文化命运的深刻反思。这不是个别小说的艺术追求，而是当代家族小说的相似的文学品格。[1]

1 曹书文《中国当代家族小说研究》，北京：中国社会科学出版社，2010年版，第150页。

除了主旨的变化，这一时期同样为作家关注的是叙事形式的变革，比起“写什么”，作家更重视“怎么写”。中国小说叙事以前所未有的热情开始了形式上的实验。其实“怎么写”比起“写什么”，更加关乎作品的主旨，之所以变换形式，是因为要寻找到更好传达主旨的方法。这种极具实验性的小说，形成了批评家们定义的先锋小说创作。所谓的“先锋”，是相对于传统而言，在当时具体的社会语境下，是作为对经典现实主义的叙事范式的反动而言。中国叙事的这回“二次创业”，几乎与五四时期的白手起家一样，借的也是外债。文坛上轮番出现“卡夫卡热”“博尔赫斯热”“马尔克斯热”“昆德拉热”……每一阵“热”之后，都可以找到一批与之相对应的中国版叙事作品。其实对于中国的小说叙事，这种对外的大量举债，未必是坏事。积极借鉴外国叙事范式，观念上有助于作家加深对叙事艺术的认识，技术上有助于中国小说迅速摆脱“稚嫩”的面目。而且“新时期”之后的中国作家，与五四时期的前辈同行不一样，“崇洋”的同时，对于本民族的传统文化的挖掘付出了相当的热情，“怀旧”同样也成为风潮。20 世纪 90 年代，“张爱玲热”的出现，甚至在研究者的眼中，还出现了“张派”作家，与这股“怀旧”风潮不无关系。

20世纪90年代的家族小说，失去了政治意识形态的支持，同时中国社会开始转型，文学开始承受商品经济带来的巨大的市场压力，失去了巨大的社会影响力，这使得小说反而返回了文学本身，以审美完成对叙事的拯救。所以，这一时期的家族叙事的主题已经挣脱政治、历史甚至文化的约束，开始了终极性的追问：寻找人的存在位置。

> 作家们似乎不再重视甚至有意舍弃家族的真实背景和结构方式，也不再过多探讨传统文明的具体延伸和影响力，而是竭力淡化文学作品所承担的社会责任和道德意识，并借助鲜明、生动而又模糊多义的家族隐喻来解构或重构生生不息的民族历史，从而揭示历史的存在状态，表达自我的存在焦灼。在这些小说中弥漫着另一种迫不及待的拷问：我是谁？我来自何处？又往哪里去？[1]

王安忆的《纪实与虚构》，格非的《敌人》、余华的《活着》等作品是这一时期家族小说中颇具本质追问性的篇目。我们发现，非常有意味的现象出现了，中国当代小说叙事，

1 梁鸿《论中国20世纪小说家族主题的流变》，《郑州大学学报·哲学社会科学版》2002年6期，第21～22页。

经过了百余年的探索和发展，殊途同归，在主旨和命意上，开始靠拢《红楼梦》了。其实，与其说是对《红楼梦》的靠拢，不如说是中国作家对于小说艺术的本质规定性认识深化的结果，是小说观日渐成熟的结果。这种趋势在21世纪开始十年之后，可以看出甚至有强化的迹象，虽然我们现在还不能过于主观地将其定义为《红楼梦》的影响，但至少《红楼梦》比以前更为中国作家特别是一线作家重视。例如兼具学者和作家身份的格非，在数篇讨论中国叙事的文章中频繁论及《红楼梦》，可见，曹雪芹的遗产，值得反复翻检。

第三节　史诗追求

我们在前文中分析过，家族是中国人的私人空间，也是公共空间，是政治空间、经济空间、伦理空间，同时又是文化空间、情感空间。因此，家族叙事必然有着关照整个人类社会的能力。《红楼梦》因为历史地具体地生动地将这些空间一一再现，故而获得了“封建社会百科全书”的评价。中国现当代文学，将全方位反映社会现实和发展进程的小说称为“史诗”。“史诗”品格与家族叙事相结合，形成了中国现当代小说史上最有影响力的一种小说形态：家族史诗。在我们梳理的《红楼梦》影响谱系中，有很多重要作品，如巴金的“激流三部曲”、《京华烟云》《子夜》《三家巷》《苦斗》《红旗谱》《科尔沁旗草原》……以及新时期之后出现的“民族秘史”《白鹿原》《最后一个匈奴》《古船》《李氏家族》《苍河白日梦》等作品，也都是这样的“家族史诗”。有着史诗追求的家族小说，通常被认为是整体性地对《红楼梦》进行了继承甚至发展，本节就此问题进行分析。

一、大叙事来了

中国文学——此处我们指的是中国汉语文学——历史中，没有出现严格意义上的史诗（epic），但的确像浦安迪说的那样：

> 在中国文学史上，虽然没有史诗，但在某种意义上史文、史书……起到了类似的美学作用。[1]

中国的虚构叙事与历史实录之间“友谊”敦厚，曾经是中国小说叙事的主流形态之一的“演义”，就是标志性的例证。可以说，中国的小说叙事，作为“稗官野史”，一直保持着“泥史”或者说“拟史”的姿态。《三国演义》《隋唐演义》这样的直接以真实历史阶段命名的作品自不待言，即使在“三言”这样的作品中，“没有一则故事的重要人物没有来

1 浦安迪《中国叙事学》，北京：北京大学出版社，1996年版，第15页。

历，作者一定说出他们是何时何地人，并保证其可靠性”[1]。这种与具体的历史时空“嫁接”的叙事原则，却遭到了《红楼梦》抛弃。《红楼梦》不借“汉唐”年纪点缀，而且“朝代年纪，地舆邦国”都“失落无考”，小说叙事被作者从真实的历史空间中彻底“架空”，正如石昌渝所说：“‘真事隐去’，‘假语村言’，在《红楼梦》之前，没有任何一部小说敢这样明目张胆的与事实决裂。”[2]

与真实的历史决裂，却在更为超越的层面上展开叙事，在更高的层面上抵达真实。我们在上一节关于小说主旨的分析中，发现了作家命意上的超越性和非功利性。《红楼梦》的作者让石头展现出的这段“陈迹故事”，虽然与具体的历史时空无关，但“家庭闺阁琐事，以及闲情诗词倒还全备”，正可“适趣解闷”，这种“不严肃”的小说观念，在进入五四文学革命开启的中国现代小说叙事时，就显得不那么合时宜了。

以“新文学”革命为开端的中国现代文学史，小说叙事的主流始终是有着严肃、宏大的文学抱负和强烈的社会关怀。

---

1 石昌渝《中国小说源流论》，北京：生活·读书·新知三联书店，1994年版，第390～391页。

2 同1，第391页

第一部从规模上似乎可以直接体现这种抱负和关怀的作品，是叶绍钧（叶圣陶）的《倪焕之》。茅盾也正是在这个意义上，充满感慨和赞叹地高度评价了五四十年收获的这部长篇小说：

> 《倪焕之》是他的第一个长篇，也是第一次描写了广阔的世间，把一篇小说的时代安放在近十年的历史过程中的，不能不说这是第一部；而有意地要表示一个人——一个富有革命性的小资产阶级知识分子，怎样地受十年来时代的壮潮所激荡，怎样地从乡村到都市，从埋头教育到群众运动，从自由主义到集团主义，这《倪焕之》也不能不说是第一部。在这两点上，《倪焕之》是值得赞美的。上文我所说“五四”时代虽则已经草草地过去了，而叙述这个时代对于人心的影响的回忆气氛的小说却也是需要……我更觉得像《倪焕之》那样“有意为之”的小说在今日又是很值得赞美的。
>
> …………
>
> 但在目前这样的时代，在落后的东方，我们便盼望有怎样了不得的伟大作品，岂不是等于“见卵而求时夜”？在目前许多作家还是仅仅根据一点耳食的社会科

学常识或是辩证法，便自负不凡地写他们所谓富有革命情绪的“即兴小说”的时候，像《倪焕之》那样的“扛鼎”的工作，即使有多少缺点，该也是值得赞美的罢！[1]

从茅盾先生这段“赞不绝口”的评论中，我们基本可以归纳出此后影响中国小说叙事半个多世纪的价值评判标准：全方位地反映社会；具有相对较长的时间跨度；对人物塑造追求社会历史的深度；具有所反映时代的真实气息；严肃认真的创作态度；等等。当然，这些标准，自然也成为茅盾等一代作家的自觉追求。

从30年代就涌动的长篇的“史诗性”创作冲动，在五六十年代进一步加强。批评家在评论诸如《太阳照在桑干河上》、《保卫延安》、《红旗谱》、《创业史》，包括《三家巷》、《苦斗》的“一代风流”等长篇时，许多都运用了“史诗”的这一标尺。“史诗”在这里被用来包容对时代生活的全局性反映，对人物性格内容的具有“历史深度”的揭示，联结中国近现代重要历史事件，在篇幅

1 茅盾《读〈倪焕之〉》，引自吴福辉编《二十世纪中国小说理论资料》（第三卷），北京：北京大学出版社，1997年版，第91~92页，第95页。

上的多卷本展开这种种要求。[1]

中国现代小说家远承中国古代小说叙事严正的史传传统，更为直接地追摹着叙事规模宏大的有着史诗品质的19世纪欧洲的现实主义经典小说，开始构建自己的叙事范式。“史诗追求”成为这一范式的核心价值理念之一。

> 不仅把时间跨度长，场面宏大，线索繁富，气势恢宏的鸿篇巨制当作艺术上的追求，而且它被强化为一种价值心理，一旦小说描写了一时期的社会状况，具有了“史”的价值，似乎它就成为一部“史诗”，并因此自动地具有了高于普通题材的文学与审美价值。……在有形无形的影响下，在当代文学尤其是长篇小说创作中几乎形成了一条不成文的最高标准，即作品要写成“史诗”，能否成为“史诗”，就是能否达成最高标准的问题。[2]

中国现当代小说叙事中的“史诗追求”，在“十七年”

1 洪子诚《二十世纪中国小说理论资料·前言》，引自洪子诚编《二十世纪中国小说理论资料》（第五卷），北京：北京大学出版社，1997年版，第6页。

2 孙先科《颂祷与自诉》，上海：上海文艺出版社，1997年版，第203页。

时期空前得到强化。虽然这些有着“史诗追求”的鸿篇巨制，并不都选择了家族叙事，如《保卫延安》《红日》，就是通过直接描写战争来反映特定的历史进程，但还是有一些取得了相对较高文学成就的作品，是家族叙事，如我们多次提到的“红色经典”《三家巷》《红旗谱》。在进入新时期之后，中国小说叙事的确出现了多元化的趋势，但已经成为现当代小说创作中核心价值追求的“史诗”追求、“以家喻国”的传统并未失落。

高建群在谈及《最后一个匈奴》的创作动机时，表述为“旨在描述中国一块特殊地域的世纪史。因为具有史诗性质，所以它力图尊重历史史实并使笔下脉络清楚”。[1]

作为20世纪90年代初收获的最重要的长篇小说之一的《白鹿原》，陈忠实称其作品为“一个民族的秘史”，他的创作动机“起源于关于我们这个民族命运的思考”：

> 当我第一次系统审视近一个世纪以来这块土地上发生的一系列重大事件时，又促进了起初的那种思索进一步深化而且渐入理性境界，甚至连“反右”、“文化大革

1 高建群《最后一个匈奴》，北京：作家出版社，1993年版，第580页。

命”都不觉得是一个人的偶然的判断的失误或是失误的举措了。所有悲剧的发生都不是偶然的，都是这个民族从衰败走向复兴复壮过程中的必然。这是一个生活演变的过程，也是历史演进的过程。[1]

诚如曹书文在《中国当代家族小说研究》中所发现的：

如果说梁斌的《红旗谱》主要是通过两家农民三代人与一家地主两代人之间的家族仇恨来形象地阐释农民革命的历史特点与党的领导的正确性，那么，新时期的家族小说的审美意蕴则更为丰富复杂，作家或者借助一个乡村家族之间的矛盾揭示历史悲剧的深层结构，或从两个家族在半个多世纪的恩怨情仇来展示一个民族历史演变的文化意味，或由一个乡镇、一个城市中家族的盛衰史来说明整个人类的苦难与困境。这说明作家尽管由“十七年”时期的宏大叙事走向20世纪八九十年代日常生活叙事，但作品对史诗品格的追求并没有完全淡化，尤其是曾一度受到五六十年代红色经典影响的一代作家

1 陈忠实《〈白鹿原〉创作漫谈》，《当代作家评论》，1993年第4期，第21页。

在精神心理上还存在着一种挥之不去的史诗情怀。[1]

时至今日，“史诗追求”作为中国现当代文学的重要传统，依然对身处小说创作现场的中国作家们影响巨大。我们从21世纪初中国长篇小说的最高奖项茅盾文学奖的评选中，依然可以理出八十多年前茅盾先生盛赞《倪焕之》的时候所使用的价值评判标准。某种意义上，中国小说家多少都有些“史诗情结”，这是小说这种叙事文体对小说家文学企图的召唤——也许更确切的说法是，史诗是一种无法抗拒的诱惑。

二、背后的希望原则

在西方叙事传统中，荷马史诗（Homeric epic）被看作叙事文学的鼻祖，浦安迪将之总结为“史诗（epic）—罗曼史（romance）—小说（novel）”的主流叙事系统。古典叙事类型史诗，在启蒙时代之后，借小说的形式复活了。

由于novel所代表的人生和艺术理想在整个西方叙事文体的发展过程中具有承接历史、维系传统的特殊地

1 曹书文《中国当代家族小说研究》，北京：中国社会科学出版社，2010年版，第152～153页。

> 位，西方文学理论家们在批评novel的时候便往往不期而然地根据他们对史诗的体会，运用……“结构完整性”和“时间秩序感”等等——来分析novel这种迟至十八九世纪才告正式诞生的新兴叙述文体。[1]

我们在引言中分析过，中国现代小说是在“novel”概念的统治下逐渐成长、发展的。与“novel”相伴生的“史诗”性评价标准，自然而然地也成为成长中的中国现代小说的追求。西方文学史家把小说看成表达启蒙时代之后的工业社会的史诗。中国现代小说叙事，在20世纪20年代之后，就开始涌动着全面反映自己的时代和中国社会的创作冲动，充满了对“中国现代社会史诗”的渴望。茅盾之所以高度评价《倪焕之》，就在于这部作品“第一次”开始朝向“史诗”努力了。茅盾随后也写出了规模庞大的社会小说，通过自己的小说创作实践落实了自己的小说评判标准。

史诗追求成为中国现当代小说叙事的传统，并且在自己的发展过程中形成了自己的范式特点。虽然最初它深受欧洲经典现实主义叙事范式的影响，西方文学理论家评价

---

1 浦安迪《中国叙事学》，北京：北京大学出版社，1996年版，第10页。

"novel"的"结构完整性"和"时间的秩序感"，同样也体现在中国现当代长篇小说叙事之中，但随着中国社会历史的发展，身处其中的小说家所依赖的思想资源和价值追求，开始具有了"中国特色"，可以说，中国现当代文学史上的"史诗性叙事"，是从中国具体的历史社会现实中生长出来的独特的叙事范式。

第一，从五四开始的启蒙思想，社会历史领域的"进化论"成为中国现代文学中具有统治性的思想资源，随着"左翼"文学的发展，到了40年代，自觉运用"阶级论"也成为中国现代小说叙事的主流思想资源。而进入"十七年"时期，马克思主义的历史观和社会发展学说，已经成为中国小说叙事所要阐发的"真理"。故而，中国现当代小说叙事中的"史诗追求"，始终伴随着"历史"所特有的严正的意识形态色彩和价值规范性的特征。

第二，小说家变身"社会历史家"，自觉选择严肃郑重的叙事意识，使小说成为"生动形象"的"文学化"的"社会发展史"。

中国的小说叙事，由于知识分子赋予的改良社会的使命，在近代开始获得文化上的尊严，五四之后，更是担负起了启蒙的历史重任。小说成为第一文体。而"史诗"追求，使长篇小说成为“第一文体中的第一文体”，有无长篇小说，几乎成为判断一个小说家是否成为小说家的重要标准，而史诗性的鸿篇巨制，则是成为评判重要小说家的主要指标。

我们在此处说的“叙事意识”，不是指作家的创作态度。《红楼梦》的作者敷衍“适趣闲文”，可他的创作态度依然是严肃的。具有史诗追求的小说家的叙事意识，有着社会科学研究社会和历史学研究历史的严肃和郑重。我们从茅盾谈《子夜》创作时可以看到作家的这一自觉。茅盾在创作《子夜》之前，有着将自己的观察与一些关于分析研究中国社会性质的理论进行比对的理论准备，对于自己将要创作的小说，他有着如同学者立论一样严谨、郑重的思考：

> 我那时打算用小说的形式写出以下的三个方面：（一）民族工业在帝国主义经济侵略的压迫下，在世界经济恐慌的影响下，在农村破产的环境下，为要自保，使用更加残酷的手段加紧对工人阶级的剥削；（二）因此引起了工人阶级的经济的政治的斗争，（三）当时的南北大战，农村经济破产以及农民暴动又加深了民族工业的恐慌。
>
> 这三者是互为因果的。我打算从这昱下手，给以形

象的表现。这样一部小说，当然提出了许多问题，但我所要回答的，只是一个问题，即是回答了托派：中国并没有走向资本主义发展的道路，中国在帝国主义的压迫下，是更加殖民地化了。[1]

茅盾先生如此严谨的叙事意识，成为很多中国现当代小说家追摹的典范。到了“十七年”时期，“史诗追求”已然被“强化”成为：以文学的形式，形象地表现中国革命史和党史。即使在新时期之后，虽然小说家使用的意识形态资源有所扩展，更为丰富、多元，但从前文所引的高建群、陈忠实的创作谈中，依然可以看到作家对“历史史实”的尊重以及对国家民族命运的严肃思考。“史诗追求”使小说叙事具有了追比正史的文化定位。

第三，小说叙事通过选取重大的真实历史事件与真实的历史时间相联系，以因果逻辑铺展情节，最后小说整体意义的生成，能够实现对历史进程本质性和必然性的揭示。

我们从文学史对《红旗谱》的“高度”评价中，可以发现，延续至今的我们的文学教育中最为熟悉也最为常见的评

1 茅盾《〈子夜〉是怎样写成的》，引自钱理群编《二十世纪中国小说理论资料》（第四卷），北京：北京大学出版社，1997 年版，第 45 ~ 46 页。

价“句型”：

> 小说以朱老忠、严志和两家三代同冯老兰一家两代的斗争为主线，描写了中国共产党领导下的反割头税运动和保定二师学潮斗争，艺术地概括了大革命前后中国北方农村和城镇的阶级斗争和革命运动，反映了中国农民革命由自发反抗到有组织的斗争的历史进程……形象地说明了中国农民只有在中国共产党的正确领导下，组织起来，斗争才会胜利。正是这一点，作品揭示了民主革命阶段的若干本质特征，它对新民主主义革命历史的反映，也就达到了生活广度和思想深度的有机结合。[1]

这种小说“描写了……艺术地概括了……反映了……形象地说明了……揭示了……（本质、历史必然性）”的句型，也曾被用来解读《红楼梦》：通过描写四大家族或荣宁二府的衰败没落和青年男女的爱情悲剧，反映了封建礼教吞噬美好人性的黑暗与残酷的本质，揭示了封建制度走向灭亡的历史必然性。

1 汪名凡主编《中国当代小说史》，南宁：广西人民出版社，1991年版，第98页。

熟悉红学史的人，应该对诸如此类的论断并不陌生。正是这种“史诗”思维，建构出了《红楼梦》与现当代文学史上的家族史诗之间的继承谱系关系。其实毋庸论证，这种“史诗”思维，显然与《红楼梦》的小说观念和修辞原则，不只是迥然不同，甚至可以说是背道而驰的。

在20世纪的大部分时间内，中国大多数小说家的脑子里都盘旋着这样的“文学史评价”的句型，也可以说，很多作家都在自己的创作中，主动地按照这个句型去填空，当然，这很可能和某些优秀作家的艺术本能产生抵触，结果自然是创作时作家自我的分裂和创造力的衰竭，譬如老舍《正红旗下》的夭亡。

在这里先抛开对“史诗追求”的价值评判，我们必须承认，中国现当代小说叙事中的史诗追求，其最核心的动力是对“真理性”信仰的表达。

如研究者所指出的那样，史诗追求“这种艺术追求及具体的艺术经验，则更多的来自19世纪俄、法等国的现实主义小说，和20世纪苏联表现革命运动和战争的长篇”[1]。

1 洪子诚《中国当代文学史》，北京：北京大学出版社，1999年版，第108页。

> 经典小说的叙述模式，或者说被我们称之为伟大的现实主义作品，深刻地依赖于特定历史阶段中的梦想的力量、“希望原则”，或者称之为“乌托邦力量”的变化着的可能性。狄更斯、陀思妥耶夫斯基、托尔斯泰等人巨大的文学活力正是来自于历史中的这一可能性。在雨果等人那里，穷苦阶级——囚犯、劳工和妓女——正是这一历史的希望原则和道义力量的体现者；对托尔斯泰来说，他以宗教方式和乌托邦的方式使自己与这个成长着的阶级认同，正像马克思在整体历史上与之认同并成为它的代言人一样。[1]

从20世纪30年代就开始涌动的中国小说叙事的史诗追求，最初依赖的就是对民主、科学推动社会进步的真理性信仰带来的希望原则，从而使自己的叙事成为历史进步力量的代言人。而进入“十七年”时期，“史诗性”叙事作品致力于揭示“历史本质”，对叙事真理性表达的笃信达到了无以复加的地步。在现代文学时期理解历史的“一种可能性”，在此时已经成为“唯一的真理”。对此“真理”的信仰转变为

1 耿占春《叙事美学》，郑州：郑州大学出版社，2002年版，第6页。

“十七年”时期“史诗性”叙事成立且能够生成意义的力量之源。于是，我们可以看到，“十七年”长篇小说的文本的一般特征：

> 所追求的就是对……社会科学结论的“形象化”的表述，这也正是重大题材和情节结构倍受青睐而又长盛不衰的原因。重大题材使它接近历史事实和社会生活本身（生活的广度），“情节结构”则保证了被描写的事件走向合乎逻辑和必然性的科学结论（思想的深度），而这正是这批作品所追求的“史诗意识”的真实语义。“十七年”的长篇小说有一种明显的“拟科学文本”的特征。[1]

中国文学叙事摆脱这种被当作革命史、社会史来阅读的极端状态，逐步探索着回归文学本位。中国的社会也进入了剧烈变化的转型期——这是个至今正在进程中的时期。“史诗追求”在全媒体时代和消费时代攻陷中国之前，仍然是中国小说叙事中对不少小说家充满诱惑的文学抱负，《平凡的世界》《白鹿原》就是这样的作品。这些作品同样依赖着“希望

---

1 孙先科《颂祷与自诉》，上海：上海文艺出版社，1997年版，第210页。

原则”。只是提供希望的信仰，从“革命胜利”变成了“平凡的人应该获得的美好生活”“民族文化”。

三、失去乌托邦的叙事

有着史诗追求的小说家，至少在一个问题上是乐观的，那就是小说叙事具有表达历史进程“真理性”脉络的能力。经历了20世纪现代小说观念的星移斗转，今天的我们很容易发现，对这一问题的乐观，有些“天真”了。

> 人们把19世纪以前自然主义和现实主义小说观称为反映论，这种反映论认为小说可以如实地反映生活真实甚至反映本质真实。读者在小说中最终看到的正是生活和现实世界本身的所谓波澜壮阔的图景。所以马克思有一句分析巴尔扎克的名言，称巴尔扎克的百部人间喜剧是资本主义社会的百科全书，我国也把《红楼梦》看成封建社会的百科全书，都依据的是反映论。反映论有一种自明的哲学依据，就是认为生活背后有一种本质和规律，而伟大的小说恰恰反映了这种本质和规律。……而20世纪的现代主义小说观则不同，小说家大都认为生活是无序的，没有本质的，没有什么中心思想，甚至是荒

诞的。小说不再是对生活、现实和历史某种本质的反映，它只是小说家的想象和虚构，按符号学大师罗兰·巴尔特的说法即是“弄虚作假”。[1]

我们在前面总结出的小说“描写了……反映了……揭示了……（本质、历史必然性）”句型，所依据的正是这样的“反映论”哲学。只是今天我们的小说家很难“天真”地再按照这样的句型进行填空了。现代主义小说叙事，与其说是对经典现实主义叙事的反叛，不如说只是对“现实”有了不同的理解。现代主义小说叙事依然捍卫着个体的主体性和意义的生成，真正给小说叙事带来致命威胁的是市场交换带来的价值无差异性最终导致的价值虚无和意义的无法生成。这也正是促使我们探讨《红楼梦》叙事范式的现实焦虑。现在回到我们讨论的“史诗追求”这一问题上来。“反映论”思维同样在中国当代小说家这里遭遇了质疑：

历史中的乌托邦和希望原则的消失，使经典小说的叙述结构变得不具有现实性了。无论是《悲惨世界》、

1 吴晓东《从卡夫卡到昆德拉》，北京：读书·生活·新知三联书店，2003年版，第6～7页。

《战争与和平》，还是《母亲》、《红岩》，小说的叙事结构都深刻地依赖于历史中的希望原则和它所虚构的历史时间。只有在历史的乌托邦结构和历史时间中，小说人物才能……获得一种命运感。……在今天看来，所谓的必然性和规律不过是我们的愿望和希望的形式，或者在某个社会生活阶段里显得是那样。正像所谓现实主义的叙事形式只是一种特殊的叙述虚构形式一样。[1]

我们曾经信仰的“唯一真理”变成了“一种可能”的想象和虚构，失去“乌托邦”的中国叙事，在20世纪的最后十几年中，“史诗追求”所激发的作家建构正史的冲动，转化为解构历史的狂欢。从“一切历史都是阶级斗争的历史”到“一切历史都是欲望的历史”的颠覆，不过是寻求新的乌托邦力量的努力。与此同时，中国小说家开始的另一种努力，就是对叙事形式上的探索。自然这有西方现代主义小说观念涌入的影响，但更为内在的力量，是小说家的艺术本能，中国的小说家需要有足够说服力——起码要说服自己相信的“真实”叙事形式。于是我们收获了一些颇具先锋色彩的家族叙

1 耿占春《叙事美学》，郑州：郑州大学出版社，2002年版，第7页。

事小说，其中不乏“逆写”的“史诗”，如刘震云的《故乡天下黄花》、苏童的《1934年的逃亡》、格非的《敌人》、莫言的《红高粱家族》，等等。有研究者认为：

> 先锋作家无意于探讨家族自身历史、文化与精神的多重意味与悲剧意义，而是把它作为一种阐释自己生存哲学的文学形式，因此，他们在解构家族伦理、家族亲情的同时也使其所创造的家族叙事文本走向穷途末路。[1]

上一节我们在梳理中国现当代家族小说主旨命意时发现，20世纪结尾时期，这一批被命名为“先锋”的小说家的家族叙事，是最具本质追问性质的。在这一点上，也使他们的叙事文本更为内在地接近了《红楼梦》的命意。然而他们的叙事形式却与《红楼梦》的平实、真切截然相反，“形而上”的追求淹没了“形而下”的叙事。先锋小说家们彻底粉碎此前“家族史诗”的小说叙事中因果逻辑建立的情节结构，通过复杂的叙事形式的实验来实现自己形而上的探索。这种实验性的叙事探索，在相当程度上疏离了读者的“接受视

1 曹书文《中国当代家族小说研究》，北京：中国社会科学出版社，2010年版，第186页。

野”，从而造成了这种“看不懂”而且“不好看”的小说的实际影响并不大。虽然真正让当代小说叙事走向“穷途末路”的根本力量不是“先锋”的形式实验的失败，而是一个媒体和消费时代的到来。

危机属于小说叙事，不只属于先锋小说叙事。

理解上的“无效”导致了在21世纪初中国小说叙事开始大踏步地“向后退”。“退”到哪里去呢？有人提出了退回“民间”，也有人提出了退回传统现实主义——我很难判断是不是中国此刻文学现场的作家都接受了这一观念，但如果你翻开近几年中国的任何一本主流文学杂志，基本可以获得“现实主义”一统天下的印象。只是我们此刻的“现实主义”恰恰远离了现实。因为小说家选择的叙事形式本身无法真正地掌握生活，结果只能在非常微观的层面上摆弄个体的小悲哀，小忧伤，表达一些不痛不痒的小同情，小闲适，小温暖……这里的“小”无关题材，关乎小说的精神。如果说，当年中国小说叙事的“大”未必是真的大，而当下中国小说叙事中的“小”，却是真的小。向上缺乏终极追问的思想高度，向下无法抵达生活的真实，前无去路后有追兵，我们又一次眼前无路想回头了。

无论是从小说诞生的历史文化空间分析，还是从小说文本的叙事本身分析,《红楼梦》的叙事，都不依赖我们前文所说的“希望原则”。这也是比对现代小说，某些论者批评《红楼梦》局限的依据。

> 《红楼梦》的世界中没有一个新的历史观念和历史景象的维度。这个维度也可以说就是“现代性”。所以《红楼梦》是无法展现历史远景形象的小说，它的最终结局只能是寂灭。用《红楼梦》的语言说是“空”，即一片白茫茫大地真干净，是一种关于真正颓败的文学和历史寓言。[1]

《红楼梦》的叙事，的确没有提供新的“历史景象”，然而《红楼梦》却也不是只提供了“空”和“颓败”。《红楼梦》的“其中味”是百味杂陈的，是难以穷尽的，是仁者见仁智者见智的。这是作者通过独特的小说修辞选择实现的艺术目的，如我们在前几章中分析过的“启示性人物”的塑造、“召唤性世界”的创建，这也正是《红楼梦》小说艺术最具创造性之处，也是《红楼梦》最具继承价值的所在。

---

1 吴晓东《从卡夫卡到昆德拉》，北京：生活·读书·新知三联书店，2003 年版，第 153 页。

在研究《红楼梦》小说艺术的现当代继承问题时，相对主流的看法是认为“家族史诗”小说对《红楼梦》小说艺术继承具有结构上的整体性。

> 我们认为，《红楼梦》在结构上的价值，是其最终寻找到了中国长篇小说可以全面描写生活的表现方式，这一方式可以称作家族描写模式。……家族……对社会内容的涵纳，十分自足充盈。又由于家族是由不同个体构成的，它本身也就成为个体活动的主要场所。……这一（家族描写）模式就以静态的方式把握到了动态的人生内容，从而成为一个符合表现中国传统社会基本特征与个体发展的文学创造方式。正是在这一意义上，《红楼梦》找到了它表现中国社会的结构原则，完成了它那前无古人的创造，达到了对中国社会百科全书式的描写。[1]

从这样的思路出发，自然认为现当代文学中的“家族史诗”叙事与《红楼梦》的叙事一脉相承。然而从前面的分析中我们不难发现，中国现当代文学史上的“家族史诗”叙事

---

1 刘锋杰《承继与分离——〈京华烟云〉对〈红楼梦〉关系之研究》，《红楼梦学刊》1996 年第 3 期，第 227 ~ 228 页。

依赖于“希望原则”的内在因果逻辑，导致了整体结构以揭示本质和必然性的情节展开原则，而《红楼梦》的叙事却并不遵循这样的因果逻辑。20世纪末出现的“先锋家族”小说，虽然在主旨和命意上靠拢了《红楼梦》终极追问的性质，但他们在解构叙事内在因果逻辑的同时，也拆解了情节叙事，而《红楼梦》的叙事，依然遵循着符合读者接受习惯的情节叙事，并且以与现实生活“互文对位”的高度现实感，成为超越具体历史时空、不断自我增值的意义召唤体系。

《红楼梦》所建立的叙事范式，对于中国未来的小说叙事具有重要的启示意义：小说叙事可以不依赖“希望”原则，但未必不能提供希望；小说叙事失去了“乌托邦”，也许，在某种意义上，可以使叙事本身成为另类“乌托邦”……

第五章

中国气质与互文

第一节　小说叙事的中国气质

在我们梳理《红楼梦》小说艺术的现当代继承谱系中，有一批作家，如废名、许地山、郁达夫、沈从文、张爱玲、钱钟书、杨绛、孙犁、茹志鹃、汪曾祺、陆文夫、宗璞、叶广芩……这些作家因为其小说创作中具有丰盈、独特的中国文化符号或者别具意境的诗化倾向，而被认为是《红楼梦》这样文化、诗化的叙事文本的现代传人。

诚如梅新林在2000年发表的《文献·文本·文化研究的融通和创新——世纪之交红学研究的转型与前瞻》一文中指出的那样：

从历时性的维度来看，《红楼梦》就如一个中继站，一方面它最大限度地吸纳了其前中国文学与文化的精华，另一方面又广泛、深刻地影响于其后的文学创作与文化发展。[1]

五四新文学运动造成了现代小说与中国古代小说观念和修辞原则上的断裂，《红楼梦》的小说艺术的继承也是经由现代小说观念的检选才进入现当代小说创作的。但也正是由于《红楼梦》等古代小说的“经典化”，中国的文学传统才始终不曾与中国小说叙事彻底脱节。即使在20世纪将近百年的文学历程中，这种叙事也从来不曾成为小说创作的主流，但这些独具“中国气质”的小说叙事，却顽强地绵延着《红楼梦》的诗情文脉。

一、空灵诗性

比起叙事艺术，中国古代的诗歌显然更为发达，而且取得的艺术成就也是公认的。如果没有《红楼梦》，面对自《诗经》《楚辞》以降，由曹子建、陶渊明、李白、杜甫、白居易、李商隐、李煜、陆游、李清照等诗人创作的众多金玉之质的诗歌文本，中国小说叙事在对人的情感表达的高度和深度上，

---

1 梅新林《文献·文本·文化研究的融通和创新——世纪之交红学研究的转型与前瞻》，《红楼梦学刊》2000年第2期，第43页。

显然很难提供出与诗歌平等对话的小说文本。

《红楼梦》在文本诗性上的追求，显然不是我们在一般意义上小说对于诗性，也即文学性的追求。小说不是通讯报道，对于文学性的追求，是小说的本质规定性。小说的诗性，可以有很多表现形式，譬如海明威简洁平实的“冰山”文体，以主观感情“零度”流露的客观写作，等等，这也是构成小说的“风格”的重要力量。《红楼梦》在文本诗性上的追求，与中国古典诗歌具有高度的一致性。

空灵之美是一种属于诗歌的美学形态。它出现在白话小说中，是一批具有相当文化修养，继承中国数千年叙事文学传统（以史传为其渊源，简称“史”的传统）和抒情文学传统（以诗词曲赋为代表，简称“诗”的传统）的知识分子进入通俗文学创作领域之后，努力提高其思想和艺术品位的美学创造。从内容方面看，它是小说描写的文化群体和文化氛围，展现了封建宗法制度下的繁文缛礼和诗意生活所呈现的审美特色；从形式方面看，它是写作者自觉吸收话艺、史笔和诗境三种艺术传统融合升华的美学色调。也就是说，它既吸收和发展了由说话艺人“敷衍”技艺所创造而为小说写实艺术所继承的叙事方式和技巧（善于铺叙、细致描摹、逼真传神等）；又借鉴和学习了史传文学善于提炼剪裁，善于错综叙事和“微而显，志而晦，婉而成章”的《春秋》笔法（脂批所谓“史笔”）；还吸收和融化了中国古典诗词讲究含蓄洗练，追求“言外之意”“象外之象”“言有尽而意无穷”，甚至“不着一字，尽得风流”的“神韵”的“创境”（境界）艺术，汇纳百川，化俗为雅。在这一方面，《红楼梦》有着巨大的贡献。

《红楼梦》的小说叙事，有细密绵实的写实的一面，也有空灵诗性的写意的一面。可以说，《红楼梦》将以韵文表现的古典诗词曲赋的艺术手法，化用在了白话叙事之中。这样的例子，《红楼梦》中举不胜举：“黛玉葬花”“宝钗扑蝶”“湘云眠芍”“椿龄画蔷”……我们再看对黛玉日常生活的一段描写：

> 一进院门，只见满地下竹影参差，苔痕浓淡，不觉又想起《西厢记》中所云“幽僻处可有人行，点苍苔白露泠泠”二句来，因暗暗的叹道：“双文，双文，诚为命薄人矣。然你虽命薄，尚有孀母弱弟，今日林黛玉之命薄，一并连孀母弱弟俱无。古人云‘佳人命薄’，然我又非佳人，何命薄胜于双文哉！”
>
> 一面想，一面只管走，不防廊上的鹦哥见林黛玉来

了，嘎的一声扑了下来，倒吓了一跳，因说道："作死的，又扇了我一头灰。"那鹦哥仍飞上架去，便叫："雪雁，快掀帘子，姑娘来了。"黛玉便止住步，以手扣架道："添了食水不曾？"那鹦哥便长叹一声，竟大似林黛玉素日吁嗟音韵，接着念道："侬今葬花人笑痴，他年葬侬知是谁？试看春尽花渐落，便是红颜老死时。一朝春尽红颜老，花落人亡两不知！"黛玉紫鹃听了都笑起来。紫鹃笑道："这都是素日姑娘念的，难为他怎么记了。"黛玉便令将架摘下来，另挂在月洞窗外的钩上，于是进了屋子，在月洞窗内坐了。吃毕药，只见窗外竹影映入纱来，满屋内阴阴翠润，几簟生凉。黛玉无可释闷，便隔着纱窗调逗鹦哥作戏，又将素日所喜的诗词也教与他念。（第三十五回）

这如诗如画亦诗亦画却又生趣盎然的场面调度和人物造型，为中国小说叙事留下了宝贵的艺术经验。《红楼梦》对小说诗意空间的塑造，成就卓著。很大程度上，正是经由《红楼梦》的成功实践，中国古典诗歌的空灵诗性之美，进入了中国现代小说叙事。然而由于小说观念的彻底革命，中国现当代小说所追随的小说范式已然与《红楼梦》截然不同。即使因为小说家的个性气质和美学理想，使得现当代小说史上的一些作家，或是本能或是自觉地承继这一脉古典诗性。但这些作家，从五四时期经由20世纪上半叶，“十七年”时期，直至“新时期”、21世纪，始终是作为中国小说创作的“非主流”特例和另类存在的。

> 不仅汪曾祺，连同我们前面提及的废名、师陀、沈从文、张爱玲以及我们还没有提及的《伍子胥》的作者冯至、《呼兰河传》的作者萧红、《未央歌》的作者鹿桥、《无名书》的作者无名氏、《焚书》的作者李拓之，等等，他们不仅有创作，也有自己的理论设计，又都不合潮流，成为他们那个时代单个的独特的存在。他们有的如汪曾祺似的，在历史中断以后又获得后续（如萧红）；有的至今默默无闻（如李拓之）；有的则成了不可重复的绝唱（如冯至的《伍子胥》），但他们的追求与实践却正以这种独特、超前、个人性，而成为文学史中最具光彩的一页，这是毫无疑问的。[1]

1 钱理群《二十世纪中国小说理论资料·前言》，引自钱理群编《二十世纪中国小说理论资料》（第四卷），北京：北京大学出版社，1997年版，第12～13页。

引文中梳理出的这一脉传承的作家谱系，单就今天的文学史评价来看，其地位和价值都是“毫无疑问”的“高”且“重要”。但无论是沈从文、师陀、废名，还是张爱玲、汪曾祺，他们都曾“不合潮流”，是“独特的存在”。对这些小说家作品的文学史评价的改变，从一个侧面可以看作是我们对长期以来的小说观念和评价标准的某种反省。

《红楼梦》成功地“化诗歌入叙事”的艺术实践，树立了一个典范，有意无意地昭示着强大的中国诗歌传统之于小说叙事的重要价值。现当代小说家中艺术气质契合者或者独具只眼者对这一脉诗情的传承，从现象上看这是《红楼梦》叙事艺术的影响问题。从作家的传记资料上看，我们也很容易找到这些作家与《红楼梦》的密切关系。张爱玲这种躬身师奉“红楼”者自不必说，沈从文甚至有过以“红楼梦”为代号的未竟的小说文稿[1]，其他小说家的书单上自然也不可能排除《红楼梦》。但更为本质地看，这其实是中国独特的叙事传统的现代演化问题。沿着《红楼梦》开辟的道路继续前行的中国现当代小说家，虽然只是少数甚至个例，但这一脉诗情，各个现当代文学时期都没有彻底断绝。

---

1 黄永玉《太阳下的风景》，转引自尹变英《〈边城〉与〈红楼梦〉的比较》，《解放军艺术学院学报》2003 年第 2 期，第 20 页。

废名的小说文本气质独特，但其重要性却长期被文学史忽略，作为“京派”小说中较有特点的一个而被简略提及。新时期之后，借着“重写文学史”的潮流，废名和沈从文、张爱玲、师陀一起重新“被发现”。废名对于小说文体的贡献逐渐引起研究者的重视：“沈从文、何其芳、芦焚（师陀）等比他稍晚的作家，都从他那里吸收过养料。”“30年代中期继续效仿他的，有王坟、李同愈等，40年代有汪曾祺，显示了废名小说的深长文学价值。”[1]

废名喜欢的诗人有六朝的庾信，晚唐的李商隐，又喜欢晚明的小品。废名曾说：“就表现手法来说，我分明受了中国诗词的影响，我写小说同唐人写绝句一样，绝句二十个字或二十八个字，成功一首诗。我的小说篇幅当然长得多，实是用写绝句的方法写的，不肯浪费语言。”他的小说既冲淡，又幽秘；既朴讷，又华美，是一曲曲雅致的田园抒情诗。[2]

1 钱理群、温儒敏、吴福辉《中国现代文学三十年》，北京：北京大学出版社，1998年版，第316~317页。

2 杨义《二十世纪中国小说与文化》，上海：上海三联书店，2007年版，第206页。

沈从文的小说叙事，突破了废名的晦涩和格局狭小的局限，成为中国现代小说的大家。但获得这样的评价已经到了20世纪的末尾，可惜三四十年代的沈从文是寂寞的。与他有师生之谊的汪曾祺，也要到新时期才被“发现”。在20世纪40年代，处于创作起点上的汪曾祺已经表现出了一种相对于当时的小说叙事来说的“提前了的成熟”[1]。当时最出色的评论家唐湜评价汪曾祺的小说“随处是象征又没有一点象征‘意味’，……随处是自我的流连可又没有一点自我‘意味’”，这正是“现代小说的理想”，他同时还强调，这一切是“通过纯粹中国的气派与风格来表现的”“他的文体风格里少有西洋风的痕迹，有的也已是变成中国人所习见了的。”[2]

身处现代文学时期的“沈从文们”虽然寂寞，但至少还有选择小说理想的自由，而在当代文学“十七年”时期进行创作的茹志鹃，却已经在高度一体化的文学气候下，失去了这样的自由。故而那株在“十七年”里开出来的《百合花》，更加显得弥足珍贵了。

茹志鹃像绝大多数中国作家一样，喜爱《红楼梦》，她

1 钱理群《二十世纪中国小说理论资料·前言》，引自钱理解编《二十世纪中国小说理论资料》(第四卷)，北京：北京大学出版社，1997年版，第12页。

2 唐湜《虔诚的纳蕤思——谈汪曾祺的小说》，引自钱理群编《二十世纪中国小说理论资料》(第四卷)，1997年版，第500页。

在一篇名为《紫阳山下读“红楼”》的文章里这样回忆：

> 在那个时候，在紫阳山下，“红楼”真像一股清泉，滋润过我，支持过我，使我在那样一个世界里，鼓足了勇气，不仅活了下来，而且对那种半饥半寒的生活，尚能留下一抹美好的记忆，连同那个光秃秃的紫阳山在内。[1]

《红楼梦》滋养了茹志鹃的心灵世界，同时也滋养了她的文学生命。在革命现实主义一统天下的文学大气候下，“没有去描写那种叱咤风云的英雄，没有去描写为堵决口或抢救国家财产而光荣牺牲的人物，也没有去多描写前进路上走在最前站的旗手；作者所采用的，又多是侧面描写……缺乏波澜壮阔、急风骤雨式的事件和轰轰烈烈的劳动场面”，[2]而是从“侧面”去写一个枪管上插了百合花的小战士，一个舍不得出借绣着百合花的枣红棉被的新娘子，以及他们之间“说不清道不明”的情愫。这篇小说当年得到了茅盾的高度评价：

---

1 茹志鹃《紫阳山下读“红楼”》，《中国青年报》1980 年 4 月 1 日。

2 细言《有关茹志鹃作品的几个问题》，原载《文艺报》1961 年第 7 期，引自洪子诚编《二十世纪中国小说理论资料》（第五卷），北京：北京大学出版社，1997 年版，第 401 页。

> 对于《百合花》的介绍，已经讲得太多了，可实在还可以讲许多……我以为这是我最近读过的几十个短篇中篇中间最使我满意，也最使我感动的一篇。它是结构谨严，没有闲笔的短篇小说，但同时它又富于抒情诗的风味。[1]

但基于前文所引的那些“缺陷”，对它表示不满的人显然更多。然而那些曾经被看作符合“标准”没有“缺陷”的作品，已然被文学史“淘汰”出了阅读和阐释的范围。而《百合花》因为艰难地呼应了中国文学传统中的那缕古典“诗性”精神而超越时代，在新的评价体系下获得了新的价值阐释：

> 茹志鹃还是利用女性特有的感受能力，从《红楼梦》里获得了足够的经验支持。……打通时代与《红楼梦》之间的高高的界壁，写出了《百合花》这篇抒情诗一样优美的小说。

1 茅盾《谈最近的短篇小说》，引自洪子诚编《二十世纪中国小说理论资料》（第五卷），北京：北京大学出版社，1997 年版，第 285 页。

…………

茹志鹃用古典的精神叙述了一个现代的故事，用现代的故事确证了爱的永恒的精义。《百合花》既是一首“没有爱情的爱情牧歌”，是对逝去的温暖岁月的追忆，也是对《红楼梦》的一次遥远的回应，是对其中古典文学精神庄严的致敬。[1]

进入新时期之后，中国小说叙事对于文学性的回归，使这些曾经被忽视和冷落的诗性小说文本，获得了前所未有的重视。当然，这些经受住了时间检验的小说家，自身的文学资源构成都非常复杂。比起同时期的其他作家，废名、沈从文、汪曾祺的小说观念更具现代性。如果说茹志鹃是出于艺术生命的本能而对《红楼梦》的空灵诗性做出了“遥远回应”，而“沈从文们”则是面对现代的中国叙事，更为自觉地向本民族的文学传统寻求资源，是在实现中国小说叙事现代化的同时，也实现了“民族化”或“中国化”。

我们通过对这一脉作家的简单梳理，是想凸显《红楼梦》在中国叙事谱系中的特殊位置。《红楼梦》作为小说，

1 李建军《再论〈百合花〉——关于〈红楼梦〉对茹志鹃写作的影响》，《文学评论》2009 年第 4 期，第 105、109 页。

固然是中国叙事传统的嫡长子，可它同样也是中国强大的诗歌抒情传统的正宗传人，是中国古典诗歌的艺术经验进入叙事的成功实践者。对于《红楼梦》来说，诗性已经不是一般意义上的叙事文学性的追求，而是以古典诗歌的意境追求作为叙事修辞的基本原则之一，具有结构性和宏观性的特质。因此，不是所有进行了诗情画意描写的现代叙事都可以被看成《红楼梦》的传人，而只有将诗性作为小说范式中核心元素的作家才算是真正承继了《红楼梦》带给叙事的这缕空灵诗性。

在我们前面梳理分析的这些现当代作家中，他们与同时代作家的不同，正是源于此。在以“人物”“情节”为核心的“典型”论统治叙事的20世纪中国叙事史中，他们对于情节的淡化、对“典型”的放弃或否定，以诗性为叙事提供核心动力，使得他们疏离了文学的主流，但也使得他们超越了时代。

二、文化蕴藉

“文学是文化之华，是文化开出来的花朵。”[1] 故而，小说

1 杨义《二十世纪中国小说与文化》，上海：上海三联书店，2007年版，第2页。

作为文学体裁之一，不存在不具备文化含量一说。

周汝昌在《红楼梦与中华文化》中提出："《红楼梦》是我们中华民族的一部古往今来绝无仅有的'文化小说'。……从所有中国明清两代重要小说来看，没有哪一部能够像《红楼梦》具有如此惊人广博而深厚的文化内涵的了。"[1]

《红楼梦》的小说文本的确具有巨大的文化含量：

> 《红楼梦》是传统文化的结晶，里面渗透的传统文化的因子异常丰富。就反映生活的丰富性来说，是封建社会的百科全书；就其包含的文化因子来说，堪称中华民族传统文化的总汇。文学、艺术、技艺的各种形式，包括诗、词、曲、赋、歌、赞、诔、偈、匾额、对联、尺牍、谜语、笑话、酒令、说书、百戏、雕刻、泥塑、参禅、测字、占卜、医药，以及诗话、文评、画论、琴理，《红楼梦》中应有尽有，真可以说是文备众体。……文学史上任何经受住时间检验的作品，都是艺术杰构，无不是某一种文化的象征，只不过《红楼梦》的档次更高，不仅代表中国的传统文化，而且是中国传统文化的一个宝库。

1 周汝昌《红楼梦与中华文化》，北京：工人出版社，1989 年版，第 12 ~ 13 页。

…………

《红楼梦》中渗透的传统文化的因子，不仅表现在大量的关于文化生活和文化活动的直接描写中，更主要的是书里面的人物集中代表了中国人的文化性格。[1]

正因为如此，从文化的角度对《红楼梦》进行阐释的研究著作和文章蔚为大观，尤其是在20世纪末中国学界出现"文化热"的情况下，《红楼梦》自然成为研究者眼中的"富矿"，充满了挖掘的热情。文化研究自有其意义和价值，这一点毋庸置疑，然而从小说本体论的角度，那种从小说文本中"采矿"式的挖掘、筛选各类文化因子，实在有些费力不讨好。

《红楼梦》是小说，再伟大的小说也是小说。曹雪芹是小说家，"古今罕见的奇妙的'复合构成体'——大思想家、大诗人、大词曲家、大文豪、大美学家、大社会学家、大心理学家、大民俗学家、大典章制度学家、大园林建筑学家、大服装、陈设专家、大音乐家、大医药学家……"[2]这种近乎疯

1 刘梦溪《红楼梦与百年中国》，北京：中央编译出版社，2005年版，第42～44页。

2 周汝昌《红楼梦与中华文化》，北京：工人出版社，1989年版，第14页。

狂的“赞美”对于一个小说家来说，不仅不是赞美，反而像是刻毒的嘲讽。

我们在第三章中曾经详细分析过，《红楼梦》对于物质空间的描写具有“虚拟召唤性”，这正是小说这种叙事艺术的本质规定性。《红楼梦》中的民俗、典章制度、园林建筑、服装陈设、饮食医药……都是小说的虚构叙事，它不具备社会科学或自然科学论文中对此类问题表述时的真实性和真理性。文化研究者固然可以在小说中发现大量可供阐释的例子，但论文所必须具备的严谨、准确、真实等要求，对于小说家来说，却不能成为羁绊和束缚。《红楼梦》在第二十七回中设计了芒种节“饯花神”的情节。脂批对这一设计的批语是：“无论事之有无，看去有理。”[1]“饯花日不论其典与不典，只取其韵耳。”[2]可见这一设计遵循的是小说叙事的审美需要，而不是真实的民俗。《红楼梦》里的药方不能用于治病，菜谱不加改造也做不成真实的菜肴——“想按《红楼梦》里的菜谱进行烹调，甚至准备开一家餐馆，用贾府的菜肴招徕顾客，这样的‘红学家’兼实业家从来不乏其人，但成功者寥寥。原

---

1 曹雪芹著、脂砚斋评《脂砚斋评批红楼梦》，济南：齐鲁书社，1993年版，第463页。

2 同1，第462页

因何在？盖由于《红楼梦》里的饮馔观赏价值每多于实用价值。”[1]

小说中文化质素的存在是服务于审美创作的，而不是为了“炫耀知识”。小说提供生活里的一切经验，却不提供具体知识。小说家只对人类存在处境的本质真实性负责任，除此之外，他不对文本中出现的任何事物的“真实性”负责任——否则就不是小说了。而且，使用文字建造大观园与实际的园林建筑家盖楼建园，需要的是完全不同的能力。小说叙事需要的是想象力——通常我们称之为“才华”。认为用文字写了大观园的人就能够真的去建造大观园，这种认识要么是过于天真，要么是对“小说”这种虚构艺术缺乏认识，或者是认为《红楼梦》的作者实在缺乏“才华”，不成为“专家”就写不成小说。这个“理论”不能推而广之，不然惯于“诲淫诲盗”的小说家们就该排着队上道德法庭或刑事法庭了。

《红楼梦》的作者显然也无意于通过自己的小说进行文化传播，从其有意割裂具体历史文化时空的总体设置，可以清晰地看出这一点。也有研究者发现了《红楼梦》作者这种

---

1 刘梦溪《红楼梦与百年中国》，北京：中央编译出版社，2005 年版，第 43 页。

独特的“淡漠”的文化使命感，客观上却反而大大增加了文本的文化蕴藉。

> 其一，回避传统小说内容与历史时代尤其是与“现世”社会的直接对应。……不只是为了错乱其年代，使小说的叙述时空具有更大的自由，而且有意识地解除历史内容的规定性对小说内容的束缚，以非历史揭示更为深刻的历史文化内容。
>
> 其二，回避传统小说以“以大贤大忠、理朝廷治风俗”为主的内容选择，明确提出将闺阁情事作为叙述主体。……作者有意地“淡化”前者，即是要在社会主体文化的分离中曲折地将笔深入特定人群的文化心理之中。
>
> 其三，明确提出小说创作的目的在于娱乐，而不是为了教化惩戒，不是为了实现传统小说“谈说理道”、“备经解之异同”的作用。……小说娱乐观的提出，历史已久，可由作者本人在小说起始就如此明确、如此突出地提出来，还是第一次，这更是对小说教化观的有意悖逆。
>
> 其四，将小说趣味视为实现其“陶情适性”目的重要途径，视为小说的审美理想。……这说明作者又是在

以趣味论来故意对抗教化观念，并且将“市井俗人”的审美情趣、文化需求视为趣味追求的背景条件。

以上四点构成了一个新的小说思想体系，而其核心是解除凌驾于小说本体之上的附缀文化的背负，“淡化”小说文化使命感，使小说能在适应读者的审美需要与文化需求的同时，以自己本然的形态去实现它的文化价值。《红楼梦》本身的实践也正向人们昭示：文化使命感“淡化”之后，文化蕴涵反而最大地充盈起来，这是小说艺术在经历了漫长的探索途径之后可喜的理性自觉与经验成熟。[1]

《红楼梦》的文化使命感的“淡漠”，不仅解除了小说“文以载道”的教化负担，也使得对于具体的文化活动的描写，更加自由地服务于小说的整体修辞效果。这也正是作者对于小说艺术本体规定性的认识的深化，是“理性自觉与经验成熟”。而苏涵所理解的“新的小说思想体系”，也说明《红楼梦》对于文化意识的“淡漠”，是作家出于对小说本体规定性的深入思考之后所做的自觉选择，是新的

1 苏涵《“淡漠”的文化使命感与充盈的文化蕴涵量——对〈红楼梦〉与中国小说文化的思考》，《明清小说研究》，2000 年第 1 期，第 144 ~ 145 页。

小说范式中小说观念在这一问题上的具体体现。归根结底，文化不是生活的点缀，而是人的生活方式的总合。《红楼梦》丰盈的文化蕴藉，是小说叙事对中国古代社会独特文化氛围中生活的人的艺术把握的成功，而非陈珠列宝式的“文化”炫耀。

《红楼梦》留给我们的最有价值的艺术经验，是对于“文化与人”的真正的理解。正是这种文化之于人从“内”朝“外”自然溢出，才使得《红楼梦》成为中华文化的宝库。这一点，使得现当代小说创作中，为了文化而文化的创作，就相形见绌了。

林语堂使用英文创作的《京华烟云》，显然有着明确的文化传播意识。作家的女儿在后来为《林语堂文集》中的《京华烟云》卷作序时，阐释了父亲的创作动机与文化传播的效果。

> 一九三八年的春天，父亲突然想起翻译《红楼梦》，后来再三思虑而感此非其时也，且《红楼梦》与现代中国距离太远，所以决定写一部小说。[1]

---

1 林如斯《关于〈京华烟云〉》，引自林语堂《京华烟云》(上)，北京：作家出版社，1995年版，第6页。

> 《京华烟云》在实际上的贡献，是介绍中国社会于西洋人。几十本关系中国的书，不如一本道地中国书来得有效。……此书介绍中国社会，可算是非常成功，宣传力量很大。[1]

《京华烟云》被称为“民国红楼梦”，也曾提名诺贝尔文学奖，这与作者对于“中华文化”的念兹在兹是分不开的。然而《京华烟云》的文化传播目的过于明确，这几乎成为负担。我们在小说文本中不难找到诸多脱离小说情节近乎“旅游指南”式的文字：

> 从北京，木兰学到了容忍宽大，学到了亲切和蔼，学到了温文尔雅，就像我们童年时在故乡生活里学到的东西一样。她是在黄琉璃瓦宫殿与紫绿琉璃瓦寺院的光彩气氛中长大的。她是在宽广的林荫路，长曲的胡同，繁华的街道，宁静如田园的地方长大的。在那个地方儿，常人家里也有石榴树，金鱼缸，也不次于富人的宅第庭园。在那个地方儿，夏天在露天茶座儿上，人舒舒

1 林如斯《关于〈京华烟云〉》，引自林语堂《京华烟云》(上)，北京：作家出版社，1995年版，第4页。

服服的坐着松柏树下的藤椅子品茶，花上两毛钱就耗过一个漫长的下午。在那个地方儿，在茶馆儿里，吃热腾腾的葱爆羊肉，喝白干儿酒，达官贵人，富商巨贾，与市井小民引车卖浆者，摩肩接踵。有令人惊叹不止的戏院，精美的饭馆子、市场、灯笼街、古玩街；有每月按期的庙会，有穷人每月交会钱到年节取月饼蜜供的饽饽铺，穷人有穷人的快乐，有露天的变戏法儿的，有什刹海的马戏团，有天桥儿的戏棚子。有街巷小贩各式各样唱歌般动听的叫卖声，串街串巷的剃头理发匠的钢叉震动悦耳的响声，还有串街串巷到各家收买旧货的清脆的打鼓声，卖冰镇酸梅汤的一双小铜盘子的敲振声，每一种声音都节奏美妙。可以看见婚丧大典半里长的行列，以及官轿及官人跟班的随从。可以看见旗装的满洲女人和来自塞外沙漠的骆驼队，以及雍和宫的喇嘛，佛教的和尚，变戏法儿中的吞剑的，叫街的，与数来宝的唱莲花落的乞丐，各安其业，各自遵守数百年不成文的传统规矩，叫花子与花子头儿的仁厚，窃贼与窃贼的保护者，清朝的官员，退隐的学者，修道之士与娼妓，讲义气豪侠的青楼艳妓，放荡的寡妇，和尚的外家，太监的儿子，玩儿票唱戏的和京戏迷，还有诚实恳切风趣的诙谐的老百姓。[1]

这一段描写，配上相应的画面，几乎可以直接拿去做“这里是北京”之类的电视栏目的解说词了。而且这档节目要放到国际频道播给外国人看，智商正常的中国人，很难对自己司空见惯的生活“惊叹不止”。那个15岁的少女木兰，在这里不过是个可爱的小导游。接下去，木兰还会娓娓地告诉观众：

> 她年幼时，身后拉着美丽的兔儿爷灯笼车，全神贯注地看放烟火，看走马灯，看傀儡戏。她听过瞎子唱曲子，说古代的英雄好汉，古代的才子佳人的风流韵事，听把北京话的声韵节奏提高到美妙极点的大鼓书。从那些说白的朗诵歌唱，她体会出语言之美，从每天的说话，她不知不觉学会了北京话平静自然舒服悦耳的腔调儿。由一年的节日，她知道了春夏秋冬的特性，这一年的节日就像日历一样由始至终调节人的生活一样，并且使人在生活上能贴近大自然的运行节奏。北京的紫禁城，古

1 林语堂《京华烟云》(上)，北京：作家出版社，1995年版，第172～173页。

代的学府、佛教、道教、西藏喇嘛、回教的寺院及其典礼，孔庙、天坛；社会上及富有之家的宴会酬酢，礼品的馈赠；古代宝塔、桥梁、楼阁、牌坊、皇后的陵寝，诗人的庭园，这些地方的每块砖、每片瓦，都充满了传闻、历史、神秘。这些地方的光怪陆离之气、雄壮典丽之美，都已沁入她的心肺。[1]

木兰接下去要讲北京的神话与传说了，我们不必再长篇累牍地引用。对于这些“沁入”她心肺的北京文化的描写，不过是浮光掠影的风光片，与人物的精神和情感处于剥离状态。对于任何小说家来说，这都是失败的修辞选择。

林语堂在《八十自叙》中颇为豁达地说：“我曾做了一副对联：两脚踏东西文化，一心评宇宙文章。有一位好月旦的朋友评论我说，我的最长处是对外国人讲中国文化，而对中国人讲外国文化。这原意不是一种暗袭的侮辱，我以为那评语是真的。”[2]小说家如果在小说中抛下人物，像学者和散文家那样谈文化，显然是对小说这种叙事艺术规定性的背离。这

1 林语堂《京华烟云》（上），北京：作家出版社，1995 年版，第 173 页。
2 林语堂《八十自叙》，引自王兆胜著《林语堂与中国文化》，北京：社会科学文献出版社，2007 年版，第 169～170 页。

与出于修辞策略的“离题”叙事或者是多种文体的嵌入文本有着本质的区别。而且对于《京华烟云》里那种“对外国人讲中国文化”的立足点，使得相关叙事浮泛、轻浅，真的是“美则美矣，了却未了”。相比《红楼梦》中的宝钗谈禅、论画、讲曲，也没有高深、偏僻的故作惊人之语，然而丝丝缕缕的文化气息不着痕迹地从人物的言谈间“沁”了出来。不离人物的精神与情感，不仅不像前文所引的那段《京华烟云》中的“北京风光掠影”使叙事中断，反而巧妙地推动叙事。宝钗讲那首《寄生草》，一句“赤条条来去无牵挂”，引出后文多少波澜？

我们实在不必过于苛责林语堂的《京华烟云》。回到这部小说产生的具体文化时空，1938 年的中国，中华民族面临着前所未有的民族危机和文化危机。这样的大环境下，林语堂的努力应该得到我们足够的敬意。在中华民族生死存亡之际，通过小说叙事向西方世界推介中国文化、展现中华精神，林语堂表现出了那一代知识分子普遍拥有的文化责任感和担承的勇气。然而也正是这种“担承”，反而成为小说的负担。如果说修辞的失败，只是《京华烟云》远逊于《红楼梦》的一个方面，而另一方面，则体现在作家通过叙事展现出的文化信心。

《红楼梦》中，作家对于其人物身处的文化环境，表现得自然平静。今天被我们解读为“文化”的那些质素，对于曹雪芹来说，不过是其人物日常生活的构成元素，就像我们今天的小说家绝不会充满激情地描述人物使用手机交流一样。手机是今天小说家面对的“文化”，不值得大惊小怪，却可以成为反思的对象——《手机》就是刘震云的反思。《红楼梦》的作者在自然呈现生活的同时又对栖身其间的文化充满了反思和探询。

事实上，作为小说家的曹雪芹，无论是文化上的反省、质疑、批判，还是色授魂与的沉醉、歌颂，都通过其落落大方、从容不迫的叙事，传达出一种成熟文化孕育出的自信——反省与自我批判是更深程度的自信。

林语堂热情、激动甚至有些焦灼地赞美着“容忍宽大”“亲切和蔼”“温文尔雅”的北京；急切地想让读者知道，这里“每块砖、每片瓦，都充满了传闻、历史、神秘”，领略“光怪陆离之气、雄壮典丽之美”；甚至在小说中，密集地引入辜鸿铭、陈独秀、蔡元培、傅斯年、齐白石等文化名人，介绍文化掌故。这近乎争辩的叙事姿态，表达出在强大的西方和现代性的压力之下，小说家吃力地为中华传统文化“正名”的意图。但其背后，恰恰透露了近代以来中华文化式微带给作家文化上的不自信。五四之后，中国传统文化不断遭遇否定。在抗日烽烟燃起之后，林语堂在民族危难之时以英文著此书，自然有在世界面前让中华民族传统文化得到肯定和承认的意图。然而渴望得到承认，恰恰是不够自信的体现。

这种文化上的不自信始终纠缠着中国现当代很多小说家。新时期中一些被归入“寻根”小说和“新历史小说”的文本，对于传统文化的想象缺乏基本的理解。某些所谓的文化描写，很难不让人怀疑作家是为了满足“窥私欲”和“猎奇心”。我们今天的小说家之于我们民族的文化，无法像《红楼梦》的作者与中国文化，如亲生母子一般。今天的我们更像被拐走多年的孩子，长大后面对“陌生”的亲生父母——实在有些不足为外人道的无奈与凄苦。

> 文化的自信决定了小说的生命，中国作家现在究竟还有没有这种自信，我感到，许多作家似乎缺乏这种文化上的自信，这就不仅是一个简单的叙述技术问题，而是一个叙事的自信和自觉的问题，文学的境界问题。[1]

1 张学昕、格非《文学叙事是对生命和存在的超越》，《当代作家评论》2009年第5期，第58页。

正是作者对于身处其中的文化充满了自信与自觉，才使得《红楼梦》的小说叙事达到了如此高的艺术境界，这一点对于中国小说叙事的未来具有重要的借鉴意义。

第二节　互文性

任何一部新的小说文本的产生，都必须面对此前文学史中的全部文本，尤其是经典文本。成熟的小说家，不可能看不到这一现实。面对这一让人很难感到轻松的现实，小说家通常有两种态度：一种以面向未来、面向现实的姿态，抗拒、消减这一“影响的焦虑”；另一种则恰恰相反，小说家积极地承认并且充分地利用这一关系。“互文”成为小说，尤其是现代小说非常重视的一种艺术手段。

《红楼梦》丰盈的文化蕴藉和空灵诗性都与作家有效使用“互文”艺术密不可分。而《红楼梦》的这一艺术经验，在现当代小说创作中，并未得到充分的重视和继承。

一、作为小说的存在方式

比起作家，批评家对于“互文性”的阐释热情显然更大。哈罗德·布鲁姆在《影响的焦虑》里，从诗人心理学角度出发，跨越历史时间将不同时期的诗歌进行“纯文本”比对，阐发后人对前人文本的有意“误读”，从而拓宽、延伸自己文本的意义空间的互文性关系。[1]

朱丽亚·克里斯蒂娃拓展了这种纵向的“影响”，将“互文性”理解为两个或多个表意符号系统的互相“指涉”。

> 克里斯蒂娃说：“互文性表示一个（或几个）符号系统与另一个符号系统之间的互换；但是因为这个术语经常被理解成品尝迂腐的‘渊源研究’，我更喜欢用互换这个术语，因为它明确说明从一个指意系统到另一个指意系统的转移需要阐明新的规定的位置性，即阐明的和表示出的位置性。”就是说，“互文性”不仅指在同一符号系统之内“新”文本对“旧”文本的有意“误读”，而且指不同的符号系统之间的互相“指涉”。[2]

---

1 哈罗德·布鲁姆《影响的焦虑》，徐文博译，南京：江苏教育出版社，2006年版，第19～46页

2 孙先科《说话人及其话语》，上海：上海文艺出版社，2009年版，第117～118页。

小说家对于这种“指涉”，早就莫逆于心。虽然缺乏阐释的热情，但却在创作中将其变成了实践。身兼小说家和学者的戴维·洛奇在《小说的艺术》第21篇中专门讨论了“互文性”：

> 用一种文本去指涉另一种文本的方式多种多样：滑稽模仿、艺术的模仿、附合、暗指、直接引用、平行的结构等。一些理论家相信，互文性是文学的根本条件，所有的文本都是用其他文本的素材编织而成的，不管作者是否意识到这一点。致力于文献记录风格的现实主义的作家倾向于否认或贬低这一原则。……简言之，互文性是英语小说的根基，而在时间坐标的另一端，小说家们倾向于利用而不是抵制它，他们任意重塑文学中的旧神话和早期作品，来再现当代生活，或者为再现当代生活添加共鸣。[1]

虽然对互文性从理论高度进行阐释，具有“西方”和

---

1 戴维·洛奇《小说的艺术》，王峻岩等译，北京：作家出版社，1998年版，第110页。

"现代"的背景。但作为一种文学现实，互文性长久以来一直存在于中国文学之中，最突出的例子就是对"典故"的使用。此外中国文论中也有讲究"来历"的认识，譬如"无一字无来历"的提法。

从本质上讲，互文性的确是文学的根基，不仅像戴维·洛奇理解的那样，对于英语小说如此，对产生于中国文化背景下的叙事文学，同样如此。中国的叙事传统中，并不罕见对于前代故事的指涉、引用或者整体性的改写，所谓"新翻杨柳枝"。如元稹的《莺莺传》、董解元的《西厢记诸宫调》和王实甫的《西厢记》之间，唐诗《长恨歌》与杂剧《梧桐雨》、传奇《长生殿》之间，都存在这样的互文关系。作家的文学想象，无法超越也不必超越这样的"谱系"关系。意识到并且充分利用这种"互文性"，是小说叙事艺术的一种成熟和自觉。

当然，不是所有的小说家都认同这一观点，焦虑地以"全面创新"来对抗经典文本，也是小说家的自由——虽然这种"对抗"不无堂吉诃德的意味。秉持现实主义小说观念的作家，比较倾向于以抬高"现实生活"来贬低此前的"故纸"。对于中国现当代小说家来说，现实和创新，是最"安全"的文学价值追求，虽然很多时候，这种追求常常会背离追求者的初衷，落了个南辕北辙的结果。

另外一些作家则直言不讳这种互文性，最著名的例子要属乔伊斯的《尤利西斯》，作家用小说标题直接宣告与《奥德赛》之间的互文关系，这种招认不仅无损于《尤利西斯》获得承认，反而被 T. S. 艾略特赞扬为一个令人振奋的技术突破，“朝着变现代世界为艺术题材的方向迈出了一步。”[1]

《尤利西斯》的“突破”在于乔伊斯对这一互文性的利用全面而彻底，小说文本除了与史诗《奥德赛》原结构上的平行相似，而且其中涉及多种文本，除了模仿，还有直接和间接引用，譬如其中一章对廉价妇女杂志风格的模仿，而另一章则模仿了英国散文从盎格鲁－撒克逊时代到 20 世纪的发展历程。艾略特对其的赞扬，有一半是认同，有一半可以视为自己的宣言，因为他深刻影响了 20 世纪的伟大诗作《荒原》，有着与之同源的文本互涉性。

作为“文学的基本条件”的互文性，存在于小说叙事的各个层面，从作家的创作初衷、小说的整体结构、人物的关系架构到环境描写、细节设计。萧红的《小城三月》里，有一个细节，写客居亲戚家的翠姨，吃饭时必等人请上几请才

1 戴维·洛奇《小说的艺术》，王峻岩等译，北京：作家出版社，1998 年版，第 113 页。

来，等她时餐桌上有人说了句“林黛玉”，引得众人一笑。[1]只用“林黛玉”三个字，翠姨的自尊矜持、满怀悲苦、心高命薄、美丽哀伤等等都变得不言而喻了，甚至还暗示出小说中翠姨“空劳牵挂”的爱情和抑郁而终的命运。可以说萧红在这一细节的设计上非常有效地利用了互文力量，并且因为这一设计，巧妙地弥补了小说整体采用“童年视角”而留下的信息空白。这并不需要多么复杂的理论认识才能做到，很多小说家本能地就会指涉有助于提高表达有效性的其他文本。

但互文修辞的置入，也给小说叙事的接受设置了“门槛”——虽然这一“门槛”未必有多高。譬如上一段萧红的例子，读者至少要对“林黛玉”有概念才能构成理解，这说不上有难度，不知道林黛玉的中国人本就不多见，而能读《小城三月》却不知林妹妹何如的人，在萧红写作小说的年代，只怕很难找出来。但门槛再低也是门槛，更何况，也有作家把“门槛”筑成了“高墙”，《尤利西斯》就是例子，据说全世界读完这本书的人数远不及此书的页数。不过这个“门槛”同时也是“平台”，它通过对读者关于指涉文本的理

1 萧红《小城三月》，引自朱卫国编《中国女性作家婚恋小说选》，北京：作家出版社，1988 年版，第 258 页。

解的召唤，抬升了自身叙事的文化、情感和意义内涵。譬如对《小城三月》的理解，越是对《红楼梦》阅读经验丰富、对林黛玉的认识深入并且思考沉淀得多的读者，越是能够赋予翠姨这一形象更多的理解和认识。某种意义上，互文是一种借力打力、四两拨千斤的艺术手段。

《红楼梦》可以说是中国小说中最具互文性的叙事文本。故而,《红楼梦》也有自己的“门槛”与“平台”。刘梦溪先生指出：

> 真正读懂《红楼梦》，也需要相应的知识储备。这就是为什么五大古典小说中,《水浒》、《西游》、《三国》易为一般读者所接受，而《红楼梦》更受知识阶层欢迎的原因。不仅仅是题材问题,《儒林外史》写的也是知识分子，但接受起来比《红楼梦》容易得多。文化精品的生产和接受，需要作家和读者两方面都具备相当的条件。[1]

互文性是个大题目，我们在这里重点讨论的是涵纳进小说叙事中作为艺术手段的互文指涉。需要指出的是，虽然大

1 刘梦溪《红楼梦与百年中国》，北京：中央编译出版社，2005 年版，第 42 页。

多数情况下，互文性存在于文本之间的指涉，但更为准确的表达应该是两个或多个指意系统之间的互换，是符号系统之间的指涉。譬如广泛存在于中国古典诗歌构成的指意系统中的“香草美人”符号，它不是由一个、几个而是由难以统计的文本构成。我们很难判断居于时间最末端的文本指涉的是此前哪一具体的文本，但丝毫无损于我们对其互文修辞的判断或理解。而且这里的“符号”也不能单纯地理解为只是内容性的，典型的文体或风格也具有符号表意性。此外，我们的目的不在于挖掘具体的互涉文本或符号系统之间的关系，而在于分析这一修辞手段如何提升小说叙事的艺术品质。《红楼梦》巨大的文化含量和强大的意义生发能力，都与此种修辞方式有关。埃科谈《玫瑰的名字》写作时，说：

> 问题要在纸上解决，向工作的材料发问。这些材料都有属于自己的自然法则，但同时也带来它们所承载的文化的回忆（互文性的回声）。[1]

可以说，《红楼梦》的作者，同样也在他的叙事中，将现

1 翁贝托·埃科《玫瑰的名字注》，王东亮译，上海：上海译文出版社，2010年版，第10页。

实的生命经验与古老的文化记忆编织在一起。我们叩动《红楼梦》的文本，同样可以听到此起彼伏的“互文性回声”。

二、《红楼梦》的“互文”艺术

从今天看，《红楼梦》是享有顶级文化地位的文本。

> 中国历史悠久，创造了灿烂的古代文化，仅就文学成就而言，三百篇、楚辞、汉赋、唐诗、宋词、元曲，每一历史时期都有大家名世，优秀作品汗牛充栋，何独《红楼梦》最有典范意义？……文学本身有历史的承继性，后来的作家总是要从先辈那里吸取营养，因此越是晚出而又能达到高峰的作品，包含的文学传统的成分越多，对一国文学来说，其典范意义也就越发突出。《红楼梦》是中国古典文学的集大成的作品。[1]

然而这是《红楼梦》在今天获得的文化地位。我们必须意识到，《红楼梦》产生的时代，小说不仅并不享有“第一文体”的文化地位，甚至都不属于“雅文学”的范畴。中国

1 刘梦溪《红楼梦与百年中国》，北京：中央编译出版社，2005 年版，第 46 页。

古典文学的正宗是诗文。做一个不甚准确的类比，当时诗文占据着我们现当代文学史观照的严肃小说或“纯文学”范畴内小说的位置。而当时的小说，地位甚至还比不上当下家长里短、男欢女爱的电视剧叙事。所谓“特殊题材”的电视剧不在此列，特殊题材电视剧的叙事承继了“十七年”小说的“史诗追求”，而且有着特殊的运作方式。

在叙事中纳入其他文体，对于小说来说，具有天然的合法性。而中国小说叙事中诗词曲赋等韵文，以及文牍、书信等散文文体的存在，更是传统，因此小说天然地成为具有综合性的文体。只是，并不因为这种综合性，就必然导致小说叙事在艺术起点上就高于其他文体。《红楼梦》之前的叙事作品中的诗词曲赋，通常与小说叙事呈现“剥离”状态，是插曲和点缀，而且艺术成就整体不高。《三国演义》开篇那首《临江仙》，作为说部中的难得好词广为人称道，却是从杨慎那里借来的。更为普遍的情况，恰如《红楼梦》第一回中，作者所批判的：

> 不过作者要写出自己那两首情诗艳赋来，故假拟出男女二人名姓，又必旁出一小人其间拨乱，亦如剧中之小丑然。且鬟婢开口即者也之乎，非文即理。故逐一看

去，悉皆自相矛盾，大不近情理之话。（第一回）

《红楼梦》文备众体，诗文与小说叙事水乳交融，对于情节铺展和人物塑造，有着不可或缺的重要性。而且作者“代拟”的诗文，根据人物的性格特征和小说的整体设计，具有风格和水准上的不同，所谓“按头制帽”。更为重要的是，作者通过这些诗文以及相关的小说情节里的某些特定符号，建立起了与中国主流文学表意系统的互文指涉，非常经济地提高了《红楼梦》文本的艺术质地、思想含量和修辞效果。

以与林黛玉相关的符号为例，我们可以梳理出的重要的指涉符号有“草木”“桃花”“梨花”“竹”“潇湘”“菊”“芙蓉”“海棠”……这些符号都是中国诗文传统中重要的表意符号，每个符号后面都有一系列的经典文本成为可能的指涉对象，从屈原的《九歌》中的《湘君》《湘夫人》，陶渊明的《桃花源记》……一直到曹寅的那句“百年孤冢葬桃花”。古典文学修养愈深厚的阅读者，靠着“埋伏”在小说叙事中的互文符号的引领，对于林黛玉的精神气质的想象维度也就越丰富。

本文在这里无法全部做具体分析，因为其中任何一个符号抽出来，进行充分地表意分析，都足以完成一篇洋洋数万言的论文。我们在这里选黛玉作《五美吟》简单分析一下。作者让黛玉选择西施、虞姬、昭君、绿珠、红拂五位被历代文人反复题咏过的美人，进行了自己的表达。

黛玉一面让宝钗坐，一面笑说道："我曾见古史中有才色的女子，终身遭际令人可欣可羡可悲可叹者甚多。今日饭后无事，因欲择出数人，胡乱凑几首诗以寄感慨，可巧探丫头来会我瞧凤姐姐去，我也身上懒懒的没同他去。才将做了五首，一时困倦起来，撂在那里，不想二爷来了就瞧见了，其实给他看也倒没有什么，但只我嫌他是不是的写给人看去。"宝玉忙道："我多早晚给人看来呢。昨日那把扇子，原是我爱那几首白海棠的诗，所以我自己用小楷写了，不过为的是拿在手中看着便易。我岂不知闺阁中诗词字迹是轻易往外传诵不得的。自从你说了，我总没拿出园子去。"

宝钗道："林妹妹这虑的也是。你既写在扇子上，偶然忘记了，拿在书房里去被相公们看见了，岂有不问是谁做的呢？倘或传扬开了，反为不美。自古道'女子无才便是德'，总以贞静为主，女工还是第二件。其余诗词，不过是闺中游戏，原可以会可以不会。咱们这样人家的姑娘，倒不要这些才华的名誉。”因又笑向黛玉道：“拿出来给我看看无妨，只不叫宝兄弟拿出去就是了。”黛玉笑道：“既如此说，连你也可以不必看了。”又指着宝玉笑道：“他早已抢了去了。”宝玉听了，方自怀内取出，凑至宝钗身旁，一同细看。只见写道：

西施

一代倾城逐浪花，吴宫空自忆儿家。

效颦莫笑东村女，头白溪边尚浣纱。

虞姬

肠断乌骓夜啸风，虞兮幽恨对重瞳。

黥彭甘受他年醢，饮剑何如楚帐中。

明妃

绝艳惊人出汉宫，红颜命薄古今同。

君王纵使轻颜色，予夺权何畀画工？

绿珠

瓦砾明珠一例抛，何曾石尉重娇娆。

都缘顽福前生造，更有同归慰寂寥。

红拂

长揖雄谈态自殊，美人具眼识穷途。

尸居余气杨公幕，岂得羁縻女丈夫。

宝玉看了，赞不绝口，又说道："妹妹这诗恰好只做了五首，何不就命曰《五美吟》。"于是不容分说，便提笔写在后面。宝钗亦说道："做诗不论何题，只要善翻古人之意。若要随人脚踪走去，纵使字句精工，已落第二义，究竟算不得好诗。即如前人所咏昭君之诗甚多，有悲挽昭君的，有怨恨延寿的，又有讥汉帝不能使画工图貌贤臣而画美人的，纷纷不一。后来王荆公复有'意态由来画不成，当时枉杀毛延寿'；永叔有'耳目所见尚如此，万里安能制夷狄'。二诗俱能各出己见，不与人同。今日林妹妹这五首诗，亦可谓命意新奇，别开生面了。"（第六十四回）

如果从艺术水准来说，黛玉所作的这五首诗并不算极高明，远逊于《葬花吟》《秋窗风雨夕》，然而作者同样非常重视，六十四回的回目就是"幽淑女悲题五美吟"。这恐怕是因为黛玉的诗作中，基本都是以彰显情感世界为主的，而这五篇，展现的则是黛玉的思想世界和对女性命运的独特认识。譬如那首《西施》，完全翻王维的《西施咏》之意。王维说："艳色天下重，西施宁久微。朝为越溪女，暮作吴宫妃。"如果说王维的诗作表达了对才华的自信，而黛玉的诗作，则表达了对自我的珍惜。当然，这只是互文指涉产生的一种理解，远非全部可能的理解。在其他读者那里，可能召唤出的是别的文本，产生更加有意味的理解。

在这一段情节中，还有一个更大范围的互文指涉。作者在铺展情节的时候，非常有意味地安排了读诗的具体情境，前有宝钗一番“深刻”的“女性创作观”做铺垫，后有一番点评做指引，指涉儒家学说发展而来的礼教文化对女性人格塑造和自我价值实现的系列经典文本。把黛玉卓尔不群甚至多少有些桀骜不驯的、凸显自我主体意识的诗作，放在这样的“框架”里推出，可供阐释的思想空间非常广阔，几乎可以涵纳对古今女性命运甚至人的命运及价值的各种思考。

《红楼梦》文本除了通过指意符号的设置，构成与诗文传统强大的主流文学表意符号系统互文指涉，另外一个重要的实现互文性的方式，就是“用典”。“用典”是中国文学中传统的艺术表现手法。对这一手法的认识，历来是褒贬不一。典故的使用，中国古代的诗论、文论中也有限制和使用方法的规定。使用过于冷僻和滥俗、没有节制和必要性的典故，对于诗文艺术性和表现力的伤害，古人的认识也是很充分的。《红楼梦》对于典故的使用，遵循着雅驯、适度的原则，毫不生硬地融合于整个叙事文本的各个层面。相对集中的是诗词歌赋等韵文部分，这是文体表达的需要。情节层面也存在，譬如“晴雯撕扇”的情节，作者用了“千金一笑”的典故；“钗黛交好”，作者用了“金兰”的典故；王熙凤元宵节取悦贾母，作者用了“老莱娱亲”的典故，等等。用典的指涉，大大拓展了小说叙事的文化空间，同时非常巧妙地在不干扰正常叙事的前提下，释放了作者所要传达的信息。每个典故都有自身产生时的故事，这个文本外的故事通过用典，被牵涉进《红楼梦》的相应情节中，带着或正或反力量，从而构成或是提升或是反讽的修辞效果。

第三种互文方式，就是明确地指涉具体的文本。最显著的例子，当然是对《西厢记》和《牡丹亭》的指涉。第二十三回“西厢记妙词通戏语，牡丹亭艳曲警芳心”中“双玉读曲”和“黛玉听曲”的情节设计，是《红楼梦》中的大关节处。如果没有《西厢记》和《牡丹亭》，宝黛的爱情就无从“谈”起。某种意义上，曹雪芹让宝黛捧起了《西厢记》，犹如后来的革命叙事中，其作者们会在主人公手里放上一本《共产党宣言》。在小说中，从来不会无缘无故地出现一个书名，更不要说是作者大书特书反复强调的文本了。

对于戏曲文本的指涉在《红楼梦》中较为常见。虽然这些戏曲文本在《红楼梦》的叙事中只出现了一个名字，但却开辟出一个意义生发的空间。从脂批开始，这一点，有很多研究者给予了关注和阐释。

直接地指涉确定的文本，可以非常有力地揭示人物的思想世界。我们来看一个关于宝玉的例子：

> 至晚饭后，宝玉因吃了两杯酒，眼饧耳热之际，若往日则有袭人等大家喜笑有兴，今日却冷清清的一人对灯，好没兴趣。待要赶了他们去，又怕他们得了意，以后越发来劝；若拿出做上的规矩来镇唬，似乎无情太甚。说不得横心只当他们死了，横竖自然也要过的。便权当他们死了，毫无牵挂，反能怡然自悦。因命四儿剪灯烹茶，自己看了一回《南华经》，正看至《外篇·胠箧》一则，其文曰：
>
> 故绝圣弃知，大盗乃止；擿玉毁珠，小盗不起；焚符破玺，而民朴鄙；掊斗折衡，而民不争；殚残天下之圣法，而民始可与论议。擢乱六律，铄绝竽瑟，塞瞽旷之耳，而天下始人含其聪矣；灭文章，散五采，胶离朱之目，而天下始人含其明矣；毁绝钩绳而弃规矩，攦工倕之指，而天下始人有其巧矣。
>
> 看至此，意趣洋洋，趁着酒兴，不禁提笔续曰：

焚花散麝，而闺阁始人含其劝矣，戕宝钗之仙姿，灰黛玉之灵窍，丧减情意，而闺阁之美恶始相类矣。彼含其劝，则无参商之虞矣；戕其仙姿，无恋爱之心矣；灰其灵窍，无才思之情矣。彼钗、玉、花、麝者，皆张其罗而穴其隧，所以迷眩缠陷天下者也。

续毕，掷笔就寝。头刚着枕便忽睡去，一夜竟不知所之，直至天明方醒。（第二十一回）

这是小说主人公非常重要的一次内在思想冲突，这次冲突对于宝玉的精神历程有着非同一般的意义。作者是通过对庄子《南华经》的指涉，对《胠箧》的直接引用，并且让宝玉仿效续作来完成对这一冲突的描写。

《红楼梦》通过以上我们分析的三种主要形式，建构起小说叙事与整个中国古代文学史甚至是整个文化史的互文关系，从而极大地拓展了小说的文化空间和思想空间，而且这种拓展与接受者自身的文学修养和文化积淀有着水涨船高的生发性质。这也就是为什么《红楼梦》从诞生肇始绵延至今，始终能获得文学大家、文化大家青目的原因，而并不是因为《红楼梦》具备了全面超越此前各种文体的能力。仅以饱受赞誉的《红楼梦》诗词为例，这些诗词若没有相应的人物和情节，在中国阵容强大的古典诗歌史上，恐怕很难不被淹没。然而这些诗词不是独立的文学作品，而是《红楼梦》小说文本的有机构成。《葬花吟》与那个对着缤纷落英啼哭的美丽少女是无法分开的，《葬花吟》和葬花人一起召唤着读者的审美感受力和文化记忆力。因此，与其说《红楼梦》是中国古典文学的集大成之作，不如说《红楼梦》非常好地利用了小说艺术的本质规定性，充分动员了此前中国文学和文化的各种资源，通过互文性的设置，使文本遍布打开古典诗性和文化记忆的触点。这是小说艺术最隐蔽也最公开的秘密，好小说不是要告诉你什么，而是要让你想起些什么。

归根结底，《红楼梦》只是一部好小说。

三、孤独的回望者

在本节的开端，我们就指出，任何一部新的小说文本的产生，都必须面对此前文学史中的全部文本，尤其是经典文本。换言之，任何一个小说家，毫无选择地必须面对“互文”的天罗地网，然而小说家对待这一沉重现实的态度，却是可以选择的。中国现当代小说以开天辟地的姿态开始书写自己的历史。自新文学革命以来，中国小说的主流，显然并没有选择《红楼梦》所选择的、积极而充分地建构与中国古代文学以及文化传统的互文关系。也就是说，从新文学发端的中国现当代小说创作，目光始终是关注着当下与未来，有意识回望传统文化的小说家，自然是孤独的。

假想如果不是处于极端的民族危机和文化危机的状态下，中国的现代小说将会以什么样的姿态开始自己的书写，显然是意义不大。我们的现代文学就这样以断裂性的“革命”肇始了。我们的文学价值评判体系都是重新厘定的，而且对于固有的文学标准具有颠覆和否定性质。自然我们也不可能希求现代小说创作中会出现积极建构与古代主流文学表意符号系统互文指涉的作品。至于前文指出的中国源远流长的“互文”手段：用典，在现当代小说中，几乎失去了合法性。胡适在《文学改良刍议》中郑重其事地列出禁条：“六曰，不用典。”[1]五四时期似乎还对此问题有所争论，胡适还要适当地做以说明。但在此后越来越被现实和创新挟裹的现当代小说创作中，这个问题已经没有讨论的必要了。大规模的“引经据典”在相当长的历史时期内都会被视为“陈腐酸朽”，轻易不会有现当代小说家去冒这个大不韪。当然，我们不能简单粗暴地把这一断裂认定为中国现当代小说犯下了某种“错

1 胡适《文学改良刍议》，引自严家炎编《二十世纪中国小说理论资料》（第二卷），北京：北京大学出版社，1997年版，第18页。

误”。某种意义上，我们甚至可以理解成是“革命”的代价，是先行者探路时付出的“牺牲”。

如果说，我们此刻对这“代价”与“牺牲”会有些叹惋或遗憾，那也是站在近百年的现当代小说发展的基础上，相对从容地评判其成败得失时产生的。进一步说，这些“叹惋”与“遗憾”，某种程度上，也是我们在新的历史文化环境下，勾勒出某种中国小说叙事可能的“愿景”刺激下产生的。

除了破旧立新的主观意图，中国现当代小说家之所以在创作中放弃大量设置中国古典文化和文学记忆的“触点”，还存在客观原因。这就是小说家们所关注和表现的中国社会，与《红楼梦》产生时的中国社会相比，已经发生了历史性的巨变。无论是主流的小说家还是批评家，显然都认为，那些旧有的文化记忆与所要表达的崭新的现实生活之间存在着断裂，无助甚至有害于对现实的表达。而且建构与中国古代文学传统与文化记忆的“互文”关系，势必会影响小说的风格和美学趣味。而这样的“旧”风味，在20世纪的中国文学史任何一个分期中——无论是破旧立新的五四时期、崇尚写实的二三十年代、“左翼”和抗战成为旗帜的40年代，还是逐渐实现文学“一体化”的“十七年”时期，更不要说“文革”时期了——显然都很难得到文学主流的接纳和鼓励。

新文学的确挥刀斩断了与“旧文学”的联系，形成了某种“断裂”，但事实上，文化很难人为地“彻底斩断”。作为文化中的人，无论如何进行描述，集体无意识也好，耳濡目染的浸润熏陶也好，中国现当代小说朝向中国文学和文学传统的“互文”之桥，并未彻底断裂。虽然这些小说家和他们的作品，在文学史的叙述中，只是不同的历史分期中处于主流之外的特殊存在。直到新时期之后，中国小说创作日趋多元化，一些小说家在“寻根”“怀旧”甚至是“倒退”的探索中，某种程度上开始修复一度失落的与中国文化传统的关系。

如果我们想全面表述现当代小说与传统文化的关系，以上显然是个太过粗疏的梳理。而且“断裂”与“修复”又是太过现象化的描述，对于这一关系的复杂性与多面性缺乏阐释能力。然而这个粗疏的梳理，却也给出了一个基本的文学史事实，那就是，《红楼梦》中具有强大艺术表现力的互文修辞，并未在现当代小说创作中得到很好的继承。而且某种意义上，甚至都未得到正面的认识和评价。譬如茅盾的《节本〈红楼梦〉》，其中删节的重点之一，就是文本中的诗词歌赋和一些不相干的文化描写。这些元素是构成《红楼梦》独特的审美品质的重要力量，然而却曾经被茅盾认为价值不大。这显然是迥异的小说观念的统摄下，才会产生的价值判断。

《红楼梦》的互文艺术进入现当代小说叙事，无论是由于作家的主观认识，还是客观的历史文化氛围，都存在着巨大的困难。但依然有一些小说家，由于特殊的文学资源和自身禀赋的艺术气质，就此进行了有益的尝试。这样的作家和作品数量并不庞大，在钱钟书、杨绛、张爱玲的小说作品中，可以看到这样的“节点”。最为典型也最为成功的，应该是白先勇的作品。

在白先勇的小说集《台北人》中，《梁父吟》《思旧赋》这些篇什，从题目上就可以看到颇具红楼神韵的“互文”艺术的使用。当然，最为人称道的是《游园惊梦》。

被白先勇视为知音的欧阳子这样评价《游园惊梦》：“这是一篇描绘极端细腻的精作，同时也是声势异常浩大的巨作。”[1]《游园惊梦》虽然在《台北人》中属于较长篇幅的作品，但从规模和字数上说，这部一万七八千字的作品的规模实在说不上“巨大”。那么它“浩大”的“声势”从何而来呢？

欧阳子在《王谢堂前的燕子》中对《游园惊梦》的“技巧”进行了细致的分析，她的分析，同时也是对这一问题的回答：

---

1 欧阳子《〈游园惊梦〉的写作技巧和引申含义》，引自《白先勇文集》（第二卷），广州：花城出版社，2009年版，第252页。

> 我们欲深切领会此篇的内涵，则除了对人生的洞察力，还必须有相当程度的学问知识——特别是关于中国戏曲方面的学识。譬如，我们若不明白《游园惊梦》这出昆曲的内容和由来，就对这篇小说的结构和含义，两方面，都不可能有深切透彻的了解。[1]

白先勇同样是与《红楼梦》有着密切关系的作家。他本人热爱《红楼梦》，也做过《红楼梦》的相关研究。《台北人》折射出的身世之叹，遥遥与《红楼梦》声息相通。而《游园惊梦》在艺术上的成功，与作家有意识的与古代经典文本《牡丹亭》以及昆曲的历史之间的互文建构密不可分。白先勇在《游园惊梦》的文本背后，隐隐铺展开了一层文化与历史的巨大幕布。《牡丹亭》出现在昆曲最为兴盛的时期，上自宫廷下至民间，都趋之若鹜。经过"花雅之争"，落败的昆曲在民国时期已经是寥落了。昆曲是古雅的，却同样是落寞的。站在台北的陌生园子里的钱夫人，回望着《牡丹亭》里繁花似锦的青春与情爱，回望着曾经风光无限的昆曲，也回望着

1 欧阳子《〈游园惊梦〉的写作技巧和引申含义》，引自《白先勇文集》（第二卷），广州：花城出版社，2009 年版，第 252 页。

她作为蓝田玉的秦淮旧梦，自然也回望着那曾经包含着无数人梦想和希望的民国……一个不足两万字的短篇小说，于是变得浩大起来。

《游园惊梦》提供了一个与传统文化互文设置进入现代叙事的范例。白先勇对于“互文”的利用非常自觉，对于“触点”的选择和“埋伏”的方式，有着别具匠心的安排。欧阳子对于这一点做了详细的分析：

> 此戏又可分成“游园”和“惊梦”上下二出，游花园的部分是“游园”，白先勇在小说里，藉徐太太的演唱，摘录下唱词中比较有名而且含义深长的句子。可是杜丽娘入梦以后，与柳梦梅交欢的“惊梦”部分，其热情大胆的唱词，白先勇全没引录，却以钱夫人的一段对往日和郑参谋私通交欢的“意识流”联想来取代。而这一大段藉由象征和意象表达出的“性”之联想，热情露骨的程度，和“惊梦”的唱词相当。如此钱夫人仿佛变成了杜丽娘，在台北天母窦夫人的“游园”宴会里，尝到了“惊梦”的滋味。[1]

---

1 欧阳子《〈游园惊梦〉的写作技巧和引申含义》，引自《白先勇文集》（第二卷），广州：花城出版社，2009年版，第253页。

白先勇《游园惊梦》的个例，虽然在整个现当代小说史上显得有些孤单，但这篇影响巨大且广受好评的小说，也说明《红楼梦》的互文艺术对于提升小说的艺术品质依旧是有价值的，我们所要寻找的，不过是如何使其成功进入现代语境而已。

第六章

曹雪芹的遗产

第一节 “椟”与“珠”

通过前面五章的考察，我们发现，中国现当代小说虽然对《红楼梦》的文学资源进行了一定程度的继承，但这种继承显然是对不同小说范式下的一般文学资源的利用。某种意义上，那些被我们视为《红楼梦》小说艺术继承者的现当代小说，事实上却是《红楼梦》的“不肖子”。这不是一个价值判断，而是指出一个事实。对于小说来说，原本就该“不肖”，“不肖”才会有新的可能性，陈陈相因则意味着小说的死亡。“不肖”应该，但是“败家”，不应该。

如果我们把《红楼梦》看作一个有机的体系，它通过自己的叙事实践，建立了一个可能的、尚未被命名的中国小说范式，其所禀赋的小说观念以及统摄下生成的修辞原则，是《红楼梦》这个雕花镶钿的盒子里的珍珠。但在中国现当代小说演进的过程中，曹雪芹遗产中的这颗珠子从那张由理解和误解交织的网中，掉落了。

一、为中国叙事命名

可以说，古代中国的文学传统，一直以诗文为正宗，小说等叙事文学是文化地位不高的边缘性存在。进入现代之后，叙事文学才进入文学的中心。但中国的现代小说叙事基本是在西方小说理论的框架下认识小说艺术，展开创作实践的。虽然中国现当代的小说叙事，有着自身本体的特殊性，而且对于将西方现代小说理论本土化，前辈批评家和理论家也做出了巨大的努力。但因为历史的原因，对于中国小说叙事艺术的固有传统以及独特性认识还是有所欠缺的。

这一问题，越来越得到中国学者的重视。从小说自身的本质规定性出发，为中国叙事进行命名，既是中国叙事研究者的权利，也是不可推卸的责任和义务。曹文轩在《小说门》中指出：

> 我们在西方中心主义的巨影之下，首先放弃了“由我们自己来制定小说作法”的权利与义务，放弃了解释的责任。更可悲的是，我们的历史的宝贵之处，有许多

还是通过西方人的解释而被我们发现与珍视的，比如说布莱希特的“间离效果论”。[1]

诚哉斯言。譬如小说界曾津津乐道的“叙事圈套”，《红楼梦》开端从那个“自云”的“作者”，到石头，空空道人，情僧……最后落到了悼红轩里的编撰文稿的曹雪芹，这是何等自由迷离的笔触勾出一个大“圈套”？即使拿来跟埃科、纳博科夫、博尔赫斯以及卡尔维诺的“圈套”相比，丝毫也不逊其高明。再譬如所谓的“套盒结构”，对于有着“入话”传统的中国叙事来说，这也并不新鲜。我们不能因为别人说“圈套”，讲“套盒”，也就跟着发现了中国的“圈套”和“套盒”，得出古已有之的结论，这显然是一种不够负责任的学术态度。

中国戏曲，在进入现代之后，也曾经因为西方戏剧观念的冲击，而遭受过各种非议。而现在，中国戏曲艺术的表现方式，已然是“世界三大表演体系”之一了。这足以启示我们，应该对我们民族艺术中的特殊规定性予以更为深入的理解和阐释。在对《红楼梦》的理解和阐释上，也有学者在尊

1 曹文轩《小说门》，北京：作家出版社，2002 年版，第 23 页。

重中国小说叙事艺术的主体性的前提下，进行了有益的尝试。如张洪波通过对中国叙事传统的梳理，认为《红楼梦》融合了“史传实录”精神与传奇的“虚构、言情”精神，从小说文本中总结提炼出了“事体情理”观。[1]“事体情理”观，显然是更为尊重《红楼梦》小说叙事独特性的一种理论描述，对于认识中国小说的叙事特质，这一命名显然是一种有意义的尝试。此外还有石昌渝从小说文本角度对中国小说叙事予以梳理的《中国小说源流论》，他在书中对于评点派论及《红楼梦》时提出的“春秋笔法”“皴染法”等中国古代小说叙事的艺术手段给予了阐释。[2]石昌渝对于“春秋笔法”和“皴染法”的阐释，脱离了一般将其视为微观小说修辞手段的认识，而是将其归纳总结为关乎小说观念的宏观修辞原则，把这两者视为中国式的视点处理原则。他在《春秋笔法与〈红楼梦〉的叙事方略》中，有意将“春秋笔法”命名为更为宏观的“叙事方略”，而非具体方法。[3]

“事体情理”观、“春秋笔法”、“皴染法”，都是研究者从

1 张洪波《〈红楼梦〉的现代阐释：以“事体情理”观为核心》，北京：中华书局，2008 年版，第 93 页。

2 石昌渝《中国小说源流论》，北京：生活·读书·新知三联书店，1994 年版，第 74 页，第 382 页。

3 石昌渝《春秋笔法与〈红楼梦〉的叙事方略》，《红楼梦学刊》2004 年第 1 期，第 142 页。

《红楼梦》的艺术实践出发，进行的中国小说理论阐释。可见，以《红楼梦》为代表的中国古代叙事作品，还留下相当多的阐释空间，期待研究者的介入，期待更具开放性和创造性的理论建构。对《红楼梦》所建立的小说叙事范式的探索，也是从另一个角度，为中国叙事进行自我命名的一种探索和努力。

为中国叙事命名，不是做意气之争，而是为了更好地认识中国的小说叙事艺术，更为有效地裨益小说创作。论者曾在引言中强调，《红楼梦》不需要21世纪的我们去为它争名分。论者提出“《红楼梦》范式”，也无意为已经被垒得高耸入云的《红楼梦》“圣殿”添砖加瓦，而是出于一种更为现实的考虑。如同在实验室中，为了更好地观察细胞的活动，而对涂片进行染色一样，从范式的整体角度观察，这是对中国叙事艺术独特性和主体性的一种凸显，可以在某种程度上帮助我们进一步挖掘《红楼梦》小说艺术，也可以更为清晰地认识《红楼梦》小说艺术的价值。

二、令世人换新眼目

“每位小说家的作品都隐含着作者对小说历史的理解，以及作者关于‘小说究竟是什么’的想法。”[1]昆德拉这话，是一个有着充分实践经验和深刻理论思考的小说家的由衷之言。《红楼梦》同样包含着作者对此前中国叙事历史的理解，以及曹雪芹对于“小说是什么”这一问题的本体性思考。而且我们还可以从小说文本中发现作者的这种理解和思考，具有强烈的自觉意识。

> 此开卷第一回也。作者自云：因曾历过一番梦幻之后，故将真事隐去，而借“通灵”之说，撰此《石头记》一书也。故曰“甄士隐”云云。但书中所记何事何人？自又云：“今风尘碌碌，一事无成，忽念及当日所有之女子，一一细考校去，觉其行止见识，皆出于我之上。何我堂堂须眉，诚不若彼裙钗哉？实愧则有余，悔又无益之大无可如何之日也！当此，则自欲将已往所赖天恩祖德，锦衣纨绔之时，饫甘餍肥之日，背父兄教育之恩，负师友规训之德，以至今日一技无成、半生潦倒之罪，编述一集，以告天下人：我之罪固不免，然闺阁中本自历历有人，万不可因我之不肖，自护己短，一并使其泯

1 米兰·昆德拉《小说的艺术》，董强译，上海：上海译文出版社，2004年版。

灭也。虽今日之茅椽蓬牖，瓦灶绳床，其晨夕风露，阶柳庭花，亦未有妨我之襟怀笔墨者。虽我未学，下笔无文，又何妨用假语村言，敷演出一段故事来，亦可使闺阁昭传，复可悦世之目，破人愁闷，不亦宜乎？”故曰“贾雨村”云云。

此回中凡用“梦”用“幻”等字，是提醒阅者眼目，亦是此书立意本旨。

列位看官：你道此书从何而来？说起根由虽近荒唐，细按则深有趣味。待在下将此来历注明，方使阅者了然不惑。

…………

后来，又不知过了几世几劫，因有个空空道人访道求仙，忽从这大荒山无稽崖青埂峰下经过，忽见一大块石上字迹分明，编述历历。空空道人乃从头一看，原来就是无材补天，幻形入世，蒙茫茫大士、渺渺真人携入红尘，历尽离合悲欢炎凉世态的一段故事。后面又有一首偈云：

无材可去补苍天，枉入红尘若许年。

此系身前身后事，倩谁记去作奇传？

诗后便是此石坠落之乡，投胎之处，亲自经历的一段陈迹故事。其中家庭闺阁琐事，以及闲情诗词倒还全备，或可适趣解闷；然朝代年纪、地舆邦国却反失落无考。

空空道人遂向石头说道："石兄，你这一段故事，据你自己说有些趣味，故编写在此，意欲问世传奇。据我看来，第一件，无朝代年纪可考；第二件，并无大贤大忠理朝廷治风俗的善政，其中只不过几个异样女子，或情或痴，或小才微善，亦无班姑、蔡女之德能。我纵抄去，恐世人不爱看呢。"石头笑答道："我师何太痴耶！若云无朝代可考，今我师竟假借汉唐等年纪添缀，又有何难？但我想，历来野史，皆蹈一辙，莫如我这不借此套者，反倒新奇别致，不过只取其事体情理罢了，又何必拘拘于朝代年纪哉！再者，市井俗人喜看理治之书者甚少，爱适趣闲文者特多。历来野史，或讪谤君相，或贬人妻女，奸淫凶恶，不可胜数。更有一种风月笔墨，其淫秽污臭，屠毒笔墨，坏人子弟，又不可胜数。至若佳人才子等书，则又千部共出一套，且其中终不能不涉于淫滥，以致满纸潘安、子建、西子、文君，不过作者要写出自己的那两首情诗艳赋来，故假拟出男女二人名姓，又必旁出一小人其间拨乱，亦如剧中之小丑然。且鬟婢开口即者也之乎，非文即理。故逐一看去，悉皆自相矛盾、大不近情理之话，竟不如我半世亲睹亲闻的这几个女子，虽不敢说强似前代书中所有之人，但事迹原委，亦可以消愁破闷；也有几首歪诗熟话，可以喷饭供酒。至若离合悲欢，兴衰际遇，则又追踪蹑迹，不敢稍加穿凿，徒为供人之目而反失其真传者。今之人，贫者日为衣食所累，富者又怀不足之心，纵一时稍闲，又有贪淫恋色、好货寻愁之事，那里去有工夫看那理治之书？所以我这一段故事，也不愿世人称奇道妙，也不定要世人喜悦检读，只愿他们当那醉淫饱卧之时，或避事去愁之际，把此一玩，岂不省了些寿命筋力？就比那谋虚逐妄，却也省了口舌是非之害，腿脚奔忙之苦。再者，亦令世人换新眼目，不比那些胡牵乱扯忽离忽遇，满纸才人淑女、子建文君红娘小玉等通共熟套之旧稿。我师意为何如？”

空空道人听如此说，思忖半晌，将《石头记》再检阅一遍，因见上面虽有些指奸责佞贬恶诛邪之语，亦非伤时骂世之旨；及至君仁臣良父慈子孝，凡伦常所关之处，皆是称功颂德，眷眷无穷，实非别书之可比。虽其中大旨谈情，亦不过实录其事，又非假拟妄称，一味淫邀艳约、私订偷盟之可比。因毫不干涉时世，方从头至尾抄录回来，问世传奇。从此空空道人因空见色，由色生情，传情入色，自色悟空，遂易名为情僧，改《石头记》为《情僧录》。东鲁孔梅溪则题曰《风月宝鉴》。后因曹雪芹于悼红轩中披阅十载，增删五次，纂成目录，分出章回，则题曰《金陵十二钗》。并题一绝云：

满纸荒唐言，一把辛酸泪！

都云作者痴，谁解其中味？（第一回）

在《红楼梦》开头这一大段充满摇曳感的叙事中，蕴含着作者的小说观念和整体性的修辞原则，开宗明义、有破有立地勾勒出曹雪芹所追求的“理想小说”的轮廓。

虽然对于从“此开卷第一回也”到“亦是此书立意本旨”这一段文字的理解，红学研究者历来有两种看法：其一，这是独立于小说正文前的“凡例”，混入了正文；其二，这是小说正文。但这两种区别，大概只有在利用叙事学概念对小说叙事进行分层的时候，才显得重要——有“作者自云”的那段话，就增加了一个叙事层。他们是否属于小说正文，对于我们探讨的主题，并不会产生决定性影响。

事实上，小说的文本构成并非仅仅限于“正文”。凡是能有效地释放理解信息并且对于小说整体意义生成具有价值的文字，都应该被看作小说的文本构成，即使它们是序言、后记、楔子、附录、凡例等等。如《廊桥遗梦》故事开始之前，有作者和当事人子女的通信；又如《玫瑰的名字》中，作者关于手稿来源的叙述；再如鲁迅的名作《狂人日记》前的文言小序。作家的这种处理方式，应该被理解为小说修辞。对于一直有着“入话”传统的中国叙事，前面出现一段关于作者创作缘起的叙述，并不罕见，更不会让读者感到无法理解。《红楼梦》的独特之处，是作者将一个具体的“我”放置进了叙事之中，摆脱了中国叙事传统中，非个人化的叙事者形象。可以说，《红楼梦》的叙事，建构的第一个形象，并不是那块“石头”，而是一个在“茅椽蓬牖”间为“闺阁昭传”的作者形象，而这一形象，正是两百余年来，我们对《红楼梦》作者形象想象的出发点——尤其是在作者传记性资料极端匮乏的现实之下。

这位作者对于他的小说，有着非常明确的观念认识和美学追求。他的小说不是“醒世名言”，而是“悦世之目，破人愁闷”的“适趣闲文”；他在毫无价值感的人生中——“风尘碌碌，一事无成”，“一技无成，半生潦倒”，选取了最有的价值的人和事——“异样女子”和“情”进行叙事；他的修辞原则是用“梦”“幻”“荒唐”的“假语村言”，“追踪蹑迹，不敢稍加穿凿”，不拘“朝代年纪”，“只取其事体情理”；叙事追求是传达出“趣”“味”。

《红楼梦》显然要通过自己的叙事实践，落实作者新的小说观，从而建构出一种史无前例的新的叙事范式：“历来野史，皆蹈一辙，莫如我这不借此套者，反倒新奇别致。”（第一回）小说家非常明确地批判了已成窠臼的旧有叙事范式：致力于“载道”“教化”的“理治之书”；书写“奸淫凶恶”的“历来野史”，“淫秽污臭”“坏人子弟”的“风月笔墨”；以及“自相矛盾，大不近情理”的才子佳人小说。同时还阐述了他对人之所以需要小说叙事的深层原因的理解和思考：“只愿他们当那醉淫饱卧之时，或避世去愁之际，把此一玩，岂不省了些寿命筋力？就比那谋虚逐妄，却也省了口舌是非之害，腿脚奔忙之苦。”

《红楼梦》的文本以及随后的接受史证明，曹雪芹的确做到了“令世人换新眼目”。小说开篇的这段话，对于《红楼梦》小说艺术理解和阐释上的重要性，从来没有被研究者忽视。只是这些表述，使用的是小说语言，而非明细严谨的理论阐述，因此存在着相对宽广的理解空间和阐释空间。故而后来的读者和研究者，对于这段话的理解也存在着比较大的差异。

如果单就这段话里的某些表述，我们逐字逐句地进行现代理论话语的“翻译”，很容易陷入“公说公有理，婆说婆有理”的无解局面。譬如“追踪蹑迹，不敢稍加穿凿”，有相当的研究者将其阐释为尊重生活真实的现实主义创作态度，而“荒唐言”不过是作者为了规避封建专制迫害的“烟雾弹”。再如对于“适趣闲文”“把此一玩”，有研究者认为这是作家对于小说娱乐功能的自觉认识，是对文以载道的功利观念的反动。至于作者所说的“趣”“味”，这些本身就是内涵丰富且复杂的中国古代美学概念，不能简单地等同于“娱乐性”“审美性”这些现代概念。因此，虽然这段话是曹雪芹对“令世人换新眼目”的小说观的表述，但要想真正对其进行相对严密的理论阐释，依然要从贯穿整部小说的叙事艺术表现中寻找到充分的依据。

从《红楼梦》的文本实际出发，结合作者的表述，论者认为，《红楼梦》最为核心的小说观是：小说作为虚构的叙事艺术，它不是反映性和再现性地完成对现实世界的真理性表达，而是通过虚构、想象甚至幻想、梦境去掌握现实，以一种足以与世界的复杂性相匹配的繁复的叙事，完成具有审美性和超越性的表达。这样的小说观，显然有别于此前传统的“载道”“教化”的功利主义的传统小说观，也不同于此后的经典现实主义小说观和现代主义小说观。如果说现实主义小说叙事的关注重点是“意义”，而现代主义小说是在意义溃散之后，将叙事的重心转移到了“感觉”或“心理真实”上，那么《红楼梦》对于“趣”和“味”的叙事追求，为我们提供了一个新的思考向度。

《红楼梦》所展现的小说观，显然不是要通过小说叙事阐发某种真理性的教义，或者强调叙事主体的独特的经验和感觉，而是以理解和陪伴的叙事姿态建构出一套复杂精密的召唤性语言体系。《红楼梦》中所谓的“趣”和“味”，根据阅读者的不同，它既可以是认知层面的，也可以是审美层面的，兼具形而上的精神维度和形而下的感官维度，它可以是丰盈充沛的文化经验，也可以是原始质朴的生命经验，或者是复杂诡谲的社会历史经验……异趣横生，百味杂陈。在这样的小说观的统率下，《红楼梦》的作者选择了塑造“启示性人物”和“虚拟召唤性空间”，在摆脱具体历史时间的桎梏的同时，以“与世情互文对位”的复杂线性展开叙事，既洞晓复杂的现实，又精通虚构的幻术，一方面使小说文本呈现出近乎原生态的真实生活质地，一方面在空灵诗性和丰盈的文化蕴藉中，以“陪伴”的叙事姿态完成了对人的存在的终极追问和对孤单的个体生命的抚慰。

第二节　永恒对话与向死而生

《红楼梦》所蕴含的小说观，通过“假语村言”“梦”“幻”等表述，强调了小说的虚构本质，尤其是其对真理性表达的彻底放弃，进入现代文学时期之后，显然是有点儿秋行夏令，不合时宜了。

20世纪的中国现当代小说，出于种种原因，失落了曹雪芹遗产中最为珍贵的部分。但寻找从来没有断绝。21世纪的小说家逐渐发现，曹雪芹留下的遗产，还包括打破一切窠臼的寻找和探询，无论“中西”还是“古今”，为了小说这种不断面临“死亡”的特殊文体，持续保有生机。

一、失落于20世纪

20世纪的中国现当代小说失落了曹雪芹遗产中的关键所

在，有着诸多历史与现实原因。

第一，中国现代小说兴起的同时，伴随着强烈的融入世界文学的渴望，使中国现当代小说更为主动地选择了西方小说的叙事范式。这种“主动”姿态，与20世纪初中国的思想潮流密不可分，是中国当时的民族危机与思想危机下的选择。文学，尤其是小说，更是在思想变革中充当了“呐喊”的先锋角色。在这样的大气候下，小说对于生活的介入和现实的关切，自然成为作家的追求。因此，绝大多数小说家很难保持一种更为绵密细致的叙事姿态，对于意义和真理的表达成为压倒性的叙事诉求，自然也不大容易接受更具超越性的小说观。

第二，对《红楼梦》小说艺术的认识过程，始终伴随着功利与权益的思维方式。

我们在梳理《红楼梦》经典化的过程中已经发现，对《红楼梦》小说艺术的认识，始终与中国现当代小说创作中出现的问题互为表里。五四时期，对“人的文学”推崇，人们就在《红楼梦》中发现了“人的文学”。此后现实主义创作方法成为典范，《红楼梦》也就成为“现实主义巨著”。我们对于《红楼梦》小说艺术的认识缺乏独立性和主体性，始终无法摆脱不无功利和权益的“借《红楼梦》说眼前事”的模式。

第三，对于中国小说叙事的独特性、民族性和本体性认识不够充分。

我们曾专门就“中国小说”这一概念进行剖析。中国小说，如同中国画一样，是一种与西方小说有着完全不同的艺术传统与内在规定性的艺术形式。

整个20世纪的中国文学，中国小说家们一直致力于追求小说的现代品格。早在20世纪30年代，俞平伯、胡怀琛、赵景深、钱杏村等学者也先后对中国古典小说进行过研究，但《谈中国小说》《中国小说的起源及其演变》等著作，绝非一般意义上的古典小说研究，而是从小说创作的倾向性上，追溯中国旧小说的种种缺欠，指出现代“标准的小说”的种种条件。

这种以西律中的小说研究思维，某种意义上对认识和继承《红楼梦》以及其他中国古代小说的叙事艺术，构成了遮蔽。所谓当局者迷，旁观者清，美国作家赛珍珠，在1933年这样谈她对以《红楼梦》为代表的中国小说的认识：

> 《红楼梦》出世以后，更显得是明白。
>
> …………

这种没有形式的小说里，就特别象征着人生，人生也是没有结构的……

这种没有收场的收场，也许含有中国人民一点儿悲哀和讽刺的意味在内。这便是东西小说最矛盾的一点：在西洋，我们就最喜欢去知道故事的收场……小说解决了一切，我们就无庸去再想。在中国人，就喜欢想下去，他是不容易满意的……这也许中国人所以把他们有名的小说，趣味无穷地念了再念到几百遍的理由了，他们像是常可以在那儿找到新东西的。

我得说假若一个人养成了这种中国人的口味，再读我们的西洋小说，就很明显的是味同嚼蜡了。

……西洋小说中的情节，都可以用铅笔划一张表格在纸上的……但是中国小说……像是从天空向下望地球上纷乱的情形般。

…………

现代的中国学者以《红楼梦》为第一部写实作品……但是沾染了较多的浪漫色彩，在基本上，他确又是浪漫的。[1]

1 赛珍珠《东方，西方与小说》，小廷译，引自吴福辉编《二十世纪中国小说理论资料》(第三卷)，北京：北京大学出版社，1997年版，第196～201页。

《红楼梦》这样的中国小说，的确具有西方和现代小说理论无法言说和阐释的特殊性。然而在《红楼梦》被现代文学建构成中国叙事经典的同时，却失落了其最为核心的价值。例如《红楼梦》的叙事结构问题，这种和西方小说相比较，“没有形式”的小说形式，是《红楼梦》最具思考价值的一个基本面，却始终没有得到充分的认识。中国的现当代小说创作取得了无法抹杀的辉煌成就，却也历史性地留下了自己的遗憾，对我们自己文学遗产的失落，显然已经有很多小说家意识到了，并且通过自己的创作，开始了寻找。

早在现代文学时期，老舍、沈从文的创作已经开始了与时代文学主流相逆的“复古”的倾向，向古典的、民间的形式接近。但真正到新时期之后，对这一问题的思考，才产生了质的变化。20 世纪中国小说叙事在经过各种观念的洗礼之后，进入 21 世纪已经近二十年了，旧的压力还在，新的压力又接踵而至。严肃的创作者都无法回避作为叙事艺术的小说所面临的巨大困难，对困难的克服，小说家显然需要动用一切能够动用的思想、文学资源，我们也更需认真对待曹雪芹留下的小说艺术遗产，重新认识，唯有真正理解才可能更好地继承。

二、宝玉长大了怎么办?

对于中国传统的叙事资源，很多写作者都非常关注。李洱在一篇名为《“贾宝玉们长大以后怎么办”》的对话文章中论及了这一问题：

> 汉语言的叙事传统，应该说这些年人们日渐关注。我的说法是，写作者开始重新检索我们自己的叙事资源。前两年，格非写《人面桃花》，我知道他写作前后都在阅读《红楼梦》和《金瓶梅》。……记得毕飞宇的《玉米》发表以后，有一次他很认真地征求我对这部小说的看法。……我觉得对这部小说来说……重要的是，小说如何发展了《水浒传》和《金瓶梅》的叙事传统。……想想看，这些作品，这样一些叙事资源，我们以前其实忽略的。现在要面对的是，这样一些叙事资源，如何被我们开发和利用。在开发和利用的时候，写作者显然要设想，如果曹雪芹和施耐庵再世，老革命遇到了新问题，他们又会如何处理？[1]

1 李洱《问答录》，上海：上海文艺出版社，2013 年版，第 232 ~ 233 页。

李洱说这些话的时候，他的长篇小说《应物兄》正在写作之中，而且已经写了八年。五年之后，2018 年，《应物兄》发表，不止一位批评家在这部小说中看见了“曹雪芹的遗产”。李洱，还有他文章中提及的格非、毕飞宇，他们作为当下中国重要的小说家，都以各自的作品为传统叙事资源的实践价值，提供了颇具说服力的文本证据。而且我们在他们的作品中可以看出，他们对于中国传统叙事资源的继承，显然已经不再停留在“用”的层面——不再追比某种意义上的“形似”——而是趋向更为本质和抽象的“体”的层面。更有意味的是，一些现代小说的叙事技巧，在他们手里，反而开始成为“用”。这种“中西”“古今”的“体用颠倒”，在《应物兄》这部长篇上，体现得非常充分。

一种叙事范式的有效性，可以通过两种方式来证明：一是其所禀赋的小说观念和推崇的文学价值得到肯定和追随；二是出现有着较高艺术品质的作品。当然，归根结底，第一条还要依赖第二条，也就是必须通过作品来实现。所以，曹雪芹留下的遗产，是观念，同时也是问题，甚至是有着叙事野心的中国小说家的任务。使用汉语写作的小说家和《红楼梦》之间的对话，一直在延续，他们忍不住会问自己：宝玉长大了怎么办？

曹雪芹没有留下答案，但看看《红楼梦》做了什么，也许其中就蕴含着方法：

第一，《红楼梦》对虚构性的强调，对于被“现实”或者“真实”绑缚着的中国当下的小说创作，具有观念解放的意义。

小说是虚构的叙事艺术，然而这一虚构艺术的最终诉求却是掌握现实。对于“虚构”和“真实”这一对基本概念的理解以及对前人理解的颠覆，构成了小说范式的更迭史，同时也就是小说艺术自身发展的历史。

中国当下的小说创作，经历了20世纪末翻云覆雨的形式实验之后，出现了全面向现实主义回归的态势。翻开当下的中国文学刊物，基本上会给人一种现实主义一统天下的局面。我们不能将这种回归简单地归结为“倒退”，这一现象从一个侧面反映出作家的“真实性”焦虑——我们越来越感到，我们的叙事无力捕捉或者把握我们身处其中的现实生活。“非虚构小说”的兴起，也可以看作小说家试图以“反小说”的方式来挽救小说叙事。“真实性”或者说“现实性”的不满足，对小说构成了困扰。无论是小说的创作者还是小说的读者，都会感到，小说似乎没有写出他们自己所经验的世界，至少表现得并不充分，让人感到不满足。然而通过写实或者强调叙事的真实性，以至于试图和新闻报道进行竞争，对于小说艺术来说，无异于一种自我否定性质的改革，某种意义上，作为一种叙事实验也许有着一定的价值，但却无法彻底解决小说叙事正在丧失对现实的表现能力这一内在困难。

面对这一关乎小说生死存亡的难题，我们也许该回到小说最为本质的规定性上寻找可能性。如果说小说建构的经典虚构叙事范式曾经成功地反映了人们所经验的现实世界，而当下的小说正在逐步丧失这种叙事能力，那么我们该反省的不是“虚构”本身，而是我们虚构的路径，也许出现了问题。耿占春指出：“其实小说叙事形式的真正深刻的危机恰恰在于：我们身处其中的复杂的历史境况已经不再能够使用经典的小说叙述模式来加以描述。”[1]然而作为文艺理论家和美学家的耿占春，却在其著的《叙事美学》中说，“我之所以渴望像小说家那样进行虚构叙述写作，是为了寻找真实：这不是赤裸裸的真实，这是需要通过虚构和想象甚至梦想，才能追寻到的真实。一个非常成功的报人曾经如此说：新闻写作是用一点点收集起来的真人真事来构成一个谎言，叙事文学是用虚构和幻象来创作一种真实。至少，用虚构叙事的方式来讲

1 耿占春《叙事美学》，郑州：郑州大学出版社，2002 年版，第 3 页。

述真实仍然是可能的”。[1]

故而，强调小说的虚构性，对于囿于“真实焦虑”中的中国小说叙事无异于一种观念解放，小说不是对于现实的简单“再现”，小说家的行囊里不再背负着司汤达所说的那面“镜子”，因为那面经典的“镜子”面对今天光怪陆离、恍若寓言的现实，已经无法折射出真实的影像。我们今天的小说叙事，所面对的技术难度和思想难度都史无前例地提高了，我们今天的小说家需要更加高超复杂的虚构技艺。如果我们不能直面这一难度，我们也就无法直面小说叙事的未来。

第二，《红楼梦》明确表达出对真理性叙事追求的放弃，这一点特别值得处于虚无和怀疑语境下的中国小说创作者进行思考。当然，《红楼梦》在其叙事中放弃的是具有教义性质的真理，对于创作当时主流的思想资源——儒、释、道三家的“真理”，《红楼梦》的作者都表现出了充分的质疑，然而他却阐发了“小说的真理”：这不是训诫式的教义，而是启示性的“趣”和“味”。

《红楼梦》不为任何教义服役，然而却因此获得了超越时空、不断增值的意义阐释空间，这是“小说的智慧”，而非

---

1 耿占春《叙事美学》，郑州：郑州大学出版社，2002 年版，第 3 页。

小说家的智慧；这是小说观的胜利，而非“真理性的进步世界观”的胜利。

面对分崩离析的经验世界，整体性地叙事表述必然陷入虚假的泥淖，而现代主义小说的天然主人公“个人”也在粉碎机一般的物质和文化消费机制下灰飞烟灭了：

> 而今，这些曾经为小说叙述注入了巨大的历史活力的“宏大”叙述已经式微，更新了小说叙事的那些历史的希望原则、乌托邦理念和启蒙主义思潮都已隐去：真理在历史中闪耀光芒的瞬间已经消失。现在是财富在闪闪发光，而真理是梦。在各种历史思潮退却后所留下的泥沼里，社会批判叙事变成了意识形态能够允许范围内的“黑幕小说”，个性和自由主义叙述蜕化为各种各样的“鸳鸯蝴蝶派”。[1]

在虚无和怀疑的氛围之下，小说家变得“语迟”甚至“失语”，即使嗫嚅两句，也说得小心翼翼。譬如他们笔下的穷人，在暧昧、淡漠、支离破碎的现实里，不明不白地受着

1 耿占春《叙事美学》，郑州：郑州大学出版社，2002 年版，第 7 ~ 8 页。

苦。因为他们的穷人，是市场上的穷人，在一个制度化、世俗化、市场化的社会里，穷人的苦难，只能是分配和再分配这样的经济问题，是社会福利和个税起征点问题，是政治民主、法律完善问题……一旦开启这个合理化进程，一切不过是时间问题，在此过程中，新闻记者可以随时发言，小说家如果不想撬行，那说什么是有意义的？曾在现代主义小说实践中因折射人类普遍精神困境而熠熠生辉的个体经验，在今天的小说家手里变得黯淡晦涩，在技术释放的巨大力量面前，个体的经验贬值了。论者同时作为小说创作者，深切体会过这种“意义生成的困难”带给小说家近乎绝望的痛苦。某种意义上，可以说这是自讨苦吃，小说家本不该越俎代庖，去充当哲学家、思想家甚至文化官员。克服失语的困难，超越无法生成意义的痛苦，也许恰恰是要放弃“真理”或者“意义”对小说的过滤和捏塑，返回更为本真的叙事本身。

第三，《红楼梦》对人类经验复杂性和社会生活极具深度和广度的文本表现，足以使当代小说家认真思考它修辞原则的实践价值。

夏志清说：“即便是最好的现代小说，在广度和深度上也难以与《红楼梦》相匹敌。”[1] 尽管这一论断有失偏颇，但《红楼梦》巨大的生活容量即使放在世界文学中间考量，也是令人惊叹的小说奇观。作为小说家的王蒙这样认为：

> 《红楼梦》的文学性与它的生活容量密不可分。它的文学魅力不在于脱离生活高悬于生活之上而在于如此维妙维肖而又深沉广阔地表现了生活的整体。它的语言来自生活，它的形式来自生活。它之暗合于这样那样的观念也来自生活，因为生活比任何观念更能容纳与消化观念……它是本真的文学又是本真的生活。[2]

《红楼梦》之所以成为“本真的文学又是本真的生活”，是因为它选择了一种足以与世界的复杂性相匹配的繁复的叙事方式，小说塑造“启示性人物”和建构“虚拟召唤性空间”，一方面使小说文本呈现出近乎原生态的真实生活质地；另一方面在空灵诗性和丰盈的文化蕴藉中，以“陪伴”的叙事姿态完成了对人的存在的终极追问和对孤单的个体生命的

---

1 夏志清《中国古典小说史论》，胡益民等译，南昌：江西人民出版社，2001 年版，第 258 页。

2 王蒙《红楼启示录》，北京：人民文学出版社，2014 年版，第 163 页。

抚慰。

《红楼梦》叙事的出发点不过是“几个异样女子”，而非“大贤大忠理朝廷治风俗的善政”，作者不过要将儿女真情宣泄一二，无意“载道”，不想“教化”，这样从个体经验出发的叙事，却表达了深刻而广阔的时代经验和民族经验，甚至最终成为涵纳各种可能性的人类经验文本。其小说修辞原则，对于不断遭遇“经验贬值”和“经验复制”的当代小说叙事，具有巨大的思考价值。

第四，对于互文性的重视，建构与中国文化和文学传统关系的积极主动，对于当下小说创作，非常值得借鉴。

20 世纪的中国小说创作，在面对与中国文学传统的关系时，始终表现得顾虑重重，几乎没有作家像拥抱西方一样拥抱传统，这种勇气和热情的缺乏，不是简单的态度和观念问题，而是我们生活的历史文化环境，的确与《红楼梦》时代有了天渊之别。数千年不变的文化形态，在经历了 20 世纪的雨覆风翻星移斗转之后，即使曹雪芹再世，他也恐怕难以辨识了。

然而文学从来不会重新开始，也没有任何一部小说的文本能够脱离开互文的天罗地网，而独立生成意义并且获得评价的。也许我们今天的小说家让笔下的人物重建桃花社，不免有东施效颦的造作生硬，但《红楼梦》利用小说这一文体的天然优势，以重重叠叠的互文性建构，最后成了一部开放的“百科全书式的小说”，这却很值得我们思考。无独有偶，对于这一点，西方小说家如福楼拜、卡尔维诺等人都有过类似的思考，耿占春的著作《叙事美学》一书的副标题就是“探索一种百科全书式的小说”。这里的“百科全书”，不再是社会历史意义上的比喻，而是一种可能的小说思维，一种思想方法。

无论是小说家还是理论家，探索新的叙事形式的根本动力，是要重建已经失效的叙事和现实之间的关系。我们在前面几章的分析中，多次提到了《红楼梦》具备这种杂语性和对话性，此处不再赘言。我在这里绝非要说《红楼梦》就是耿占春先生探索的“百科全书式的小说”，或者是卡尔维诺寄语未来千年文学时所判断的最具价值的小说形态，而只是说《红楼梦》中蕴含着类似的能够抵达未来的叙事思想资源。

《红楼梦》所实践的方式和所依赖的文学传统，与我们有着更为亲近的文化血缘，对《红楼梦》小说艺术的思考的结果，也许能更为直接有效地帮助我们的小说家，获得以当下的个体的经验穿透古老文化、极大打开人类生活的叙事能力。

归根到底，“互文”不是重建古典语境。我们无法重建也不必重建，哪怕对于某些人来说那缕古典的诗意惆怅还在缭绕，但谁也回不去了。“互文”的目的不是为了攀附此前的文本，而是为了完成后来的文本，完成对于当下无比复杂的中国经验的文学表达。

小说家与历史上经典小说家的关系复杂而微妙，与文学传统的关系也是如此。《红楼梦》的成功在于，它充分地依赖传统、利用传统最后实现了对传统的叛逆和超越，使自己成为新的传统。曹雪芹以现实世界作为方法，为我们提供了可感、可信甚至“可栖”的“红楼”镜像世界。我们今天的小说，同样应该实现的也是《红楼梦》曾经实现的目标：令世人换新眼目。

三、小说向死而生

可能性，意味着通往未来的道路，对于反复被人宣告死亡的小说这一叙事艺术来说，显得弥足珍贵。

美国评论家李·西格尔曾在《纽约客》上撰文声明“小说死亡”：

> “有一百万个理由，”西格尔写道，“小说现已成为博物馆内的古董流派，其大部分参与者更像自以为是的馆

长或理论家而非作者。不管怎么说，我们时代那些最伟大的故事讲述者都是非小说作家。”[1]

这种小说该进博物馆的论调或者“小说死亡”的说法，在中国当下也并不新鲜。虽然小说目前还没有到申报加入“非物质文化遗产”名录的地步，但严肃小说——更为通用的说法是隶属“纯文学”范畴的小说——的阅读群体在急剧萎缩，小说创作“圈子化”：写的人、发的人和读的人，基本就是一群人，即便有所夸张，却也并非虚妄之辞。全面探讨中国小说的叙事困境和未来的可能性，不是本书所能完成的任务。但中国当下的小说创作，某种意义上，的确呈现出某些“危机”性的特征。

“危机”一词，若无具体的指标，难免沦为耸人听闻的肤浅轻率之语。论者认同南帆在《理论的紧张》一书对学科“危机”一词的理解：

在我看来，“危机”形容的是一个学科即将瘫痪：这个学科的概念、范畴开始失效，学科逻辑无法正常地延

1 康慨《小说死亡论再掀波澜》，《中华读书报》，2010 年 7 月 7 日。

续，传统的学术视域不可能接纳种种崭新的事实，如此等等。[1]

中国当下的小说叙事，显然没有到分崩离析大厦倾倒的地步，当下虽然没有“瘫痪”，但创作能力却也呈现出某种行进性衰减的症状。我们可以看到，我们一直以来所依赖的某些小说观正在失效，尤其是在处理叙事和现实之间的关系上，中国的小说作者，相当一部分都意识到了寻找抵达现实新路径的必要性和紧迫性，固有的小说观已经不能有效帮助作家处理当下的中国经验。就观察所得到的指标，我们说小说叙事“危机四伏”，应该不算是危言耸听。四伏的“危机”有历史的“旧债”：某种意义上，中国小说的现代之路并未真正完成，现代性的压力还在；同时，小说叙事又背负了媒体时代带来的“新赤字”：小说在为社会提供叙事满足和经验言说上，显得力不从心，甚至很多小说的叙事陷入无效的自言自语之中。

论者无意否认，这里面或许有创作者的态度和文学素养方面的原因，但却不是最为根本的原因。我们的小说家除了

1 南帆《理论的紧张》，上海：上海三联书店，2003年版，第4页。

诚挚的文学态度、强烈的表达欲望和足够的技术准备之外，如果想使自己的表达生效，恐怕必须回到小说的基本问题，重新为“小说是什么？”这一问题寻找属于这段历史时间的答案。

小说叙事如同一场绵延数千年的长跑，跑不下去了可以中途退出，实在大可不必顺便宣告比赛结束，毕竟还有执着向前奔跑的人。正如前文所引的那篇谈论小说死亡的文章结尾处指出，小说在“等待天才，等待自我革命”：

> 伦敦《观察家报》指出，或许正如英国文学批评家弗兰克·克莫德（Frank Kermode）所言，小说是一种周期性自我更新的文学形式。“作为一种类型，小说的特殊命运便是它总要面临死亡，其主要原因在于，那些最有才华的小说家和读者始终会感到一种巨大的隔阂，其间充满了荒谬，映衬着现实世界与小说中所描写世界的不同。”克莫德写道，于是，从简·奥斯汀、劳伦斯·斯特恩到J. D.塞林格，作家们往往尝试写作反小说，结果产生出了一种新的小说和新的手法。
>
> 如果小说不会死，那就让我们等待它的下一场自我

革命吧。[1]

2020年，中国的小说家和批评家们热烈讨论着新“小说革命”。[2]小说的历史证明，在人类认知的边界处开疆拓土是小说的生存方式，不断寻找人类经验的陌生之地去经历冒险，是小说与生俱来的命运，是人类之所以曾经需要且依然需要小说这种虚构叙事文类存在的根本原因。当小说放弃冒险的时候，小说就“死”了。

小说向死而生。谈论欧洲小说未来的时候，作为小说家的昆德拉说他只信赖“塞万提斯那受到诋毁的遗产”。而我相信，曹雪芹那未被充分理解的遗产。

---

1 康慨《小说死亡论再掀波澜》,《中华读书报》，2010年7月7日。

2 傅小平等《新世纪小说二十年：在先锋文学洗礼后重新出发》,《文学报》，2020年9月24日。

参考文献

综合资料

一　粟. 红楼梦资料汇编 [M]. 北京：中华书局，1964.

王志良. 红楼梦评论选 [M]. 北京：中国社会科学出版社，1998.

张宝坤. 名家解读《红楼梦》[M]. 济南：山东人民出版社，1998.

吕启祥，林东海. 红楼梦研究稀见资料汇编 [M]. 北京：人民文学出版社，2001.

陈平原，夏晓虹. 二十世纪中国小说理论资料（第一卷）[M]. 北京：北京大学出版社，1997.

严家炎. 二十世纪中国小说理论资料（第二卷）[M]. 北京：北京大学出版社，1997.

吴福辉. 二十世纪中国小说理论资料（第三卷）[M]. 北京：北京大学出版社，1997.

钱理群. 二十世纪中国小说理论资料（第四卷）[M]. 北京：北京大学出版社，1997.

洪子诚. 二十世纪中国小说理论资料（第五卷）[M]. 北京：北京大学出版社，1997.

专著：

胡　适．胡适红楼梦研究论述全编 [M]．上海：上海古籍出版社，1988．

俞平伯．红楼梦研究 [M]．上海：上海古籍出版社，2005．

俞平伯．红楼心解 [M]．西安：陕西师范大学出版社，2005．

王昆仑．红楼梦人物论 [M]．北京：生活·读书·新知三联书店，1983．

蒋和森．红楼梦论稿 [M]．北京：人民文学出版社，1959．

张爱玲．红楼梦魇 [M]．上海：上海古籍出版社，1995．

冯其庸．论《红楼梦》思想 [M]．哈尔滨：黑龙江教育出版社，2002．

冯其庸，李广柏．红楼梦概论 [M]．北京：北京图书馆出版社，2002．

李希凡．红楼梦艺术世界 [M]．北京：文化艺术出版社，1997．

周汝昌．红楼艺术 [M]．北京：人民文学出版社，1995．

曾扬华．红楼梦引论 [M]．广州：中山大学出版社，2001．

张锦池．红楼梦考论 [M]．哈尔滨：黑龙江教育出版社，1998．

吴组缃．中国小说研究论集 [M]．北京：北京大学出版社，1998．

聂绀弩．中国古典小说论集 [M]．上海：复旦大学出版社，2005．

王朝闻．论凤姐 [M]．天津：百花文艺出版社，1980．

胡文彬．红楼梦与中国文化论稿 [M]．北京：中国书店，2005．

张庆善，刘永良．漫说红楼 [M]．北京：人民文学出版社，2000．

王　蒙．红楼启示录 [M]．北京：生活·读书·新知三联书店，2014．

王　蒙．双飞翼 [M]．北京：生活·读书·新知三联书店，1996．

刘梦溪．红楼梦与百年中国 [M]．北京：中央编译出版社，2005．

李希凡．红楼梦艺术世界 [M]．北京：文化艺术出版社，1996．

郭豫适．红楼梦研究小史稿 [M]．上海：上海文艺出版社，1980．

郭豫适．红楼研究小史续稿 [M]．上海：上海文艺出版社，1981．

郭豫适．红楼梦问题评论集 [M]．上海：上海古籍出版社，1981．

吕启祥．红楼梦寻味录 [M]．太原：山西人民出版社，2001．

刘敬圻．明清小说补论 [M]．北京：生活・读书・新知三联书店，2004．

段启明．《红楼梦》艺术论 [M]．北京：北京师范学院出版社，1990．

孙玉明．红学：1954[M]．北京：北京图书馆出版社，2003．

沈治钧．红楼梦成书研究 [M]．北京：中国书店，2004．

白　盾．红楼梦研究史论 [M]．天津：天津人民出版社，1997．

梅新林．红楼梦哲学精神 [M]．上海：学林出版社，1995．

应必诚．红学何为 [M]．上海：复旦大学出版社，2006．

陈文新．传统小说与小说传统 [M]．武汉：武汉大学出版社，2005．

周中明．红楼梦的艺术创新 [M]．哈尔滨：黑龙江教育出版社，2002．

陈　洪．中国小说理论史 [M]．天津：天津教育出版社，2005．

刘上生．走近曹雪芹：《红楼梦》心理新诠 [M]．长沙：湖南师范大学出版社，1997．

刘上生．中国古代小说艺术史 [M]．长沙：湖南师范大学出版社，1993．

李庆信．跨时代的超越——红楼梦叙事艺术新论 [M]．成都：巴蜀书社，1995．

张国风．《红楼梦》趣谈与索解 [M]．沈阳：春风文艺出版社，1997．

王　彬．红楼梦叙事 [M]．北京：中国工人出版社，1998．

陈维昭. 红学通史 [M]. 上海：上海人民出版社，2005.

陈维昭. 红学与二十世纪学术思想 [M]. 北京：人民文学出版社，2000.

张洪波.《红楼梦》的现代阐释 [M]. 北京：中华书局，2008.

石昌渝. 中国小说源流论 [M]. 北京：生活·读书·新知三联书店，1994.

朱光潜. 悲剧心理学 [M]. 合肥：安徽教育出版社，1996.

朱光潜. 文艺心理学 [M]. 合肥：安徽教育出版社，1996.

钱中文. 文学理论：走向交往对话的时代 [M]. 北京：北京大学出版社，1999.

马振方. 小说艺术论 [M]. 北京：北京大学出版社，1999.

李心峰. 艺术类型学 [M]. 北京：文化艺术出版社，1998.

巴　金. 巴金论创作 [M]. 上海：上海文艺出版社，1983.

王先霈. 文学批评原理 [M]. 武汉：华中师范大学出版社，1999.

董小英. 再登巴比伦塔——巴赫金与对话理论 [M]. 北京：生活·读书·新知三联书店，1994.

胡经之. 文艺美学论 [M]. 武汉：华中师范大学出版社，2000.

钱谷融，鲁枢元. 文学心理学 [M]. 上海：华东师范大学出版社，2003.

姜其煌. 欧美红学 [M]. 郑州：大象出版社，2005.

李建军. 小说修辞研究 [M]. 北京：中国人民大学出版社，2003.

耿占春. 叙事美学 [M]. 郑州：郑州大学出版社，2002.

宋　淇. 红楼梦识要. 北京：中国书店，2000.

高　阳. 红楼一家言. 北京：生活·读书·新知三联书店，2001.

海外学者著作：

[俄]巴赫金．小说理论[M]．白春仁，晓河译．石家庄：河北教育出版社，1998．

[俄]巴赫金．文本 对话与人文[M]．白春仁，晓河等译．石家庄：河北教育出版社，1998．

[俄]巴赫金．哲学美学[M]．晓河，贾泽林等译．石家庄：河北教育出版社，1998．

[俄]巴赫金．陀思妥耶夫斯基诗学问题[M]．白春仁，顾亚铃译．北京：生活·读书·新知三联书店，1988．

[俄]波斯彼洛夫．文学原理[M]．王忠琪等译．北京：生活·读书·新知三联书店，1985．

[美]浦安迪．中国叙事学[M]．北京：北京大学出版社，1996．

[美]夏志清．中国古典小说史论[M]．胡益民等译．南昌：江西人民出版社，2001．

[美]余英时．红楼梦的两个世界[M]．上海：上海社会科学院出版社，2002．

[美]M. H. 艾布拉姆斯．镜与灯[M]．郦稚牛，张照进，童庆生译．北京：北京大学出版社，2015．

[美]拉曼·塞尔登．文学批评理论[M]．刘象愚，陈永国译．北京：北京大学出版社，2000．

[美]周策纵．弃园文粹[M]．上海：上海文艺出版社，1997．

[美]赵冈，陈钟毅．红楼梦新探[M]．北京：文化艺术出版社，1991．

[美]雷纳·韦勒克，沃伦．文学理论[M]．刘象愚等译．北京：生活·读书·新知三联书店，1984．

[美]雷纳·韦勒克. 近代文学批评史[M]（第一至第四卷）. 杨自伍译. 上海：上海译文出版社，1997.

[美]雷纳·韦勒克. 近代文学批评史[M]（第五卷）. 杨自伍译. 上海：上海译文出版社，2002.

[美]雷纳·韦勒克. 近代文学批评史[M]（第六卷）. 杨自伍译. 上海：上海译文出版社，2005.

[美]雷纳·韦勒克. 近代文学批评史[M]（第七卷）. 杨自伍译. 上海：上海译文出版社，2007.

[美]雷纳·韦勒克. 批评的诸种概念[M]. 丁泓，余徵译. 成都：四川文艺出版社，1988.

期刊：

刘梦溪. 茅盾同志与红学[J]. 红楼梦学刊，1981（3）.

刘锋杰. 承继与分离——《京华烟云》对《红楼梦》关系之研究[J]. 红楼梦学刊，1996（3）.

裘新江. 刘心武与现代作家的红楼情结[J]. 红楼梦学刊，2007（2）.

贾　穗. “无益无趣”的猜想探佚之作——评刘心武先生的“学术小说”《贾元春之死》[J]. 红楼梦学刊，1997（3）.

胡　晴. 冯其庸、李希凡、张庆善访谈录——关于刘心武“秦学”的谈话[J]. 红楼梦学刊，2005（6）.

刘广定. 读《刘心武揭秘红楼梦》——评“虚拟红学”[J]. 红楼梦学刊2007（4）.

[日]杨启樵. 刘心武先生的《揭秘红楼梦》质疑[J]. 红楼梦学刊，2007（4）.

冒建华．论红楼梦宗法文化与中国现代小说 [J]．红楼梦学刊，2008（5）．
陶小红．云烟渺茫，丘壑无限——曹雪芹与张爱玲虚实相生手法之运用 [J]．红楼梦学刊，2010（5）．
吴家荣．论《红楼梦》对《金粉世家》的影响 [J]．红楼梦学刊，1997（2）．
高恒文．将传统融入现代——论《台北人》与《红楼梦》[J]．红楼梦学刊，2002(1).
饶道庆．一脉相承：金庸小说与《红楼梦》[J]．红楼梦学刊，2000（1），2000（2）．
罗立群．《红楼梦》与《天龙八部》[J]．红楼梦学刊，2008（4）．
段江丽．比较视野下的红楼梦（上）[J]．红楼梦学刊，2007（5）．
段江丽．比较视野下的红楼梦（下）[J]．红楼梦学刊，2008（2）．
王　蒙．红楼梦评点序 [J]．红楼梦学刊，1995（4）．
刘永良．茅盾眼中的曹雪芹和《红楼梦》——重读《节本红楼梦导言》和《关于曹雪芹》[J]．红楼梦学刊，2007（6）．
陈利娟．人物形象的虚构与叙事——贾宝玉与麦琪土司二少爷之比较 [J]．红楼梦学刊，2009（1）．
苏　涵．论《红楼梦》的艺术精神与现代小说的民族性 [J]．红楼梦学刊，2002(4).
阮成城．鲁迅和曹雪芹对女娲神话的改造 [J]．红楼梦学刊，2008（3）．
陈维昭．红楼梦·脂砚斋·中国文章学 [J]．红楼梦学刊，2001（4）．
李敬泽．《红楼梦》影响纵横谈 [J]. 红楼梦学刊，2010（4）．
王兆胜．《红楼梦》与 20 世纪中国文学 [J]．中国社会科学，2002（3）．

报纸：

梅新林 . 红楼遗产与二十一世纪的中国小说 [N] . 光明日报，2001-10-17.

康　慨 . 小说死亡论再掀波澜 [N]. 中华读书报，2010-07-07.

茹志鹃 . 紫阳山下读“红楼”[N]. 中国青年报，1980-04-01.

傅小平等 . 共话新“小说革命”系列 1[N]. 文学报，2020-10-08.